NEVERMOOR The Trials of Morrigan Crow

永無境

莫莉安與幻奇學會的試煉

I

潔西卡・唐森
Jessica Townsend

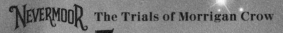

獻給莎莉，妳是杜卡利翁飯店的首位房客。
也獻給婷娜，是妳讓我相信我能辦到一切，才會有今天。

目錄

序章　首年之春

棺木還沒送到，記者就到了。他們連夜在大門聚集，天剛破曉，便圍了一批人，直至九點，已形成可觀的人潮。

時近正午，柯維斯・黑鴉才從正門現身，遠遠走來，過了好一會，總算抵達擋住記者的高聳鐵欄杆前。

「黑鴉總理，這是否會影響您角逐連任的計畫？」

「總理，喪禮什麼時候舉行？」

「總統表達過慰問了嗎？」

「總理，您今天早上是不是終於放心了？」

「抱歉，」柯維斯打斷，舉起一隻裹著皮手套的手，示意大家安靜：「抱歉，我想代表黑鴉家族宣讀聲明。」

他從剪裁俐落的黑西裝口袋抽出一張紙。

「在此感謝大共和國諸位國民過去十一年來的支持，」他口齒清晰，語氣果斷，這種口吻是他長年在總理府發號施令而練就的。「對黑鴉一家而言，這是個煎熬的時刻，我們的沉痛，想必短期之內難以消解。」

他停下來清清喉嚨，抬頭看看鴉雀無聲的聽眾。放眼望去，無數鏡頭和好奇的眼眸反射著光芒，快門聲和閃光燈連續不斷。

「喪女之痛令人難以承受，」他低下頭，繼續朗讀聲明稿。「不僅對黑鴉一家而言是如此，對豺狐鎮全體鎮民亦然；我們深知，全豺狐鎮皆對我們的哀戚感同身受。」聽他這樣說，起碼有五十人倏地挑眉，人群中零星傳出不太自在的咳嗽聲，劃破原先的沉默。「可是，在這個早晨，隨著冬海共和國迎來第九世代，最黑暗的時光已然逝去。」

空中突然傳來一聲響亮的烏鴉啼叫，許多人嚇得肩膀或臉一縮，但沒人費神仰頭張望。整個早上，那些烏鴉都在上空盤旋。

「第八世代先是奪走我摯愛的前妻，如今又帶走我唯一的女兒。」

又是一聲刺耳的烏啼，一個記者失手弄掉本來湊在總理臉旁的麥克風，連忙撿起，發出一陣吵雜聲響，他臉紅著喃喃道歉，柯維斯不予理會。

「然而，」他接著說：「同樣被帶走的，也包括危險、懷疑與絕望，在我女兒短暫的一生當中，這些事物始終陰魂不散。我……」他停頓一下，臉色一陣尷尬。「……親愛的莫莉安……終於安息了，我們也將回歸平靜的生活。整個豺狐鎮，應該說整個冬海共和國，已經轉危為安，再也無須懼怕。」

人群中響起半信半疑的竊竊私語，始終未曾停歇的閃光燈漸趨緩和。總理再度抬起頭，眨著眼睛，手中的聲明稿因為一陣風吹來而簌簌作響，也說不定是他的手在抖。

「感謝各位，我不接受提問。」

第一章　受詛咒的黑鴉

十一年之冬（三天前）

廚房的貓死得悽慘，而一切都怪莫莉安（註1）。

她不知道貓怎麼會死，也不知道是什麼時候死的。她想，大概是貓半夜吃了什麼有毒的東西吧。貓身上沒有外傷，應該不是被狐狸或狗咬死，撇開牠嘴角乾掉的幾點血跡，看起來就像在睡覺，只是身軀已經冰冷僵硬。

在冬日早晨的微弱陽光下，莫莉安發現貓屍臥在土中。她蹙起眉頭，在貓咪身邊蹲下，撫摸牠黑色的毛，從頭頂直摸到蓬鬆的尾巴。

「對不起，廚房貓。」她輕輕說。

註1　莫莉安（Morrigan）也是一位女神的名字。在愛爾蘭神話中，女神莫莉安通常與戰爭和命運相關，經常以烏鴉的形象現身。

莫莉安思索著該把貓葬在哪裡最好，又考慮去跟奶奶要一塊質料好一點的布，把貓裹起來。想了想，她覺得還是不要好了，用她其中一件睡衣來裹就行。

廚娘打開後門，打算把前一天的廚餘餵給狗吃，瞧見莫莉安人在這裡，嚇得差點將手中的廚餘桶給砸了。老廚娘低頭注視貓屍，登時把嘴抿成一條直線。

「磕頭謝上蒼，幸虧沒遭殃。」她低語，敲敲木頭門框，親吻掛在頸間的墜飾，隨後斜眼一瞅莫莉安：「我很喜歡這隻貓。」

「我也是。」莫莉安說。

「是喔，看得出來。」廚娘尖酸地說，莫莉安注意到她正神色戒備地一點一滴後退。「好了，快點進來，他們在辦公室等妳。」

莫莉安快步進屋，在廚房通往走廊的門邊停了一下，看廚娘拿起一枝粉筆，在黑板寫下：**除房貓（死了）**。黑板上已經累積一長串清單，最新的包括**魚肉搜掉**、**老湯姆心藏病發**、**豐繞邦北邊淹水**、**最好的桌布沾到ㄨ漬**。

「我可以推薦幾位大豺狐區的優秀兒童心理學家。」

新任的個案負責人絲毫沒碰手邊的茶和餅乾。這位女專員從首都遠道而來，早上搭了兩個半小時的火車，又從火車站徒步走到黑鴉宅邸，淋成了落湯雞，一頭溼髮緊貼在頭上，大衣也徹底浸透。除了茶跟餅乾，莫莉安實在想不出還有什麼方法能讓她好受一點，可是這名女子似乎完全不感興趣。

「茶不是我泡的，」莫莉安說，「如果妳是擔心這個。」

女子不理會她。「菲爾丁醫生在詛咒之子的領域非常有名，勒維琳醫生也是備受推崇的專家，她比較溫和，就像媽媽一樣。」

莫莉安的父親不自在地清喉嚨：「不必了。」

柯維斯（註2）的左眼微微抽動。他們每個月都必須與個案負責人會晤，只有在這個時候，柯維斯才會出現這個動作，莫莉安心知，這表示柯維斯跟她一樣討厭這個場合。撇除如炭的黑髮和微曲的鼻梁，這是父女倆唯一的共通點。

「莫莉安不需要諮商，」他接著說道，「她夠懂事，也很瞭解自己的處境。」

專員偷瞄莫莉安一眼，莫莉安跟她同坐一張沙發，努力阻止自己躁動。會晤總是拖很久。「總理，我無意讓您難過……但時間不多了。專家一致認為，這個世代即將邁入最後一年，這一年過去，就是夕暮日。」莫莉安撇開視線，望向窗外，四處尋覓能轉移注意力的東西，每當聽到「夕」開頭的那個詞，她都會這樣做。「您要瞭解，這是一段重要的過渡期——」

「妳帶清單來了嗎？」柯維斯說，神色略顯不耐，刻意瞥向辦公室牆上的時鐘。

「當……當然有。」她從資料夾抽出一張紙，手只有些微發抖。莫莉安心想：這只是她第二次來，但她還挺勇敢的。上一個專員幾乎只用氣音講話，還認定光是和莫莉安同坐一張沙發，就註定招來災難。「需要念出來嗎？這個月的清單滿短的——妳做得很棒，黑鴉小姐。」她生硬地說。

莫莉安不知道該說什麼。那不是她能控制的事，其實也沒什麼道理接受讚美。

註2　柯維斯（Corvus）亦有烏鴉之意。

「先從要索賠的項目開始：豺狐鎮議會要求您賠償在雹暴中毀損的涼亭，總共七百克雷。」

「之前不是已經說好，不能胡亂把極端天候事件歸咎於我女兒嗎？」柯維斯說：「上次烏爾福的森林大火，後來證實是人為縱火，記得吧？」

「是的，總理，但有證人提出這次事件是莫莉安造成的。」

「誰？」柯維斯質問。

「一位郵局員工聽到黑鴉小姐對她奶奶說，最近豺狐鎮天氣很好。」專員看了看筆記，「四個小時之後，雹暴就開始了。」

柯維斯長嘆一聲，向後靠在椅背上，對莫莉安射來惱怒的眼神。「好吧，繼續。」

莫莉安皺起眉頭，她這輩子從沒說過「最近豺狐鎮天氣很好」之類的話。她確實記得那天在郵局，她轉頭對奶奶說：「好熱喔，對不對？」但這完全是兩回事。

「一位叫做托馬斯・布萊克特的鎮民最近心臟病發過世，他——」

「是我們的園丁，我知道，」柯維斯打斷她：「真是不幸，可憐那些沒人照料的繡球花。莫莉安，妳對那個老頭做了什麼？」

「沒有啊。」

柯維斯一臉懷疑，「沒有？什麼也沒有？」

她想了一陣子。「我跟他說花圃很漂亮。」

「什麼時候？」

「大概一年以前。」

柯維斯和專員互望一眼，專員輕嘆：「他的家人非常寬宏大量，只要求您負擔葬禮費用，資助他的孫子孫女受教育直到念完大學，並捐款給他最喜歡的慈善機構。」

「他有幾個孫子女？」

「五個。」

「告訴他們我會負擔兩個。繼續說。」

「豺狐預備學校——**啊！**」就在莫莉安傾身拿餅乾時，專員整個人一彈，等她看清莫莉安無意和她肢體接觸，便冷靜下來。「呃……對，豺狐預備學校的校長終於寄來火災毀損設施的請款單，總計兩千克雷。」

「報紙說是煮晚餐的廚娘忘記關火爐。」莫莉安說。

「沒錯，」專員兩眼直盯著眼前的清單，「報紙也說，廚娘前一天經過黑鴉宅邸，看見妳在庭院。」

「所以呢？」

「她說妳跟她對到眼了。」

「根本沒有。」一股怒氣衝上莫莉安腦門。那間學校失火才不是她害的，她很清楚規矩，絕對不能跟別人對上眼睛，是那個廚娘為了脫罪信口開河。

「這些都記在火災調查報告裡。」

「她亂說。」莫莉安轉頭看父親，但柯維斯避開她的目光。難道他也認為是莫莉安害的？**那個廚娘親口承認她忘記關火耶！**這太不公平了，莫莉安覺得胃彷彿絞成一團。「她亂說，我從來沒……」

「鬧夠了沒有？」柯維斯斥道。莫莉安整個人垮下來，雙臂緊緊抱住胸口。她父親再度清一清喉嚨，對專員點了點頭：「把請款單給我。請繼續說，我還有一整天的會要開。」

「需……需要請款的就這些了。」她說，顫抖的手指順著清單往下畫。「黑鴉小姐這個月只要寫三封道歉信就好，一封給鎮上的考珀妮亞．馬羅太太，她摔斷髖骨——」

「年紀那麼大還去溜冰。」莫莉安喃喃抱怨。

「一封給豺狐果醬協會，他們有一整批柑橘果醬壞掉；還有一封給皮普．格奎斯，他上週輸掉大狼田邦英文拼字比賽。」

莫莉安瞪大眼睛：「我只是祝他好運而已！」

「正是，黑鴉小姐，」專員說著，把清單遞給柯維斯。「妳應該謹言慎行才對。總理，您要找新的家庭教師，對吧？」

柯維斯嘆了一聲，「我的助理問遍豺狐鎮每個仲介，甚至跑去首都問，可惜整個邦似乎都陷入嚴重的家庭教師荒。」他挑起一邊眉毛。

「請問之前那位……」專員看看筆記本：「林福德小姐，她怎麼了？上次會面，您說她做得不錯。」

「那女的膽子太小，」柯維斯輕蔑地說。「撐不到一週，有天下午突然跑掉，再也沒回來，沒人知道為什麼。」

錯，莫莉安知道為什麼。

林福德小姐對詛咒戒慎恐懼，甚至不願和莫莉安共處一室。對莫莉安而言，要聽她隔著門大吼格羅姆語的動詞變化，實在太詭異、太不尊重人了，搞得莫莉安越來越惱怒，於是有一天，她拿一根壞掉的筆管插進鑰匙孔，從一端吹氣，噴得林福德小姐滿臉黑色墨水。莫莉安必須承認，這種行為的確是沒什麼風度。

「登記處有一份很短的名單，記錄了願意教詛咒之子的老師，這份名單真的**非常短**，」專員聳肩：「不過那裡面或許會有人——」

柯維斯抬起一隻手，示意她不必再說。「沒有必要。」

「您說什麼？」

「妳自己說的，再過不久就是夕暮日了。」

「是的，可是……還有一**年**——」

「確實，不過事已至此，又何必多浪費時間跟金錢，是不是？」

莫莉安抬起眼眸，父親的話令她心底一陣刺痛，連專員都一臉愕然：「總理，我無意冒犯，但是……詛咒之子登記處並不認為這是『浪費』，我們相信，教育是每個孩子童年不可或缺的一部分。」

柯維斯瞇起眼。「話雖如此，這孩子的童年早已**所剩無幾**，那麼付錢讓她受教育豈不是白費。依我之見，打從一開始就不該為這種事費心，還不如送我養的獵犬上學，那幾隻狗不但預期壽命更長，也對我更有用。」

莫莉安吐出一口短促的氣，彷彿父親剛拋出一塊巨大的磚頭，正中她的腹部。

他說出來了，說出莫莉安拚命迴避的事實。她可以假裝忽略，卻永遠無法忘卻，這個事實深深刻劃在她和每個詛咒之子的骨髓，烙印在他們的心中——**在夕暮日的晚上，我就會死**。

「我在冬海黨的朋友一定也贊同我的看法，」柯維斯對莫莉安的不自在渾然不覺，瞪著專員繼續說道：「特別是要幫你們那個小部門審核預算的朋友。」

一陣漫長的沉默。專員偷瞄莫莉安一眼，動手收拾東西，莫莉安辨認出她臉上一閃而過的憐憫，不禁討厭起這女人。

「瞭解，我會將您的決定轉達給登記處。祝您今日順遂，總理，還有您也是，黑鴉小姐。」專員頭也不回，匆匆走出辦公室。柯維斯按下桌上的按鈕，呼叫助理進來。

莫莉安站起身，她很想大聲對父親咆哮，但發出來的嗓音卻有些膽怯，微微發顫：「那我就……」

「隨便妳要去哪，」柯維斯翻閱桌上的文件，斥道：「少來煩我就好。」

親愛的馬羅太太：

~~不好意思。可惜妳溜冰技巧不好。~~

~~不好意思。但妳都七老八十了，骨頭脆到微風一吹就會斷掉，竟然還敢去溜冰。~~

不好意思，害妳弄斷髖骨，我不是故意的。希望妳早日康復，請接受我的歉意，盡快恢復健康。

妳誠摯的

莫莉安・黑鴉小姐

莫莉安坐在起居室的地板，把最後幾句謄到另一張全新信紙上，塞進信封。她沒有將信封封好，原因之一是柯維斯習慣在寄出去前先看過這些信，原因之二是沒人知道她的口水會不會害人猝死或破產。

走廊傳來喀喀喀的匆忙腳步聲，莫莉安頓時僵住。她看看牆上的時鐘，現在是中午，有可能是早上去跟朋友喝茶的奶奶回到家了，也可能是繼母艾薇想要揪出是誰害銀製餐具留下刮痕，或是誰害窗簾出現一道裂痕。通常，起居室很適合躲藏，因為這裡是整間大宅最陰暗的房間，幾乎照不到陽光，除了莫莉安，沒人喜歡這裡。

腳步聲遠去，莫莉安吐出屏住的呼吸，轉動無線收音機上的黃銅旋鈕，切換一個又一個發出尖聲或雜訊的頻道，最後找到新聞電臺。

「本週，大狼田邦西北地區的年度冬季屠龍大會持續進行，危險野生動物殲滅部隊已鎖定超過四十頭野龍，加以追捕。危野部隊收到越來越多目擊野龍的通報，地點靠近深淵瀑布溫泉度假村，這裡是非常有名的度假勝地……」莫莉安任由播報員略帶鼻音的做作嗓音流過耳邊，開始寫下一封信。

親愛的皮普：

~~不好意思，你怎麼會以為「糖蜜」寫作「糖密」？~~

~~不好意思，你是個笨蛋。~~

不好意思，聽說你輸掉拼字比賽，~~誰叫你是個笨蛋~~我為我引起的麻煩向你致上最深的歉意，也保證再也不祝你好運，~~你這不知感恩的梟~~

你誠摯的，

莫莉安．黑鴉

新聞廣播正在報導豐饒邦大水災，受訪者談著失去的家，泣訴他們眼睜睜看著寵物和心愛的人被沖走，街上大水湍急，宛如河流。莫莉安一陣難過，暗自希望柯維斯說得沒錯，這種天氣不是她害的。

親愛的豺狐果醬協會：

不好意思，但世界上不是有比橘子果醬壞掉更慘的事情嗎？

「下一則新聞：夕暮日是否比我們以為的更近了？」播報員提問道，莫莉安頓時停下動作。又是那個夕開頭的詞。「多數專家皆維持共識，認為這個世代還要再過一年才會結束，然而有少數非主流的年代學家認為，我們不需要等那麼久，就能慶祝夕暮夜。究竟這些人是天才，還是瘋子？」莫莉安背脊爬上一陣寒意，但她努力壓下去。**一定是瘋子**，她懷著抗拒的心情暗忖。

「不過在那之前，還有更緊急的消息：幻奇之力即將面臨短缺的傳聞甚囂塵上，首都於今日爆發更多示威活動。」帶鼻音的播報員繼續說道：「今天早晨，史奎爾企業發言人召開記者會，公開回應大眾擔憂的問題。」

一道柔和的男聲壓過記者的竊竊私語，「史奎爾企業並未面臨任何危機。在此強調，共和國能源短缺的傳聞純粹是謠言。」

「大聲一點！」有人遠遠地喊道。

說話的男人稍微加大音量：「共和國的幻奇之力，一如既往非常充足，我們也能繼續享受這些豐富的天然資源。」

「瓊斯先生，」一名記者揚聲說道：「南光邦和遠東歌邦發生大規模跳電，還有幻奇設施故障，您有什麼看法？埃茲拉．史奎爾瞭解這些狀況嗎？一向深居簡出的他是否願意出面，公開回應這些問題？」

瓊斯先生清清喉嚨。「在此重申，那些不過是荒唐的謠言，徒然製造無謂的恐慌。本公司的監控系統極為先進，並未觀察到任何幻奇之力短缺或幻奇設備故障的情形，全國鐵路系統、發電廠、幻奇醫療服務全都運作良好。史奎爾先生深知，本企業身為全國幻奇之力及相關服務的唯一提供者，身負重責大任，我們如往常一樣盡心盡力……」

「瓊斯先生，有人提出幻奇之力短缺可能與詛咒之子有關，您認為如何？」

莫莉安手中的筆掉落。

「我……我不確定……我不確定您的意思。」瓊斯先生聽起來猝不及防，一陣結巴。

那位記者接著說下去：「這個嘛，南光邦和遠東歌邦總共登記了三名詛咒之子，至於豐饒邦目前並沒有詛咒之子，也從未出現幻奇之力短缺的狀況。大狼田邦登記了一名詛咒之子，是著名政治人物柯維斯．黑鴉的女兒，那麼之後是不是會輪到大狼田邦陷入短缺危機呢？」

「再重申一次，根本沒有危機——」

莫莉安哀號一聲，關掉收音機。這下可好，連還沒發生的事都怪到了她頭上，下個月她要寫多少封道歉信？光是用想的，她的手就快抽筋了。

她嘆口氣，撿起筆。

親愛的豺狐果醬協會：

柑橘果醬的事很不好意思。

誠摯的

M．黑鴉

莫莉安的父親柯維斯擔任大狼田邦的總理，冬海共和國總共由四個邦組成，其中最大的邦正是大狼田邦。柯維斯的地位舉足輕重，極為忙碌，就算難得回家吃晚餐，通常還是在工作。他的左右各有一名助理隨侍在側，分別叫做「左」和「右」，因為柯維斯太常汰換助理，索性就不記助理的本名了。

「右，通知威爾森將軍，」這天晚上，柯維斯說道。莫莉安坐在餐桌前，對面是繼母艾薇，遙遠的餐桌另一頭則是奶奶，沒人看莫莉安一眼。「最晚在初春以前，將軍辦公室一定要交出戰地醫院的預算。」

「是的，總理。」右說，拿起幾塊藍色的布料樣品：「您辦公室的新沙發要選哪一種？」

「天藍色吧。問我老婆，她是這種事情的專家，對吧，親愛的？」

艾薇燦爛一笑。「選長春花的藍色，寶貝，」她發出清脆動人的笑聲：「這樣跟你的眼睛才搭。」

莫莉安這位繼母在黑鴉宅邸特別與眾不同，擁有一頭綢緞般的金髮，配上健康的膚色（這是她夏天去豐饒邦東南部的宜人海灘，好好「釋放壓力」的戰果），顯得與黑鴉家族格格不入。黑鴉一家有著暗夜般的黑髮，皮膚蒼白到近乎病態，從來不會晒黑。

莫莉安想，或許父親這麼喜歡艾薇，就是因為她跟黑鴉家族一點也不像。此刻，艾薇坐在死氣沉沉的餐廳中，看起來有如父親度假帶回來的異國藝術品。

「左，十六號營地爆發的麻疹疫情怎麼樣了？」

「總理，疫情已經控制住了，但那裡還是有斷電的情況。」

「多頻繁？」

「一週一次，有時候兩次，邊境城鎮的居民也為此表達不滿。」

「大狼田邦的邊境？你確定？」

「總理，程度是沒有南光邦貧民窟暴動那麼嚴重，居民只是有些驚慌。」

「他們以為斷電是因為幻奇之力短缺？真是胡說八道，這裡一點問題也沒有啊。黑鴉宅邸從來沒運作得這麼順暢過，你看這些燈，亮得跟白天一樣，發電機一定充滿了能源。」

「是的，總理，」左的神情有些不自在，「這個情況……民眾也注意到了。」

「哼，整天怨這個怨那個。」餐桌另一頭傳來沙啞的嗓音。奶奶一如往常為晚餐打扮得很正式，身穿一襲黑色長裙，脖子和手指上都戴了首飾，毛躁分岔的鐵灰色頭髮梳成威嚴的髮髻，立在頭頂。「我不相信有能源短缺這回事，不過是一些想不勞而獲的人沒付電費罷了，如果埃茲拉．史奎爾斷他們的電，也是他們活該。」她邊說，邊把牛排切成血淋淋的小塊。

「空出明天的行程，」柯維斯對助理說，「我去邊境那幾個城鎮一趟，握握幾個人的手，他們應該就會閉嘴了。」

奶奶發出滿懷惡意的短促笑聲，「你該做的是搖搖他們的腦袋。柯維斯，你骨頭又沒斷，怎麼不有骨氣一點？」

柯維斯的表情垮了下來，莫莉安努力忍住上揚的嘴角。她曾聽一個女僕私下說，奶奶根本「外表是貴婦，其實是一隻殘忍的老猛禽」，莫莉安暗自贊同，不過她還滿喜歡聽奶奶砲轟別人，只要奶奶不是針對她就好。

「明……明天是投標日，總理，」左說，「您已經安排好，要向鎮上符合資格的學生致詞。」

「老天，又提醒了我。」（莫莉安舀了一些蘿蔔到盤子上，思忖：**不對，是左提醒了你。**）「真是件麻煩事，我猜今年大概沒辦法再取消了。時間地點？」

「正午在鎮政大樓，」右邊說，「參加的學生包括聖克里斯多學校、瑪莉漢萊特學院、豺狐預備學校。」

「好吧。」柯維斯不高興地嘆氣，「但記得叫《年代報》的人來，確保他們派人來寫報導。」

莫莉安吞下一口麵包。「投標日是什麼？」

正如往常，每當莫莉安開口講話，眾人便一起轉頭看她，臉上微帶驚異，彷彿她是一盞突然長腳的燈，正跳著踢踏舞橫越餐廳。

一陣短暫的靜寂，然後——

「也許該邀幾間慈善學校去鎮政大樓，」她父親繼續說，好似剛才沒人開口，「表示我們有為低層人民做點事情，是個不錯的宣傳。」

奶奶彷彿受不了地呻吟一聲，「拜託，柯維斯，你只需要一個小孩幫你拍張照，到時候你有幾百個小孩可以選，就選最上相的，跟他握個手就走，不需要把事情搞得這麼複雜。」

「嗯，」他點點頭，「母親說得是。左，麻煩幫我拿鹽罐。」

右膽怯地清了清喉嚨，「總理，其實……讓名聲沒那麼響亮的學校參與，不失為一件好事，說不定會上頭條。」

「提升鄉下地區對您的滿意度也好。」左一面說，一面快步走向桌子另一頭拿鹽罐。

「左，用不著這麼委婉，」柯維斯揚起一邊眉毛，斜眼往女兒一瞅，「我在每個地區的滿意度都有待提升。」

莫莉安內心浮起一絲內疚。她明白，父親人生中最大的挑戰，就是在女兒為大狼田邦招來各種噩運的同時，努力維繫選民的支持。儘管背負著如此重大的弱點，他擔任邦總理一職竟也邁入了第五年。對柯維斯・黑鴉而言，執政的每一天都是一個奇蹟，而他下一年究竟該如何維持這種不可思議的運氣，也令他每一天焦灼不安。

「但母親說得沒錯，不必找來這麼多人參加投標。」他繼續說：「想辦法用其他方式搞個頭條。」

「那是拍賣會嗎？」莫莉安問。

「拍賣？」柯維斯厲聲道，「妳在說什麼鬼話？」

「我是說投標日。」

「老天爺啊。」他發出不耐的聲音，低頭看文件：「艾薇，解釋一下。」

「在投標日這一天，」艾薇神氣地挺直背脊：「完成小學教育的孩子可以接受投標，讓別人提供他未來的教育費用，只有夠幸運的孩子才會有人投標。」

「或是夠有錢的。」奶奶補充。

「是的，」被打斷的艾薇顯得有些洩氣，但她繼續說：「只要哪個孩子夠聰明，夠有天分，或是爸媽夠有錢去賄賂別人，在優良教育機構的重要人物就會投標他。」

「每個小孩都會有人投標嗎？」莫莉安問。

「天啊，怎麼會呢！」艾薇笑出聲，瞥向旁邊的女僕，她正把裝著肉醬的湯碗端上桌。接著，艾薇用誇張的氣音說道：「要是大家都受教育，誰來伺候我們？」

「可是這樣不公平。」莫莉安抗議，蹙起眉，眼望女僕紅著臉快步離開餐廳：「而且我不太懂，要投標什麼？」

「投標監督某個小孩完成教育的權利。」柯維斯不耐煩地打斷，一手在臉前亂揮，彷彿想把這段對話趕走。「什麼參與塑造未來主人公的幼小心靈是莫大的榮耀……諸如此類的。不要再問問題了，這跟妳一點關係也沒有。左，我星期四跟農務委員會主席的會議是幾點？」

「三點，總理。」

「我可以去嗎？」

柯維斯連眨了幾下眼睛，皺起眉頭，把額上的皺紋擠得更深。

「妳幹麼參加我跟農務委員會主席——」

「我是說投標日，明天那個在鎮政大樓的典禮。」

「妳？」繼母艾薇說，「去參加**投標日的典禮**？去做什麼？」

「我只是……」莫莉安打住話頭，突然猶疑起來。「呃，我這個星期生日，這可以當作我的生日禮物嘛。」聞言，全家人呆看著她，坐實了莫莉安的疑心：他們根本忘了她後天就滿十一歲。「我覺得應該會很好玩……」她越講越小聲，垂頭注視盤子，誠心希望自己剛才沒有開口。

「這種事根本不**好玩**，」柯維斯鄙夷地說：「這是**政治**。還有，不行，妳不能參加，想都別想，什麼荒唐的念頭。」

莫莉安整個人順著椅子往下滑，十分喪氣，覺得自己好笨。說真的，她還期盼什麼？柯維斯說得對，這個念頭實在荒唐。

黑鴉一家在緊繃的氣氛中默默吃飯，又過幾分鐘——

「其實，總理……」右用試探的口吻說。柯維斯把餐具「鏗鎯」摔在盤子上，狠瞪這名助理。

「**又怎麼了？**」

「呃……假如您……我不是說您一定要，但假如您……帶您女兒參加，可能會……呃，讓您的形象更親和，一些些。」

左絞著手，「總理，我覺得右……嗯，又說對了。」柯維斯怒哼一聲，左邊緊張地慌忙說道：「我……我的意思是，根據民調，大狼田邦的選民覺得您有一點……不好親近。」

「有距離感。」右邊插口。

「如果提醒選民，您很快就要……承受喪女之痛，您的滿意度只會提升，不會更壞。就新聞報導來說，還可以為這場活動增添一個，呃，特殊的切入點。」

「多特殊？」

「頭條等級的特殊。」

柯維斯默然不語，莫莉安覺得她看到柯維斯的左眼一抽。

第二章 投標日

「不准跟任何人講話，莫莉安。」這大概是她父親當天早晨第一百次低聲說這句話了，他大步跨過鎮政大樓的石階，莫莉安費力跟上。「妳會跟我一起坐在臺上，讓大家都看得到妳，懂了嗎？不准搞出任何……事情，不准弄斷別人的腰，也不准……不准招來一大群黃蜂，不准弄倒梯子，不准……」

「召喚鯊魚攻擊？」莫莉安替他想了一個。

柯維斯倏地轉身面對她，一張臉氣得紫紅。「妳以為這**很好笑嗎**？鎮政大樓每個人都會看著妳的一舉一動，妳做的每件事都會連累我，妳是故意要毀掉我的事業嗎？」

「不是，」莫莉安說，抹去幾點柯維斯盛怒之下噴出的唾沫。「不會是故意的。」

莫莉安來過鎮政大樓幾次，通常都是因為父親的滿意度跌到谷底，需要讓大眾看看家人的支持。鎮政大樓是豺狐鎮上最重要的建築，兩旁立著石柱，佇立在巨大鐵造鐘樓的陰影之中，顯得十分陰冷。雖然莫莉安通常會避看那座鐘樓，不過鐘樓其實比鎮政大樓有趣多了。

「天色鐘樓」上不是尋常的鐘，鐘面既沒有指針，也沒有標示時間的線條，就只是一面圓形玻璃，裡頭是一片純淨的天空，顏色會隨著一個世代的流逝而變化——晨曦日是微帶粉色的輕淺晨光，沐日期是鮮亮的金黃色，日稀期是閃閃發光的夕陽橙，黃昏期是黯淡、逐漸轉暗的藍色。

今天，一如今年的每一天，鐘樓顯示現在是黃昏期。莫莉安明白，這意味著再過不久，天色時鐘便會邁入週期的第五階段，轉變為最後一種顏色：代表夕暮日的墨黑天空，幾點星光灑落其間。屆時，就是這個世代的最後一天。

不過，那天還要再過一年才會來臨。莫莉安搖搖頭，把關於夕暮日的思緒甩掉，跟隨父親走上階梯。

回音在鎮政大樓的大廳中迴盪，這裡通常氣氛肅穆，此時卻洋溢興奮的氣息。幾百名來自豺狐鎮各地的孩子齊聚一堂，身穿最好的衣服，男孩梳著油頭，女孩綁著馬尾，有的飾以緞帶，有的搭配帽子，每個人都挺直背脊，坐在一排排座位上。眾人前方是冬海共和國總統熟悉的凝視，他的畫像神色嚴正，掛在共和國的每一戶人家、每一間店鋪、每一個政府機關，隨時監看，陰魂不散。

莫莉安和柯維斯走上臺，在講臺後的位子落座，此時喧鬧聲轉為窸窣的交談，不論莫莉安把目光轉向何處，都有人瞇起眼睛回望她。

柯維斯一手搭在她肩上，擺出一副尷尬、不自然的慈愛神態，幾名當地記者拍起照片。**絕對會上頭條**，莫莉安心想——一個是噩運纏身的女兒，一個是即將陷入哀悼的父親，一對徹頭徹尾的人間悲劇。她努力表現出特別悽惻的樣子，但是眼前閃光不斷，做起來並不容易。

待眾人充滿勝利氣勢地唱完冬海共和國國歌（**向前！向上！再前進！萬歲！**），柯維斯說了一段極為無聊的開場致詞，接著各校校長、紳商名流全來湊一腳說上幾句。最後，豺狐鎮鎮長終於捧出一個平滑光亮的木箱，預備開始宣讀投標，莫莉安登時坐正，內心湧上一股難以言喻的期待。

「『絲域芭蕾舞蹈團的宏諾拉・薩維夫人』，」他念出從木箱抽出的第一封信，「『希望投標茉莉・詹金斯。』」

第三排傳出一聲喜孜孜的尖叫，茉莉・詹金斯從座位上跳起，衝到臺上，行了個屈膝禮，收下裝著投標信的信封。

「很棒，詹金斯小姐，請在典禮結束後去大廳後面找工作人員，他們會帶妳去面試的房間。」

鎮長說完，抽出另一個信封。「『毒木軍校的雅各・傑克利少校，希望投標麥克・沙林布。』」

麥克上前收下投標信，親友在一旁喝采。

「『嘶尼格蛇類百貨的所有人兼經營者亨利・嘶尼格先生，希望投標愛麗絲・卡特，邀請她成為爬蟲業的學徒』……我的天，太有意思了！」

投標過程繼續進行了將近一小時，大廳中的孩子全都緊張不已，看著鎮長一一抽出木箱中的信，每宣讀一封，得到投標的孩子和父母便發出歡呼，其餘的人則一致失望嘆息。

莫莉安開始坐不住了。說實在，投標日的新鮮感已經沒那麼強烈，她本來以為會更刺激的。她沒有料到的是，當她眼望一個接一個孩子領走信封，內心竟緩緩升起一陣嫉妒，不停嚙咬，使得她胸口隱隱生疼。每個信封裡面，都裝著莫莉安無緣的大好前程。艾薇的話在她腦中迴響：**妳不會是以為可能有人投標妳吧？真是的。**

想起艾薇的笑聲，莫莉安感到一股熱氣直衝臉龐，突然迫切想要逃離悶熱的大廳，卻只得拚命壓下這股衝動。

前排猛地歡聲雷動，柯里．詹森獲得冬海學院的金妮弗．歐萊利夫人投標，冬海學院位於首都，是由政府出資的名校。歐萊利夫人是今天第二位投標詹森的人，首位投標者來自豐饒邦某間地質機構，豐饒邦盛產各類寶石，是共和國最富裕的一邦。

「不得了，不得了。」鎮長拍著大肚子說，柯里接過第二個信封，高舉過頭揮動，臺下的親友更大聲叫好。「雙重投標！真是一件大事，豺狐鎮好幾年沒出過雙重投標了。非常棒，孩子，非常棒，你可要慎重考慮。接下來……啊，有一位匿名人士想要投標……投標……」

鎮長打住話頭，瞄了一眼貴賓席，又低頭看手中的信。他清了清喉嚨：「投標莫莉安．黑鴉小姐。」

大廳陷入寂靜。莫莉安眨了眨眼。

她幻聽了嗎？不對，柯維斯作勢站起，怒視鎮長，鎮長無奈地聳了聳肩。

「黑鴉小姐？」他揮手示意莫莉安上前。

觀眾席的人紛紛開始交頭接耳，宛如一群受到驚動而振翅起飛的鳥。

一定弄錯了，莫莉安心想，**得到投標的一定是別人**。

點。她掃視坐在底下的一排排學生，只見他們有些蹙著眉頭，有些伸手對她指指點點。鎮政大樓的大廳怎麼突然變大了？好像也變亮了？宛如有道聚光燈直直打在她頭上。

鎮長再次伸手招呼她，神色半是惶恐，半是不耐。莫莉安深吸一口氣，強迫雙腿站起，往前邁出幾步，一步步都在室內發出極為響亮的回音。她顫抖著手接下信封，抬頭看鎮長，預期他大笑出聲，劈手奪回信封：**這不是給妳的！**但鎮長只是看著她，眉間因擔憂而刻下一道深深的皺紋。

莫莉安的心臟怦怦狂跳，翻過信封，見到信封上用華麗的草寫寫著——真的是她的名字，**莫莉安．黑鴉小姐**。這真的是給她的。儘管大廳的氣氛愈發緊張，莫莉安內心卻如釋重負，努力壓住笑意。

「很棒，黑鴉小姐，」鎮長勉強擠出微笑，「請回座，典禮結束之後去大廳後面找工作人員。」

「葛瑞格……」柯維斯以警告的口吻說，鎮長又聳聳肩。

「柯維斯，這是傳統，」他悄聲說，「何況……也是法律規定的。」

典禮繼續進行，莫莉安依然處於震驚狀態，默然歸座。她不敢打開信封看。她父親坐姿僵硬，每隔幾秒便瞥向米白色的信封，彷彿想要從她手中一把搶走，一把火燒個乾淨。保險起見，莫莉安將信封收進裙子口袋，緊緊捏住，觀看另外八個孩子上臺領取信封，暗自盼望典禮很快就會結束。雖然鎮長裝作什麼也沒發生，照常主持典禮，竭力讓氣氛保持輕鬆，她仍舊感覺得到幾百雙眼睛盯著她看。

「狄韋羅女子學校……**從來沒聽過！**……的艾迪絲．艾瑟夫人，希望投標……

標……」鎮長的聲音慢慢減弱，從口袋掏出手帕，抹去額頭的汗珠。「投標莫莉安・黑鴉小姐。」

這一次，全場觀眾不約而同倒抽一口氣，莫莉安有如置身夢境，往前走，領取第二封投標信。她看也不看信封上是否真的寫了自己的名字，就把散發甜香的粉色信封放進口袋，和另一封收在一起。

幾分鐘後，鎮長第三次喊出莫莉安的名字，她衝上前領走信封（投標者是哈猛軍校的范・雷文霍克中校），以最快速度趕回座位，目不斜視地緊盯自己的鞋子，試著忽略心中撲騰不已的情緒，彷彿體內有一群蝴蝶在開派對，讓她費盡力氣才忍住不要笑開。

第三排有個男人站起身喊道：「但她是詛咒之子啊！這不對吧！」他妻子拉住他的手臂，想叫他閉嘴，可是他不肯。「三重投標？從來沒聽過這種事！」觀眾席傳出一陣附和。

莫莉安的喜悅宛如快熄滅的燈，開始動搖。那男人說得沒錯，她被詛咒了，一個詛咒之子得到三重投標，又能怎麼樣？她沒辦法接受投標的。

鎮長舉起雙手，示意眾人安靜。「這位先生，請容我們繼續進行，否則大家都得在這裡耗一整天。請各位稍安勿躁，等典禮結束，我會好好了解這個非比尋常的狀況。」

如果鎮長希望典禮回復平靜，他想必要失望了，因為他抽出的下一個信封寫道：

「『朱比特・諾斯希望投標』……天啊，我不信。『投標莫莉安・黑鴉小姐』。」

鎮政大樓的大廳頓時陷入混亂，孩子與家長全跳起來大吵大嚷，臉色有的漲紅、有的發紫，紛紛嚴正要求給個交代：這等亂七八糟的事究竟是什麼道理！四重投標！雙重投標已經是異乎尋常，三重投標可謂極度罕見，竟然還來個四重投標？根本前所未聞！

接下來還剩十二個信封，鎮長以最快速度一一念完，每當他確認信封上不是莫莉安的名字，他那張冒汗的臉便大大鬆一口氣。終於，他的手在木盒底部摸了一圈，再伸出來時什麼也沒有。

「剛才是最後一封了，」鎮長說，感激涕零地閉上雙眼，聲音微顫：「請……請獲得投標的同學移動到大廳後方，然後，嗯，工作人員會帶你去面試室，呃，讓你跟未來的贊助人見個面。至於其他人……我相信你們都是……你們知道的。這不代表你們很差勁，呃，或是……嗯。」他含糊地揮了揮手，眾人會意過來，起身離席。

柯維斯強硬宣稱要採取行動，要提出控告，要把鎮長給撤換掉——但鎮長堅持按照規定走，假如莫莉安願意，絕對要讓她跟投標者會面。

莫莉安非常願意。

當然，莫莉安心底明白，她不可能接受任何一個人的投標。其實，她很肯定，一旦這幾位神祕陌生人發現投標對象是個詛咒之子，一定會立刻取消投標，八成還會快馬加鞭落荒而逃。可是，莫莉安覺得，起碼要跟他們見個面，否則就太失禮了，畢竟他們大老遠跑過來。

莫莉安在腦海中演練說詞：**很對不起，但我在詛咒之子名單上面，到了夕暮日就會死，謝謝你撥空參與投標**。

嗯，有禮貌又直截了當。

她被帶到一個房間，四面牆乾淨光裸，室內只有一張桌子，桌子兩端各一張椅子。感覺有點像審問室……莫莉安想，某方面來說，的確是審問用的。之所以要讓贊助人和孩子見面，就是要給孩子盡量提問，贊助人必須全部如實回答，這是少數幾件她從父親無聊的投標日演講中學到的事。

莫莉安提醒自己，她也沒什麼問題可以問。她在腦中堅定地重複：**謝謝你撥空參與投標**。

一名男子坐在椅子上，低聲哼著小曲。他有一頭蓬鬆的棕髮，身穿灰西裝，戴著金絲邊眼鏡。他用蒼白瘦削的手指把眼鏡往鼻梁上推，平靜地微笑，等待莫莉安坐定。

「黑鴉小姐，我是瓊斯先生，謝謝妳來見我。」男子語氣輕柔，語句簡短俐落，嗓音聽起來有點熟悉。「我代替老闆前來，他希望邀請妳做學徒。」

莫莉安準備好的說詞頓時跌出腦海，內心又冒出撲騰的感覺，一隻懷抱希望的蝴蝶悄悄鑽出蝶蛹。「做什麼……的學徒？」

瓊斯先生淺笑，富有感情的深色眼眸四周浮現細紋。「進入史奎爾企業學習。」

「史奎爾企業？」莫莉安皺起眉，「所以你的老闆是……」

「是的，就是埃茲拉·史奎爾，也就是共和國最有權勢的人。」他垂下眼眸：「應該說是第二有權有勢，僅次於總統。」

莫莉安猛地想起她在哪聽過這個聲音，他就是新聞廣播上，那位開記者會談幻奇之力短缺危機的人。

瓊斯先生完全符合她的想像：氣質嚴肅，有條有理，穿著有品味。他白皙的手指像蜘蛛一樣細長，雙手交握，擺在面前，膚色淺到近乎透明。他年紀不輕，但也稱不上老，全身上下一絲不苟，細心打理過的外表乾淨整齊，唯一突出的是他左眼上方有道白色傷疤，把眉毛一分為二，太陽穴附近還有一綹白髮。他連動作都顯得精準刻意，似乎不願為任何不必要的舉動浪費力氣，看來是個非常自制的人。

莫莉安瞇起眼睛，「共和國第二有權有勢的人為什麼要我當學徒？」

「史奎爾先生做出這個決定的原因，不是我能妄自猜測的。」瓊斯先生暫時鬆開雙手，扶正眼鏡。「我只是他的助理，他想要什麼，我就去做什麼。黑鴉小姐，目前，他想要妳成為他的學生……兼繼承人。」

「繼承人？什麼意思？」

「意思是，他希望未來由妳接手史奎爾企業，妳會比夢想中的更加富裕、握有權力，領導世界上規模最大、影響力最強、獲利最多的企業。」

莫莉安眨眨眼：「我在家連舔個信封都不行。」

瓊斯先生似乎覺得很好笑，「我想妳在史奎爾企業也舔不到信封。」

「那我過去要做什麼？」莫莉安也不知道自己為什麼要這樣問。她試著回想先前準備好的說詞，什麼跟詛咒有關的……**謝謝你撥空參與……**

「黑鴉小姐，妳將學習經營一座企業帝國，世上最有能力的人會親自教導妳。史奎爾先生非常聰明，才華出眾，他會傾囊相授，把他從未教過別人的事傳授給妳。」

「他連你都不教？」

瓊斯先生輕笑：「要他教我更是不可能。等妳學徒期滿，史奎爾企業上上下下都將交給妳，採礦、工程、製造、科技部門，整個共和國超過十萬名員工，全任妳差遣。」

莫莉安睜大雙眼。

「往後，在這個國度，每一戶人家、每一個人民都將欠妳人情，大眾將仰賴妳生存，由妳提供溫暖、電力、食物、娛樂，他們每一個需求、每一個想望……都必須依靠幻奇之力。唯有史奎爾企業的大善人會供應幻奇之力，也就是妳。」

他的聲音漸趨柔和，近乎耳語，莫莉安不禁傾身向前。

「埃茲拉．史奎爾是這個國家最了不起的英雄，」他繼續說：「不只是英雄，更是仁慈和善的神，是百姓安居樂業的原因，是世上唯一能夠收集、分配、控制幻奇之力的人，我們的國家多虧他才能運作。」

此時，他的眼眸閃現一道如痴如狂的詭譎光輝，一邊嘴角勾起奇特的淺笑。莫莉安忍不住向後縮，暗自好奇瓊斯先生是不是太愛埃茲拉．史奎爾？或是很怕他？也或許是想要變成他？說不定三者兼有。

「黑鴉小姐，想像看看，」他細語道：「想像看看，像他一樣如此受人愛戴、受人敬重、受人**需要**，會是什麼感覺。如果妳努力學習，遵從史奎爾先生的教導……總有一天，這一切都是妳的。」

她可以想像。她的確想像過，不下數百次，假如大家不怕她，而是喜歡她，那該有多好？假如看見她走進房間，大家不是嚇一大跳，而是報以微笑，那該有多好？這是她最喜歡的白日夢。

但是，那不過就是白日夢罷了——莫莉安一面告訴自己，一面甩掉腦中如蛛網般蔓生的思緒。白日夢就是白日夢。她坐直身體，深呼吸一口氣，用意志力命令嗓音不要發抖。

「瓊斯先生，我不能接受，我在詛咒之子的名單裡面，我會……我會在……嗯，你知道的。謝……謝謝你撥空參與……」

「打開來看。」瓊斯先生說，頭朝她手中的信封一點。

「裡面是什麼？」

「契約。」

莫莉安疑惑地搖搖頭，「什……什麼？」

「這是標準程序，」他微微聳肩，「獲得他人贊助學業的孩子都必須簽一份契約，並請一位父母或監護人簽名。」

好吧，那更不用妄想了，莫莉安心想。「我父親絕對不可能簽名。」

「這交給我們煩惱就好。」他從大衣口袋掏出一枝銀筆，放在桌上。「妳只需要簽名，史奎爾先生會打點好其他的事。」

「你不明白，我不能——」

「黑鴉小姐，我非常明白。」瓊斯先生定睛凝視著她，深色眼眸極為犀利。「此外，妳不必擔心詛咒或夕暮日。只要妳跟隨埃茲拉・史奎爾，從今而後，妳什麼也不必擔心。」

「可是——」

「簽名吧。」他朝銀筆點了點頭，「只要簽名，我能保證：總有一天，妳可以隨意買下或賣掉任何讓妳不開心的人。」

有那麼一瞬間，瓊斯先生那雙流露光采的眼睛，以及那副看似蘊藏祕密的沉靜笑容，令莫莉安禁不住相信，他會和史奎爾先生共同打造她從前不敢奢望的未來。

她伸手拿筆，接著又遲疑。還有一個問題在她內心翻攪，那也是最最重要的疑問。她抬頭看著瓊斯先生。

「為什麼是我？」

一陣響亮的敲門聲，門板倏地推開，鎮長慌忙快步走進來。

「黑鴉小姐，萬分抱歉，」他用手帕按住額頭，西裝上到處都是汗漬，為數不多的頭髮全豎了起來。「看來有人對妳做了非常過分的惡作劇，我們都被騙了。」

「惡……惡作劇？」

柯維斯跟在他身後大步踏入房間，嘴脣抿成直線：「妳在這啊，我們走。」他抓住莫莉安的手臂，拉著她走出房間，她坐的椅子被弄翻，「喀啦」倒地。

「妳那些投標者全都沒來。」鎮長跟著來到走廊，氣喘吁吁，「都怪我，我早該發現的，一下是什麼哈猛軍校，一下是什麼狄韋羅女子……根本沒人聽過，全是捏造的。」他看看莫莉安，再看看柯維斯，又看看莫莉安。「親愛的柯維斯，非常抱歉讓你遇到這種事，你不會怪我吧？」

柯維斯對鎮長怒哼一聲。

「等等……」莫莉安開口。

「妳不懂嗎？」她父親用冰冷、憤怒的語氣說，劈手奪走她的信封。「我成了一個笑話，有人以為這樣做很好笑，簡直是屈辱！竟然發生在我自己的轄區內！」

莫莉安皺眉，「你是說我的投標者……」

鎮長絞著手：「根本不存在，所以一個人都沒來，抱歉讓妳等這麼久。」

「可是，我剛剛就想跟你們說，其中一個人有來啊，瓊斯先生代替——」莫莉安衝回面試室，說到一半又乍然中斷。

他那張椅子是空的，沒有筆，沒有契約，他就這樣憑空消失了。莫莉安面對空蕩蕩的房間，目瞪口呆。瓊斯先生在他們爭論的時候悄悄離開了嗎？難道他改變心意了？還是，他只不過是來捉弄她的？

她恍然領悟真相，猶如腹部被重踢了一腳。

這當然只是惡作劇。全共和國最有權有勢的商人，為什麼要指定她當學徒，甚至是繼承人？光想就知道這太荒謬了。一波羞慚之情席捲莫莉安，令她雙頰發紅。她怎麼這麼好騙？

「真是鬧夠了。」柯維斯說，把信封全數撕得粉碎。莫莉安心酸地眼望紙片飄然落地，宛若紛紛飛雪。

閃爍光澤的黑色馬車載著莫莉安和她父親駛離鎮政大樓，柯維斯一言不發，注意力已經轉向皮箱中必備的文件，善加把握這一天剩下的時間工作，好似今天早上的不幸插曲從未發生。

莫莉安目送洋溢興奮之情的孩子和家長魚貫離開鎮政大樓，走到街上，一邊交談，一邊揮動投標信。一陣尖銳的妒意猛然襲來。

沒有關係，她告訴自己，拚命眨眼，淚水讓眼眶熱熱的。**沒什麼大不了的，沒關係**。

一路上，行人不見減少，反倒有越來越多人聚集，最終迫使馬車徹底停駛。許多人一面快步擠過馬車，走向鎮政大樓，一面抬頭盯著天空。

「勞理，」柯維斯斥道，猛敲馬車天花板，吸引車夫的注意力。「怎麼停在這裡？快叫那些人走開。」

「我試過了，總理，可是——」

「來了！」有人大喊，「就要到了！」人群報以一陣歡呼。莫莉安伸長頸子，想看清到底發生什麼事。有人當街擁抱——不是投標日的那些孩子，而是每一個人，大家都吹著口哨，大叫大喊，摘下帽子往天空拋。

「他們為什麼……」莫莉安開口，隨即打住，側耳傾聽。「怎麼會有鐘聲？」

柯維斯帶著奇特的神情注視她，文件自他手中滑下，四散在馬車地板上。他推開門，跳出馬車，莫莉安跟了出去，抬頭一望，這才看清大家是往什麼方向跑。是鐘樓。

天色時鐘正在變化，莫莉安凝視代表傍晚的昏暗淡藍越來越深，化為湛藍，又變成深藍，最終轉為不可思議的濃黑，有如一個掛在空中的墨水瓶，也像是一個即將吞噬世界的黑洞。

那陣鐘聲，是在宣告夕暮日來臨。

當夜，莫莉安躺在一片黑暗之中，輾轉難眠。

鐘聲直響到午夜，接著驟然停止，隨後陷入窒息般的沉靜。鐘聲是警訊，也是信號，昭告天下，夕暮日即將來臨……不過，到了午夜，就不再需要鐘聲了。夕暮日已然降臨，這個世代的最後一日就此開始。

莫莉安明白，她應該感到害怕、難過、擔憂……她也的確有這些感覺，可是她最強烈的感覺，是憤怒。

她被騙了。這個世代理應有十二年，大家都是這麼說的，柯維斯、奶奶、莫莉安的歷任個案負責人、新聞上的年代學家都是這麼說的。十二年的人生本來就已經夠短，遑論才**十一年？**

天色時鐘轉為黑色之後，那一票專家爭先恐後地說他們懷疑很久了，說他們一早就看出徵兆，說他們正打算公開宣布：他們認為，今年冬天，將是本世代的最後一季。

管他的，那些專家說，**看來這個世代就是只有十一年囉。是人都會犯錯，差一年又沒差多少**。

差得可多了，拜託！

祝我生日快樂，莫莉安慘兮兮地心想。填充兔子玩偶愛默特正躺在她的臂彎裡，從她有記憶以來，愛默特每晚都睡在這個位置。她用力抱緊愛默特，試著入睡。

這時，突然傳來一個聲音。非常細微，幾乎聽不見，宛若細語呢喃或一陣微風。她打開床頭燈，光線盈滿整個房間。

房內空蕩蕩的。莫莉安心跳加速，跳下床，先是環顧四周，再察看床底，然後猛地打開衣櫃——什麼也沒有。

不對。並不是什麼也沒有。

有個什麼。

黑色木地板上，躺著一個小小的白色長方形東西。不知是誰從門縫底下塞給她一個信封。她撿起信封，把門打開一條縫隙，偷瞄外面走廊。沒有人在。

信封上，有人以黑色濃墨潦草寫下：

來自幻奇學會的朱比特・諾斯，

希望投標莫莉安・黑鴉小姐。第二次。

「幻奇學會。」莫莉安悄聲念道。

她撕開信封，抽出兩張紙，其中一張是信，另一張是契約。契約是用打字的，看起來非常正式，底下已經有兩個簽名，第一欄「贊助人」上方簽了大而雜亂的朱比特・諾斯，第二欄「父母或監護人」上方的簽名，她卻完全認不出來，也看不出是在寫什麼，只知道絕不是她父親的字跡。

第三欄「備選生」空著，尚待填寫。

莫莉安滿腔困惑，開始讀信。

親愛的黑鴉小姐：

恭喜！一位本會成員選定您做為幻奇學會成員備選生。請注意，這不代表您必定能夠入會。幻奇學會成員名額極為有限，每年皆有數百位備選生期盼成為會員，並競爭入會資格。

假如您有意加入學會，請於隨信附上的契約簽名，交還贊助人，期限為十一年之冬最後一日。入會考驗將於春季開始。

願您試運昌隆。

祝好

自由邦，永無境（註3）

傲步院

坤寧長老

信紙最下方，有段看似匆忙寫就的潦草黑色筆跡，簡短卻令人激動：

做好準備

——J・N・

註3　永無境（Nevermoor），諧音 nevermore 一詞，應是致敬美國詩人愛倫・坡（Edgar Allan Poe）的名作〈烏鴉〉（*The Raven*）。

第三章　死神光臨晚餐前

豺狐鎮的街道一向乏味、保守，但在夕暮日當晚也熱鬧了起來。以鵝卵石鋪成的帝國路，一早便洋溢愉悅活絡的氛圍，午夜前的幾個小時，更是變得喧囂吵嚷、歡欣鼓舞。每個轉角都有街頭樂隊演奏討賞，搶著吸引行人的注意；四處飛舞著色彩斑斕的燈籠、絲帶、燈串，空氣中飄散啤酒、焦糖和烤肉的香味。

化為漆黑的天色時鐘俯瞰著這場慶典。等到午夜，時鐘的顏色將會轉淡，化為晨曦日的顏色（美好而輕淺的粉紅），宣告首年之春正式降臨，為所有人帶來嶄新的開始。這是異乎尋常的一夜，滿載無限可能。

對所有人而言皆是如此，唯獨莫莉安・黑鴉除外。對莫莉安來說，今夜只有一種可能。一如每個十一年前在夕暮日降生的孩子，當時鐘指向午夜整點，她將迎來死亡，短暫而悲慘的十一年人生就此畫下句點，終於實現詛咒。

黑鴉一家正在慶祝。算是吧。

這間位於山坡上的宅邸此刻氣氛肅穆，燈光昏暗，窗簾拉下。晚餐是莫莉安最喜歡的菜色，羊排、烤防風草根、灑了薄荷葉的豆子。柯維斯討厭防風草，他留在家吃晚餐時，通常不會有這道菜，但今天他神色嚴正，一言不發，任由女僕舀了小山一般的防風草根在盤子上，讓莫莉安深深感受到這個場合有多敏感。

飯廳很安靜，只有餐具和瓷器的輕微碰撞聲。莫莉安清楚意識到她嚥下的每一口食物，以及啜飲的每一口冷水，牆上時鐘的每一聲滴答猶如儀樂隊的鼓聲，一聲聲將她送往自身存在將被抹殺的命定時刻。

她暗自希望死亡不會痛。不知道在哪讀過，詛咒之子死去的時候，通常很快速、安詳，宛若陷入沉睡。她想，不知道在那之後會發生什麼，是不是像廚娘說過的，會到達「更美好的地方」？那個「崇高的存在」是真的嗎？祂會像大家說的一樣，張開雙臂迎接她嗎？莫莉安只希望確實如此，因為另一種可能簡直令她不敢多想。廚娘曾說有個「壞胚子」住在「很悲慘的地方」，聽過那個故事之後，莫莉安整整一週不敢關燈睡覺。

她想，慶祝自己即將死去實在很奇怪，今天絲毫沒有過生日的氣氛，也絲毫沒有慶祝的氣氛，倒像是在死前提早體驗自己的葬禮。

她正思忖到底會不會有人說些跟她有關的事，柯維斯便清清喉嚨。莫莉安、艾薇、奶奶停下送到嘴邊的餐具，拿著羊肉或豌豆望向他。

「我，呃，只是想要說，」他開口，然後似乎就失去勇氣，「我想說……」

艾薇的雙眼泛起淚光，輕捏柯維斯的手鼓勵他：「說呀，親愛的。」

「我只是……」他又試了一次，大聲清喉嚨。「我想要說的是……羊排煮得非常好吃。簡直完美，恰到好處，肉質粉嫩。」

大家喃喃表示贊同，然後繼續吃晚餐，餐具碰撞聲再度響起。莫莉安恍然明白，今天頂多就是這樣了。柯維斯倒也說得沒錯，羊排真的很好吃。

「嗯，要是大家不介意的話，」艾薇用亞麻布餐巾輕按嘴唇，動作優雅。「雖然我成為這個家一分子的時間還不算長，但我想，今晚應該很適合由我來說些什麼。」

莫莉安坐直。精采的要來了，搞不好艾薇會道歉，說不該叫莫莉安在婚禮當天穿癢死人的雪紡蛋糕洋裝；搞不好艾薇會表露心聲，說儘管她搬進宅邸之後，跟莫莉安說不上幾句話，可是她愛莫莉安一如親生女兒，但願她們有更多時間相處，她會非常、非常想念莫莉安，難過到八成會在葬禮上痛哭流涕，哭到妝都花了，害她漂亮的臉蛋掛上兩條醜兮兮的黑色小河，然而再醜她也不會在乎，因為她滿心都是惹人憐愛的莫莉安。莫莉安調整好臉部表情，露出謙恭平靜的樣子。

「本來，柯維斯拿不定主意我該不該說，但我知道莫莉安不會介意的……」

「說吧，」莫莉安說，「沒關係，真的，妳說。」

艾薇對她燦爛一笑（這是生平第一次），然後滿懷信心地從座位上站起來：「柯維斯跟我有小孩了。」

飯廳陷入死寂。隨後門口傳來一聲巨響，有個女僕失手摔了盤子。柯維斯試著對他年輕的妻子露出笑容，可惜表情有點歪掉。

「怎麼樣？」艾薇催促，「不是該恭喜我們嗎？」

「艾薇，親愛的，」奶奶對兒媳露出冷冰冰的微笑，「如果妳希望大家反應熱烈一點，或許該選在沒那麼敏感的時機宣布，比如說，等到我唯一的孫女年僅十一歲就悲劇離世的**隔天**。」

怪的是，奶奶這番話竟讓莫莉安稍稍振作起精神。這大概是莫莉安聽奶奶說過最感性的話，內心對這隻老猛禽登時湧上一股意料之外的暖意。

「但這是好消息呀！你們沒發現嗎？」艾薇說，轉頭看著柯維斯求援，不過他只是捏住鼻梁，像要抵禦頭痛。「這就像是……生命的循環，也許一條生命就要被抹殺，可是一條新生命即將降臨，我說，這簡直就是奇蹟！」

奶奶微微嘆氣。

艾薇不肯罷休，「奧涅拉，妳就要有個**新**孫子或孫女了！柯維斯也會有新女兒，或是兒子！那不是很美好嗎？如果是小男孩，小柯，你說你一直想要兒子，我們可以買黑色小西裝給他穿，跟把拔湊一套父子裝。」

看她父親繃著一張臉，莫莉安都快笑出來了。

「是啊，很棒，」柯維斯毫無說服力地說：「不過晚點再慶祝好了。」

「可是……莫莉安不介意，對不對，莫莉安？」

「介意什麼？」莫莉安問，「介意我再過幾小時就會掛掉，結果妳已經在幫替代我的小孩準備新衣？我一點也不介意。」她把一大塊防風草根塞進嘴巴。

「老天爺啊，」奶奶用氣音斥道，怒視餐桌另一端的兒子，「說好不要提那個跟ㄙ押韻的字！」

「又不是我說的。」柯維斯抗議。

「我沒說『死』啊，奶奶，」莫莉安說，「我是說『掛掉』。」

「不要說就對了，妳會害妳爸頭痛。」

「艾薇說『抹殺』，這更過分吧。」

「夠了。」

「沒人在乎我肚子裡有**小孩**了嗎？」艾薇跺腳大喊。

「沒人在乎我**快死了**嗎？」莫莉安喊回去，「拜託能不能稍微關心我一下？」

「我叫妳不要說那個跟ㄙ押韻的字！」奶奶怒吼。

前門傳來三聲響亮的敲門聲，屋內頓時一靜。

「在這種時間，到底是誰會來？」艾薇細聲說，「記者嗎？這麼快？」她撫平頭髮和裙子，拿起一支湯匙當鏡子照。

「真是一群禿鷹，是來搶獨家新聞的吧？」奶奶說，朝女僕一指：「端出妳最鄙夷的嘴臉，去把他們趕走。」

過幾分鐘，他們聽見大廳傳來短暫的窸窣交談聲，隨後是靴子踩進走廊的沉重腳步聲，後頭跟著女僕怯怯的制止聲。

那靴子每落下一步，莫莉安的心就砰地一跳。**就是現在了嗎？**她心想，**是死神來接我了嗎？死神會穿靴子嗎？**

一名男子在門口現身，由於背光，剛開始只看得見他的剪影。

他身材高瘦，肩膀頗寬，半張臉被厚厚的羊毛圍巾遮住，剩下半張臉則露出幾點雀斑，配上一雙炯炯有神的藍眼，還有又長又寬的鼻子。

這人超過一百八十公分高，身穿一件藍色長大衣，裡頭是一套縫上貝殼鈕釦的合身西裝，打扮高雅大方，只是衣著顯得有些凌亂，就好像他剛離開一場正式宴會，正一面趕回家，一面脫掉衣服。他的大衣領口有個別針，樣式是個金色的「W」字。

他岔開雙腳站著，兩手插在西裝褲口袋，姿態輕鬆地靠著門框，彷彿這輩子都站在那裡，世界上再也找不到比那個地點更讓他自在的地方；也彷彿他才是黑鴉宅邸的主人，黑鴉一家反倒成了他的座上賓。

男子的目光和莫莉安對上，他咧嘴笑開：「嘿，妳好啊。」

莫莉安不吭聲，屋內一片靜寂，只聞牆上時鐘滴答。

「不好意思遲到了，」他接著說，聲音有點被圍巾悶住。「我本來在皆・杰・芥達的一座偏遠小島參加宴會，結果跟一個可愛的老兄聊了起來，他是空中飛人，厲害得很，曾經為一場公益活動在活火山上表演，我跟他聊到忘了時差，看我多傻。無所謂，反正我現在到了。妳準備好了沒？我的交通工具就停在前門。那是防風草根嗎？太棒了。」

奶奶一定是太過震驚，眼見那男子一下子從盤中拿起一大塊烤防風草根吃掉，還滿足地舔舔手指，她竟然一個字也沒說。其實，黑鴉全家似乎都喪失了說話能力，包括莫莉安。

幾分鐘過去，這位不請自來的客人仍然站在原地等待，微微前後搖晃，態度有禮，神色期盼。接著，他忽然想通一件事。

「我忘了拿掉帽子，是吧？真是的，我太失禮了。」他對愣住的黑鴉一家抬起一邊眉毛：「不要嚇到喔，我是紅頭髮。」

他一拿下帽子，莫莉安便努力隱藏她的震撼，心想「紅髮」這個形容詞未免太過委婉，更確切的形容應該是「年度紅髮男」、「紅髮之王」，或是「紅髮基金會的超級紅髮會長」，他那頭鮮亮的紅棕色糾結亂髮簡直該得個獎。然後，他取下遮住臉的圍巾，露出一把大鬍子，色調同樣鮮明，僅稍遜於頭髮。

「呃，」莫莉安擠出她的全副口才，說：「你是誰？」

「朱比特。」他環顧飯廳，似乎覺得黑鴉一家人應該認得這個名字，「朱比特．諾斯啊？幻奇學會的朱比特．諾斯？妳的贊助人？」

她的贊助人。朱比特．諾斯。**她的贊助人**。莫莉安不敢置信地搖搖頭，難道又是惡作劇？

她確實簽了契約。她當然簽了契約，因為這一切實在太美妙，太讓她心花怒放，就算只能假裝五分鐘，至少她可以假裝幻奇學會真的存在，這個學會真的邀請她加入——竟然選中了她，選了莫莉安．黑鴉！她可以假裝自己能活到春天參加考驗，假裝在夕暮日過去以後，會有個令人興奮的未來等待著她。

所以，她當然要在契約最下方的空白欄位簽名，她還在名字旁邊隨手畫了隻黑色烏鴉，遮住她不小心滴落的一塊墨跡。

然後，她就把契約扔進爐火中燒了。

從頭到尾，她根本不認為那封信上有半個字是真的，在她內心深處，一秒都沒有信過。

柯維斯總算找回聲音：「簡……簡直荒唐！」

「別嗆到了。」朱比特說，再度招呼莫莉安過去走廊：「莫莉安，我們真的該走了，妳有幾個行李箱？」

「行李箱？」莫莉安重複道，覺得自己像是突然變笨，反應速度變慢。

「媽啊，」他說，「妳該不會沒收行李吧？算了，等我們過去，再幫妳買支牙刷。我想妳應該已經跟家人道別過了，但我們還有一點時間，可以在出發前抱一下、親一下。」

拋出這個驚人建議之後（又是黑鴉一家史上頭一遭），朱比特快步走向餐桌，輪流抱了每個人一下。眼看他在父親驚駭的臉上落下一吻，發出響亮的啵聲，莫莉安真不知道該大笑還是該逃離現場。

「真是夠了！」柯維斯氣急敗壞地說，站起身來。一名男子在夕暮日擅闖黑鴉宅邸是一回事，膽敢做出親密舉動又是另一回事。「你根本不是誰的贊助人，立刻離開我家，否則我要叫警衛隊了。」

朱比特微笑，有如被柯維斯的威脅給逗樂。「黑鴉總理，我真的是贊助人，贊助對象就是你這個挺可愛的孩子，只可惜她動作有點慢。我可以保證，一切按照規矩，依法辦理，她在契約上簽過名了，就在這。」

他抽出一張皺巴巴、摺痕深陷、破破爛爛的紙，莫莉安認得那張紙。朱比特指著她的簽名，上面還有用來遮住墨跡的黑色小烏鴉。

可是，這不可能啊。

「我不懂，」莫莉安搖頭，「我親眼看它燒掉了。」

「喔，這是幻奇契約。」他滿不在乎地揮動契約，「只要妳簽名，就會馬上產生一份完全相同的複本，不過這倒解釋了為什麼邊緣有點焦。」

「但我沒簽過名。」柯維斯說。

朱比特聳聳肩，「因為我沒請你簽。」

「我是她父親！契約需要我簽名。」

「其實呢，只需要一名成年監護人簽名即可，還有——」

「幻奇契約是違法的，」奶奶終於恢復說話能力，「根據《幻奇之力禁用法案》的規範，我們可以報警抓你。」

「那你們最好動作快點，我只剩幾分鐘。」朱比特一副興致缺缺的口氣，看看手錶：「莫莉安，我們真的該走了，快沒時間了。」

「我知道快沒時間了，」莫莉安說，「諾斯先生，你弄錯了，你不能贊助我，今天是我生日。」

「沒錯！生日快樂。」他心不在焉地說，走到窗邊，透過窗簾縫隙往外瞧。「但我們能不能晚點再慶祝？時間已經晚了，而且——」

「不是，你沒搞懂，」莫莉安打斷他，接下來這幾句話顯得格外沉重，令她喉嚨乾啞，但她仍強迫自己說出口：「我在詛咒之子的名單上，今天晚上是夕暮日，過了午夜我就會死。」

「哇，妳還真是個負面的人呢。」

「所以我才會燒掉契約，因為簽了也沒意義。對不起。」

朱比特焦慮地盯著窗外，額頭皺出一條細紋。「不過妳燒掉之前，的確簽了契約，」他說，沒有看著莫莉安。「何況，誰說妳會死？要是妳不想，妳就不用死。」

柯維斯一拳砸在餐桌上，「簡直忍無可忍！你是誰啊，竟敢大刺刺跑進我家，胡言亂語嚇唬我的家人？」

「我告訴過你我是誰了，」朱比特很有耐心地說，就像在跟一個不可理喻的小孩講話，「我是朱比特・諾斯。」

「我是柯維斯・黑鴉，現任大狼田邦總理，兼任冬海黨高層幹部，」柯維斯挺起胸膛，氣勢如虹：「請你立刻離開，讓我靜靜哀悼女兒之死。」

「**哀悼女兒之死？**」朱比特複述，緩緩向柯維斯踏出兩步，隨後停下，目光灼灼。莫莉安手臂上寒毛直豎。朱比特的嗓音降了整整一個八度，渾身散發冰冷沉靜的怒火，令人不敢直視。「難道，你是指正站在你眼前的女兒？這位活得好端端的，朝氣蓬勃，充滿生命力的女兒？」

柯維斯語無倫次，氣得發抖的手指著牆上時鐘：「再等幾個小時就好了！」

莫莉安胸口一緊，但她不太懂為什麼。她一向知道，自己在夕暮日就會死，父親和奶奶從來沒瞞著她，所以眼看柯維斯對她的命運如此逆來順受，照理來說不該讓她意外。可是，這一刻，莫莉安突然明白，對柯維斯而言，她早就死了。在他心中，莫莉安說不定早已死了好幾年。

「莫莉安，」朱比特說，語氣與剛剛面對她父親時大相逕庭，「妳不想活下去嗎？」

莫莉安一縮，這是什麼問題？「我想怎麼樣又沒差。」

「有差，」他堅持，「差別非常、非常大，現在，這是唯一重要的事。」

莫莉安望向父親，目光接著飄向奶奶，又飄向繼母。他們全神貫注盯著她，神色略顯不安，似乎第一次真正看清她的存在。

「我當然想活下去。」她小聲說。這是她頭一次把這句話宣之於口，胸口的緊繃感緩和了些。

「選得好。」朱比特微笑，臉上的陰霾乍然消逝，如同剛才陰霾降臨一樣快速。他再度轉向窗戶，「死掉很無聊，活著好玩多了，人生中時時刻刻都會發生各式各樣的事，各種出乎意料的事，那些完全在你意料之外的事，因為實在太……出乎意料了。」他倒退幾步，慢慢遠離窗戶，在沒有轉頭的情況下伸手探向莫莉安，摸索著抓住她的手。「比如說，我猜妳一定沒料到，所謂的死神提早三個小時來了。」

有什麼粉粉的東西落在莫莉安臉上，她伸手抹掉，抬起頭，只見燈座晃動，灰泥迸出裂縫，燈泡開始閃爍、嗡嗡作響，窗戶也搖了起來，不知何處傳來一股燒焦味。

「怎麼了？」她反射性地捏緊朱比特的手，「發生什麼事了？」

朱比特傾身過來，靠在她耳邊低語：「妳相信我嗎？」

她不假思索：「相信。」

「確定？」

「確定。」

「好。」他正視莫莉安的眼睛，腳下的地板開始震動。「待會我要拆掉那個窗簾，不管妳看到外面有什麼，一定不能害怕，它們會感覺到妳的恐懼。」

莫莉安一嚥口水，「它們？」

「聽我的話做，妳就不會有事。好嗎？不要怕。」

「不要怕。」莫莉安重複，與此同時，恐懼已在她胃裡紮好營地，辦起了嘉年華會：腹部有座恐懼旋轉木馬漫無目的地轉呀轉，腸道有一群恐懼馬戲團大象正在翻跟斗。

「你們鬼鬼祟祟地說些什麼？」奶奶問，「莫莉安，他跟妳說了什麼？我要求——」

突然之間，朱比特飛快地從口袋撈出一把銀粉，往柯維斯、艾薇和奶奶吹去，猶如拋出一陣似雲似霧、滿天星斗的飛吻，接著一躍而起，扯掉窗簾，鬆手任窗簾落下，在地板上堆成亂七八糟的一團布。

他往後退開，凝視自己一手造成的混亂，緩緩搖起頭，狀似哀慟。「我非常遺憾，她年紀還這麼小，實在令人悲痛。」

柯維斯皺起眉頭，眨了眨眼，表情有些猶疑，眼神迷濛。「悲痛？」

「嗯，」朱比特一手摟住柯維斯的肩膀，領著他走近那團窗簾布。「我們親愛的、親愛的莫莉安，本來是這麼活潑，為世界帶來這麼多希望，如今生命卻被奪走！太過早逝了。」

「早逝，」柯維斯贊同，一副因極度震驚而呆滯的樣子，「太早逝。」

朱比特另一手摟住艾薇，擁她入懷。「各位千萬別自責。不過，你們想要的話，是可以自責一下下。」他用一隻眼睛對莫莉安一眨，莫莉安喉間升起一小股歇斯底里的笑意。他們真的以為那堆窗簾是死掉的她倒臥在地？她明明就站在他們眼前！

「她看起來好小，」艾薇吸吸鼻子，用袖子一抹，「好小，好瘦。」

「是啊，」朱比特說，「簡直就像……是一塊布做成的。」

莫莉安從鼻孔哼了一聲，黑鴉一家卻毫無反應，似乎沒有聽見。

「我就先告辭了，讓各位辦理後事，總理還得準備給記者的聲明。不過在我走之前，容我建議各位，喪禮上不要開棺比較合適，開棺供人弔念顯得太低俗了。」

「對，」奶奶說，低頭注視窗簾偽裝的莫莉安。「確實，很低俗。」

「你做了什麼？」莫莉安對朱比特耳語，「那個銀色的東西是什麼？」

「那東西嚴重違法，妳要假裝沒看見。」

燈座猛烈搖晃，在飯廳投下陰影，空氣中分明飄散著木頭燒焦味，地板再度震動起來。莫莉安聽見遠處傳來一陣聲響，既像大雨，也像隆隆雷聲，又像……難不成……**是馬蹄聲？**

她轉向窗戶，燒燙刺痛的恐懼一路從背脊往下竄，一股驚慌感卡在喉嚨，令她喉間一陣酸澀。

她看見了，死亡即將來臨。

第四章　煙影獵手

穿過疏林，越過山頂，一抹不成形的黑影正逼近黑鴉宅邸。

在莫莉安眼中，它看起來像一團蝗蟲或一群蝙蝠，可是飛行高度太低、發出來的聲音太響亮，不可能是這兩種動物。隨著黑影接近，馬蹄聲愈發震耳，在一片黑幕之中，閃著幾百顆如火的紅光，越來越亮。

本來毫無章法的一團東西逐漸匯聚成形，數顆頭、數張臉、數條腿從黑影中長出，莫莉安的心猝然往下墜。那些閃亮的紅光原來不是亮光，而是眼睛——人的眼睛，馬的眼睛，獵犬的眼睛。

它們不像各自擁有獨立肉體的活物，比較像是共享一條生命的影子。它們是毫無光亮存在的純粹黑暗，行動起來，卻彷彿擁有明確的目的。

也就是狩獵。

莫莉安喘不過氣來，胸口費力地一脹一縮，努力把足夠的空氣好好吸進肺部。

「那是什麼？」

「沒時間了，」朱比特說：「先逃再說。」

可是莫莉安的雙腳有如在地板生了根，完全無法從窗戶前挪開。朱比特抓住她的肩膀，直視她的雙眼。

「先不要怕，記得嗎？」他邊說邊輕搖莫莉安一下，「晚點再怕。」

朱比特領著莫莉安走出餐廳，踏進走廊，她在門口停下腳步。

「等等！那他們呢？」她回頭看著黑鴉一家，他們依然圍在窗簾布旁，對那幾百個湧向宅邸的黑影獵人視而不見，充耳不聞。「我們不能就這樣走——」

「他們不會有事的，獵手碰不到他們，我保證，快點走吧。」

「可是——」

朱比特拉著她往前走，「獵手要狩獵的**是妳**，莫莉安，要是妳想救家人，就離妳家遠一點，逃得遠遠的。」

「那我們幹麼上樓？」

朱比特沒回答。等他們抵達三樓，朱比特衝向最近的一扇窗戶，猛力推開，探出頭去：「這裡可以，準備好了嗎？我們要對準天窗跳。」

莫莉安從窗戶望出去，眼前是一架她此生見過最詭異的機器。

她父親身為邦總理，多年來，曾有各式各樣的運輸工具被派來接他。雖然柯維斯偏好用老派的馬車當作每日代步工具，不過冬海黨偶爾會派來昂貴的轎車，那些車通常有著黑色窗戶，機械引擎隆隆作響；有一回，甚至派來有專人駕駛的飛船，必須得到特殊許可才能在屋頂降落，鄰居全圍過來看熱鬧、拍照。

可是，就莫莉安所知，柯維斯從未搭過這種東西。它有個反射光澤的黃銅座艙，伸出八隻細瘦長腿，足足有三層樓那麼高，宛如一隻巨大的機械蜘蛛。**鄰居看到這個會怎麼想啊？**莫莉安瞠目結舌地想。

「我停得不夠近，」朱比特說：「所以我們跳的時候得用力一點。」

跳？他不是叫莫莉安從三層樓高的窗戶跳出去吧？

朱比特爬上窗臺，調整姿勢，直到身體大部分位於窗外，隨後朝莫莉安伸出手：「數到三，好嗎？」

「不，」她搖頭，從窗邊向後退，「不好，一點也不好。」

「莫莉安，我很欣賞妳自我保護的本能，真的，但我想妳現在要是回頭看，妳的本能會叫妳從窗戶往外跳。」

莫莉安回頭看。

樓梯頂端站著一隻如狼的獵犬，距離近得非常不妙，它紅眼發亮，露出一口牙齒，發出低嚎。在它背後，其他獵犬緩步踏上最後幾階階梯，數量少說有一打，說不定還更多。這群獵犬相互推擠，搶奪位置，喀喀咬動凶猛的下頜，逼近在窗前動彈不得的莫莉安。

「不——不怕。」她低語，渾身上下的細胞卻異口同聲回應：**要怕**。

「數到三，」朱比特握住莫莉安的手，拉她爬上窗臺，「一……」

另一隻獵犬登上樓梯平臺，然後又一隻，每隻都擁有相同的黃色尖牙、火紅眼睛，以及像煙一樣打著旋、黑如瀝青的皮毛。它們的低鳴聲震動地板，直傳到莫莉安腳趾。

「二……」

她往後退，一腳踩空，手忙腳亂地尋求朱比特攙扶，他雙手環住莫莉安的胸口，莫莉安感覺到他向後靠，連帶抓著莫莉安一起往後。獵犬撲向莫莉安。

「三！」

她向下墜落，刺骨的寒風在她耳際拍打。一聲玻璃碎裂的巨響，他們重重落在巨大黃銅蜘蛛的內部，朱比特用雙臂緊緊環住莫莉安，減緩了衝擊的力道。往上一看，獵犬從窗戶前消失了。

「好痛，」朱比特呻吟，「我明天一定會很後悔。妳下去。」

他翻過身，莫莉安滾到地上，一塊玻璃碎片刺進她的掌根，她疼得忍不住一縮。

「它們去哪了？」

「不知道，但它們很快就會回來。抓好了。」朱比特說，跑向機器前方的控制臺，動手拉起操縱桿。引擎啟動，發出轟鳴，蜘蛛往前晃去，震得莫莉安整張臉撞上牆壁，腹部湧起一陣反胃感。「剛發動的時候都會很晃，要停下來的時候也會，可是不用擔心，中間的路程會像綢緞一樣滑順。通常啦。好吧，其實要看情況。」

莫莉安撞進擁擠的駕駛艙，死命抓住一張老舊皮椅的椅背，朱比特就坐在這張椅子上。她挑出手上的玻璃碎片扔掉，用裙子抹掉血。「剛剛那些是什麼？」

「煙影獵手。」蜘蛛蹣跚地遠離黑鴉宅邸，朱比特回頭凝望，面色陰沉。

「煙影……」莫莉安猛地摀住嘴，努力忍住，免得把晚餐吐在朱比特的控制臺上，弄髒亮晶晶的按鈕跟操縱桿，萬一吐在朱比特的後腦勺就更慘了。她覺得自己好似乘著一艘小船，在波濤洶湧的汪洋中漂蕩。「它們來找我幹麼？」

可是朱比特沒心思聽她說話，忙著同時控制方向、換檔，以及避免摔倒。「去副駕駛座綁好安全帶。」他說，頭往左邊一點，那裡有張看起來很破爛的座椅，莫莉安費了點力氣才把自己拉過去，將安全帶拉過胸前扣上。「準備好了嗎？抓緊。」

蜘蛛跨出顛簸的大步，爬過黑鴉宅邸的大門。前方就是樹林，然而朱比特轉換方向，往豺狐鎮鎮中心邁過去。踏上平坦的道路，機械蜘蛛的動作轉趨平穩，速度也隨著下坡漸漸加快。

有人提早放煙火慶祝，豺狐鎮沉浸在火光和爆炸聲中。一群民眾聚集起來，觀賞被照耀成五顏六色的夜，莫莉安頭一次見到帝國路上擠了這麼多人。

這架八足機械快步越過鎮中心，繞過人群的邊緣。朱比特抓的時機非常準，空中的奇景完美地掩護他們逃離煙影獵手，所有人都抬頭注視天空，耳中只聽見口哨和煙火轟隆聲。

「不是應該出鎮比較好嗎？為什麼要到鎮上？」莫莉安問。

「我們要抄捷徑。」朱比特說。

他筆直開往鎮政大樓，機械蜘蛛把腿伸直，到達最高的高度，金屬關節嘰呀作響，小心翼翼穿過人群，宛如踮著腳尖走路。

「這個是什麼？」莫莉安問：「這個像蜘蛛的東西？」

「不要這麼失禮地喊她『像蜘蛛的東西』，」朱比特瞪她一眼。「她是『蛛形運輸機』，也是世界上最精密的機器。」

一束特別響亮的煙火在夜空中碎裂，殘留花朵形狀的煙霧做為爆炸的證明，人群發出歡欣的喝采。

「她是不是很美？她叫做『八度姑娘』。全世界只有兩架蛛形運輸機，她是其中一架，我認識發明它的人。能不能幫我拉那個藍色的操縱桿？不是，另外一個，對，那個。」

蛛形運輸機在一陣晃動後停下，朱比特皺起眉頭，站起來奔到座艙後端，表情焦躁地從圓弧玻璃牆向外望。

「怎麼了嗎？」

「當然，像這種有意思的機器已經退流行了，」他繼續說，似乎什麼都沒發生。「但我絕對不會拋下親愛的八度姑娘，她太可靠了。像那些氣墊船啊、汽車啊，是很時髦很炫沒錯，不過就像我常講的——汽車沒法跨過山頭，氣墊在水底也派不上用場。可是八度姑娘幾乎哪裡都能去，像現在這種時刻，就很有用。看來，我們被逼進了絕路。」

他回到控制臺，伸手從天花板拉下一個螢幕，上面分割成四個畫面，每個畫面都是從蛛形運輸機的不同角度往外照的景象。

煙影獵手追上來了，騎著馬的獵人帶領麾下的獵犬，從四面八方包圍上來。

「在這種時刻，她到底哪裡有用？」莫莉安心臟狂跳，心想：**沒救了，被困住了，一切都完了**。「這裡又沒有山頭跟水底！」

「是沒有山頭，的確，」朱比特若有所思地說：「不過有……**那個**。」

莫莉安順著他的視線看去，目光落在鐘樓上。

「蜘蛛有個非凡的特色，」他邊說邊坐進駕駛座，扣上安全帶，「就是牠很會爬。莫莉安・黑鴉，繫好安全帶，不管妳要做什麼，絕對不要閉上眼睛。」

「閉上眼睛會怎麼樣？」

「就看不到好玩的事啦。」

莫莉安剛檢查完安全帶，蛛形運輸機便猛然往後傾，讓她往椅背上一撞。兩隻細瘦的金屬長腿攀住鎮政大樓的屋簷，把整個座艙給拉起來，越抬越高，靠近天色時鐘看似深不見底的漆黑鐘面。

「這裡是不太理想，不過以緊急通道來說，倒也不是我用過最爛的。」

她完全聽不懂朱比特在說什麼。「去哪裡的通道？」

「妳等等就會知道。」

莫莉安回頭，透過圓弧玻璃牆往外望，看見距離數十公尺的地面在底下搖晃。更糟的是，巨大的黑影獵人全跳下馬，沿著鐘樓往上爬。

「它們就在後面！」莫莉安喊道。

他們抵達鐘樓樓頂，此時煙火秀恰好來到最高潮，紅、金、藍、紫等顏色競相炸開，點亮夜幕。

「我們要回家了，莫莉安・黑鴉。」

蛛形運輸機把一隻長腿伸進時鐘——玻璃竟然沒破，連一條裂痕都沒有。另一條腿跟著伸進去，輕輕在時鐘表面掀起漣漪，猶如一顆石子掉進一片又黑又深的湖，看得莫莉安目瞪口呆。今晚已經發生許多不可思議的事，現在又添一樁。

她回過頭，獵人已經非常接近，如果它們有呼吸，鐵定會在八度姑娘的圓弧玻璃牆上呼出霧氣。它們伸出骨瘦如柴的手，彷彿要把莫莉安從後窗拉出去，使她墜落而死。她想緊緊閉上眼，卻挪不開目光。

蛛形運輸機最後一次往上推，隨後向前傾，跌進時鐘表面，不斷打旋，帶著莫莉安前往未知之域。

煙火爆炸聲消失，世界陷入靜謐。

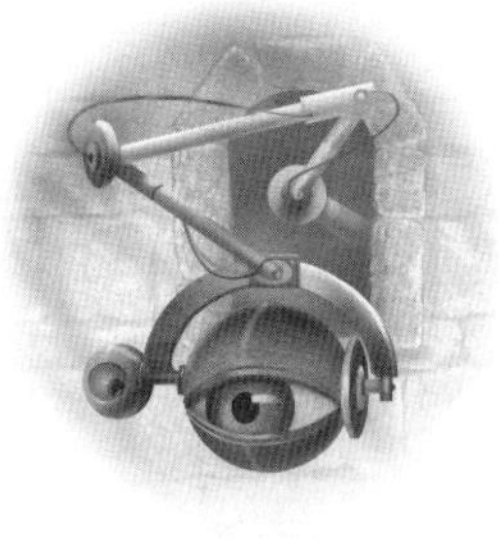

第五章　歡迎來到永無境

首年之春

他們「蹦」一聲落地。從蛛形運輸機往外看，四周圍繞濃濃白霧，寂然無聲，毫無動靜，就像豺狐鎮廣場上的騷亂憑空消失。莫莉安一陣暈眩。

這，是不是代表她終於迎來死亡？他們是不是已經死了，來到「更美好的地方」？莫莉安留意一下全身感受，覺得應該不太可能：她持續耳鳴，噁心反胃，手掌上的割傷依然刺痛，凝結了一道血跡。她透過窗戶，望進白霧。外面沒有「崇高的存在」張開雙臂等待，也沒有天使的化身用歌聲歡迎他們，不管這是哪裡，總之絕對不是「更美好的地方」。

但也絕對不是豺狐鎮，莫莉安想。

她聽見一聲微弱的呻吟，轉頭看見朱比特帶著痛苦的表情撐起身，從駕駛座站起。「對不起，沒有我想像的那麼順暢，妳還好吧？」

「應該還好。」莫莉安深吸一口氣，讓自己冷靜，左右環顧，努力把煙影獵手從腦海中趕出去。「這是哪裡？為什麼霧這麼濃？」

朱比特翻了個白眼：「是不是很誇張？這是邊境管制系統。」他語帶抱歉地說，猶如這句話就說明了一切。

莫莉安張口，正想問那是什麼意思，只聽一陣夾雜滋滋聲的嗡鳴響起，在八度姑娘的牆內迴響。

「請報上名字，說明所屬組織。」一個頗為官腔的洪亮聲音說道，從莫莉安看不見的擴音器傳出，響徹四面八方。

朱比特從控制臺撿起一個銀色小裝置，對著它說：「是，哈囉！這裡是朱比特・諾斯隊長，隸屬探險者聯盟、永無境旅店業協會；以及莫莉安・黑鴉小姐，隸屬……還沒有什麼協會。目前啦。」他對莫莉安眨了個眼，莫莉安回以緊張的微笑。

周遭響起機器運轉的沙沙聲。窗戶外，白霧中浮現一個大過朱比特整顆頭的巨眼，後面連接著一根長長的機械臂。巨眼對他們眨了幾下，自左看到右，從上看到下，檢查座艙內每個角落。

「兩位是從自由邦的第七域過來，通過弗洛伊恩山通道入境，是嗎？」看不見形體的聲音響亮地說，莫莉安不禁一抖。

「是的。」朱比特對著銀色小麥克風說。

「您前往第七域之前，是否獲得出入境許可？」

「是的，我拿學術外交簽證。」朱比特清了清喉嚨，對莫莉安投來警告的眼神。

「黑鴉小姐則是第七域巴克萊鎮的公民。」

黑鴉小姐從來沒聽過第七域的巴克萊鎮，莫莉安心想。

她著迷地望著朱比特，焦慮也逐漸水漲船高。弗洛伊恩山通道？學術外交簽證？全是胡說八道。她的心跳震耳欲聾，大聲得整個蛛形運輸機都聽得見，可是朱比特依然從容不迫，友善而沉著地回答邊境警察的問題，撒謊完全不打草稿。

「她是否有進入首域的許可？」

「當然，」朱比特毫不遲疑地接話，「是留學居住簽證。」

「請提供證明文件。」

「文件？」朱比特的自信動搖了一瞬。「對，當然，文件。我忘了……要文件……等等，我一定有……什麼……」

莫莉安屏住呼吸，只見朱比特在控制臺各個區域慌忙摸索，終於搜出一包吃光的巧克力棒包裝紙和一張用過的衛生紙。接著，朱比特一面平和地對莫莉安微笑，一面把包裝紙跟衛生紙貼在玻璃上，供巨眼檢視。他看起來真的瘋了。

隨之而來的靜默越拉越長。莫莉安做好心理準備，迎接警報、嗚笛、全副武裝破門而入的警察……

麥克風傳出一段雜訊與嗡鳴，另一頭的嗓音狀似受不了地長嘆一聲，悄悄說道：「我說真的，你好歹裝得像一點……」

「對不起啦，我只找得到這個！」朱比特同樣用氣音回答，注視著巨眼，懺悔地聳了聳肩。

終於，那聲音響亮地說道：「准許通行。」

「太美妙了。」朱比特坐回破舊的皮椅，繫上安全帶，莫莉安也吐出屏住很久的呼吸。「祝好，菲爾。」

「喔老天啊，」擴音器傳出一個悶悶的聲響，然後是一串尖銳的回音，像是對方把麥克風一扔。之後，那嗓音小聲道：「諾斯，我告訴過你，我值勤的時候不要直接叫我的名字。」

「抱歉，替我向瑪西打個招呼。」

「下星期來吃個晚餐，自己跟瑪西打招呼。」

「沒問題，噠啦！」朱比特將銀色麥克風卡回麥克風架，轉向莫莉安。

「歡迎來到永無境。」

白霧散去，露出一座巨型石拱廊，銀色大門光輝閃爍，宛如爐子上蒸騰的熱氣。

永無境，莫莉安在心中翻來覆去地咀嚼這三個字。在此之前，她只見過這個名稱一次，就是在幻奇學會寄來的投標信上，當時，這個名詞對她而言不具任何意義，不過是一串胡說八道。

「永無境。」她悄聲自言自語。

她喜歡這三個字念起來的聲音，像是一個祕密，一個專屬於她的詞彙。

朱比特再度發動八度姑娘，念出其中一面螢幕上顯示的通知。「本地時間：貴族第三世代，首年之春，新年第一天晨曦日，清晨六點十三分。天氣：微涼，天色晴朗。城市整體氛圍：樂觀，惺忪，微醺。」

大門嘰呀一聲敞開，蛛形運輸機顫抖著邁出步伐，進入城市。莫莉安深吸一口氣，她從來不曾離開豺狐鎮，對於門後的一切毫無心理準備。

在豺狐鎮，所有事物都乾淨、有條理又……**普通**。每棟房子整齊劃一地排成一列列，潔淨筆直的街道上，是許多外觀相仿的磚房，棟棟相連。豺狐鎮上第一個社區建立於一百五十年前，此後，鎮上其他行政區即使不是完全仿照第一個社區的建築風格，至少也是頗為類似。從上空俯瞰豺狐鎮，大概會以為整個鎮是由一名悲觀厭世的建築師一手設計。

但永無境跟豺狐鎮毫無相似之處。

控制臺上的螢幕顯示了永無境的地圖，朱比特指著說：「我們在南邊。」蛛形運輸機降低高度，快步跨過街道，不時避開三三兩兩的行人。天色尚未明朗，一路上大致很安靜。

幽暗的街道上，零星散落著前晚慶祝夕暮日的痕跡。有些氣球和絲帶落在院子裡，或是纏在街燈上；一早出來工作的清潔人員拾起路邊的瓶子，裝進巨大的金屬垃圾桶。在黎明前的微藍天光中，仍有一些人在外流連慶祝，包括幾個剛走出酒吧的年輕男人，他們步履踉蹌，口中哼著旋律微帶憂愁的《晨曦曲》。

「**喔，親愛朋友，別顯疲態**——」

「**駕船駛過時間之海**——皮特，你唱太低了，那是——不對，不要唱了，音要再高一點——」

「**新世代在對岸相迎**——」

「**一如過往的舊世代**——不對，音是這樣——結尾是往下，不是往上——」

八度姑娘迅速越過鵝卵石小徑，越過窄巷，越過開闊的大道。有些路乾乾淨淨、傳統老派，有些則花俏招搖、熱鬧繁忙。他們漂過一個叫做「朱若河上的歐登」的地區，這裡有如正在逐漸沉沒，街道都是水路，人們撐著小船，穿過氤氳瀰漫的霧氣而行。

不管莫莉安往哪瞧，都能看到綿延起伏的綠色公園，以及小巧的教堂花園、墓園、庭院、噴泉、雕像……這些景色大多沐浴在路燈的暖黃光芒中，偶爾也被還沒放完的疏落煙火給照亮。

她離開座位，從一扇窗挪到另一扇窗，臉緊貼著玻璃，想看清一切。真希望手上有臺相機……真希望立刻從蛛形運輸機跳下去，奔過底下那一條條街！

「幫我看一下螢幕，」朱比特說，操控八度姑娘走過一團雜亂糾結的巷子，點頭示意。「幾點日出？」

「上面寫說……六點三十六分。」

「我們要遲到了。小八，速度快點。」朱比特喃喃說道，蛛形運輸機的引擎運轉聲變得更響。

「這是哪裡？」莫莉安問。

朱比特笑了：「妳剛才睡著了嗎？這是永無境啊，親愛的。」

「對，可是永無境在哪裡？」

「在自由邦。」

莫莉安皺起眉頭，「自由邦是哪個邦？」共和國有四大邦：南光邦、豐饒邦、遠東歌邦，當然還有大狼田邦，不過莫莉安從未踏足大狼田邦之外的地區。

「就是這個邦，」朱比特控制八度姑娘轉進旁邊的一條街。「自由邦就是自由邦，也是真正自由的一邦。我們是第五個邦，妳的家庭老師一定沒告訴妳有這個地方，因為他們自己也不知道。嚴格說來，我們並不屬於共和國。」他對莫莉安挑動眉毛，

「沒收到邀請的人就進不來。」

「所以煙影獵手才會留在鐘樓嗎?」莫莉安回到副駕駛座,「因為他們沒有收到邀請?」

「對,」他頓了一下,「基本上是。」

莫莉安細細端詳他的表情。「他們……有辦法跟過來嗎?」

「妳很安全,莫莉安,」他的目光定定鎖在前方的路上,「我保證。」

莫莉安的興奮之情稍稍減退。她才剛親眼見證朱比特發揮高超的技巧,對邊境警察鬼話連篇,她也留意到,朱比特沒有正面回答這個問題。可是,在這個奇異的夜,太多事情令人想不通了,她腦裡的疑問匯聚成一團迴旋的風暴,只能在每個問題飛掠而過之際,努力試著抓住。

「我是怎麼……我是說,」莫莉安眨著眼,「我不懂,我本來會在夕暮日死掉的。」

「錯,確切來說,妳本來會在夕暮日的午夜死掉。」他猛踩煞車,等一隻貓過馬路,隨後又用力踩油門加速。莫莉安緊緊抓住椅子兩邊的扶手,手指都發白了。「但是,這次夕暮日沒有午夜,至少妳沒有經歷到午夜,因為永無境的時間比豺狐鎮快九個小時,所以妳直接跳過午夜,從豺狐鎮的時區跳到另一個時區。妳就這樣騙過了死神,幹得好。會不會餓?」

莫莉安搖搖頭。「煙影獵手——為什麼要追我們?」

「煙影獵手不是在追我們,是在追妳。而且,他們也不是在追妳,是在獵殺妳。煙影獵手會獵殺每個詛咒之子,所以詛咒之子才會死。媽呀,我餓死了,可惜剛才沒時間停下來吃早餐。」

莫莉安頓時喉嚨發乾。「他們獵殺小孩？」

「是獵殺**詛咒之**子，他們的職責可說是非常專門。」

「但為什麼？」她腦中的風暴越轉越快，「還有，是誰派他們來的？如果詛咒代表我會在午夜死掉——」

「真想來份培根三明治。」

「——那為什麼他們提早來了？」

「這我壓根想不透。」朱比特語調輕快，神色卻略顯煩惱。他動手換檔，穿過一條鋪著鵝卵石的狹窄道路。「也許是趕著辦完事去參加派對吧，夕暮日還要工作的感覺鐵定很嘔。」

「我知道妳在想什麼。」朱比特說。他們把八度姑娘鎖在一個私人車庫，他伸手拉動巨大鐵捲門旁的一條鐵鍊，鐵捲門應聲降下。空氣冷冰冰的，將他們的呼吸凝成朵朵白霧。「永無境——要是這裡真的這麼好，為什麼妳從沒聽過？莫莉安，說實話，在整個無名界，永無境是最棒的地方。**最棒的**。」

他暫時打住話頭，脫下藍色訂製大衣，披在莫莉安肩上。大衣對莫莉安來說實在太長，她的手碰不到袖口，不過她還是緊緊拉住大衣，享受溫暖。朱比特一手梳過髮型塌下來的紅棕頭髮，另一手牽起莫莉安，引領她走上寒冷的街道，天空正逐漸轉白。

「這裡有很棒的建築，」他繼續說：「好吃的餐廳，跟稱得上可靠的大眾運輸工具。氣候也很好，冬天會冷，不是冬天的季節就沒那麼冷，跟妳會預期的差不多。喔，還有海灘！那些海灘。」他若有所思，「坦白說，海灘爛透了，但總不可能樣樣好。」

莫莉安掙扎著跟上，一方面要跟上朱比特連珠炮似的獨白，另一方面要跟上他瘦長的雙腿，他連跑帶滑地往前奔，路標寫著這條路是「人才大道」。

「對不起，」莫莉安氣喘吁吁地說，小腿有點抽筋，只好半跛半拐。「可不可以……走慢……一點？」

「沒辦法，時間快到了。」

「什麼……的時間？」

「妳等一下就會知道。我說到哪裡？海灘，很爛。但如果妳想來點好玩的，我們有山怪武鬥館，妳一定會喜歡，如果妳喜歡暴力的話啦。每週六舉辦山怪競技場，每週二舉辦人馬競速，每月第二個週五舉辦殭屍漆彈，聖誕節有獨角獸比武，六月會有一場龍騎士大賽。」

莫莉安只覺得暈頭轉向。她是聽說過，遠東歌邦住了一小群人馬，也知道野外有龍，可是牠們極度危險，誰會想要騎龍？何況還有山怪、殭屍……**獨角獸**？她分不清朱比特是不是認真的。

他們轉進「石蠶蛾巷」，此時已經變成全力奔馳，穿過迂迴一如迷宮的窄小巷道。莫莉安本以為永遠沒有盡頭，不過，他們總算停在一扇弧形木門外，門上有個小牌子，用褪色的燙金字體印著：**杜卡利翁飯店**。

「你……住在……飯店？」莫莉安喘著氣說。

朱比特沒聽見她說話，忙著撥弄一串黃銅鑰匙。就在這時，木門猛然開啟，莫莉安差點往後摔倒。

門內立著一隻貓。不是普通的貓，而是一隻巨貓，是莫莉安這輩子見過最巨大、最嚇人、牙齒最多、毛髮最蓬亂的貓。牠蹲坐在地，但身形依然龐大得只能勉強穿過門框，一張臉扁扁的，布滿皺紋，就像曾經撞上牆壁。牠抽動鼻子嗅聞，接著一哼，姿態恰似黑鴉宅邸的廚房貓，只不過牠比較像隻史前巨貓。

彷彿莫莉安被這隻貓的外貌嚇得還不夠，只見牠轉動灰色巨頭，對朱比特說了一句話，令莫莉安大驚失色。

「看來你帶了早餐給我。」

第六章　晨曦日

莫莉安止住呼吸，那隻貓用拳頭大的琥珀貓眼上下打量她，總算轉過身，從容輕巧地走進屋內。莫莉安想要後退，偏偏朱比特輕推著她進屋，她慌張地抬頭看朱比特。她被騙了嗎？難不成朱比特從煙影獵手的魔爪中救了她，只不過是為了把她送給一隻巨貓吃掉？

「真好笑，」巨貓帶領他們走過一條昏暗的狹長走廊，朱比特對巨貓的龐然背影說。「我還指望妳**替我**準備了早餐呢，妳這隻毛打結的老妖。還有多久時間？」

「六分半，」走在前頭的巨貓揚聲回答。「你還是老樣子，把時間掐得這麼緊，受不了你。拜託先把那雙噁心的靴子脫掉，不要沾得大廳到處都是泥巴。」

朱比特始終一手按在莫莉安肩上，引導她直直往前走。牆壁上的燈都被調暗，眼前看不太清楚，不過地毯顯得破舊磨損，壁紙也多處剝落，室內有股潮溼的氣味。他們抵達一道陡峭的木頭樓梯，邁步上樓。

「這裡是員工出入口，我知道挺嚇人的，是該裝潢一下了。」朱比特說，莫莉安一驚，才意識到朱比特是在跟她講話。他怎麼知道莫莉安在想什麼？「芬，有沒有人留話給我？」

他們走上樓梯頂端，前方是一道光澤閃亮的黑色雙開門。那隻貓轉頭盯著朱比特，莫莉安發誓牠翻了個白眼。「我怎麼知道？我又不是你的祕書。我叫你**脫掉靴子**。」牠把灰色巨頭一甩，推開黑門，踏進莫莉安這輩子見過最豪華的房間。

杜卡利翁飯店大廳既寬敞又明亮，在莫莉安走過昏暗殘舊的員工通道之後，看見這樣的大廳實在讓她驚訝極了（不過驚訝的程度，還是比不上有隻巨貓等在門口迎接）。黑白大理石磚鋪成棋盤似的地板；天花板懸著一個玫瑰色大吊燈，外型是一艘帆船，周身垂掛水晶，在溫暖的燈光下灼灼閃耀；到處都擺設著盆景樹和高雅的家具；一道宏偉的階梯沿著牆壁不斷向上攀，整整延伸十三層樓（莫莉安真的數了），一圈一圈環繞，看得人頭暈目眩。

「妳不能使喚我，是我付妳錢耶！」朱比特抱怨道，但還是脫下旅靴。一名年輕男子接過旅靴，遞給朱比特一雙光亮的黑鞋，他心不甘情不願地穿上。

飯店工作人員身穿粉色搭配金色的制服。每當有人經過他們，便充滿活力地向朱比特打招呼：「晨曦日好，先生。」「新世代快樂，諾斯隊長。」

「新世代快樂，瑪莎。」他高聲回答：「新世代快樂，查理。各位晨曦日好！大家快去頂樓，不然你們就要錯過好戲了。你們三個，不對，四個，過來一起搭電梯，對，瑪莎妳也來，空間還很夠。」

一小群員工聽話地跟在朱比特後頭，橫越大廳。當下，莫莉安恍然明白，朱比特不只是「住」在飯店裡，這整間飯店**都是他的**。這一切，包括大理石地板、水晶吊燈、禮賓櫃檯、角落的平臺鋼琴、令人目眩神迷的階梯，全部都屬於朱比特，這些人都是朱比特的員工，就連那隻會怒瞪他、責備他的巨貓也是。莫莉安努力按捺慌亂的情緒。

「樓上見了，」巨貓說著跳上迴旋階梯，「可別慢吞吞的。」接著四階併作一階往上奔。

朱比特轉頭看莫莉安，「我知道妳在想什麼。」這是他今天第二次說這句話，「我幹麼任憑一隻魁貓對我頤指氣使？嗯，很簡單——」

「她不是魁貓。」莫莉安打岔。

朱比特猛抽一口氣，仰頭注視巨貓的身影隱沒在階梯的遠處，側耳傾聽，確保她已經離開聽得見的範圍，才回頭對莫莉安低語：「什麼意思，她不是魁貓？她當然是魁貓。」

「我在報紙上看過魁貓的照片，跟她長得完全不一樣。冬海共和國的總統養了六隻魁貓拉馬車，牠們的毛又黑又亮——」朱比特在脣邊豎起一根手指，發出噓聲示意她安靜，再度緊張地抬頭瞄著階梯。「——還戴著有尖刺的項圈，穿了大大的鼻環，而且根本不會講話。」

「絕對不要讓芬涅絲特拉聽到這些話。」朱比特嘶聲說。

「芬涅絲特拉？」

「對！」他忿忿不平地說，「她是有名字的，好嗎？不是要怪妳，但妳對於魁貓的了解非常偏離事實，如果妳想要有乾淨的床單，最好不要跟別人說這些，芬是這裡的房務總監。」

莫莉安瞪大眼睛看他。在這個瞬間，她不禁疑惑，自己選擇穿越一面時鐘，進入奇異的城市，跑來一座飯店跟一個瘋子同住，是否不太明智。「貓怎麼做房務工作？」

「我知道妳在想什麼。」朱比特又說了一次。他們來到鑲著玻璃的金色圓形電梯前，朱比特按下電梯鈕。「貓又沒有靈活的手指頭，要怎麼清灰塵？坦白說，我也想過這個問題，但我不會為了想這個問題而失眠，妳也該這樣。啊，是米范。」

電梯來了，就在門打開的時候，一位年邁但精力充沛的男人衝了過來。他髮絲雪白，身穿玫瑰紅格紋長褲，搭配灰色西裝外套，口袋掛著一條粉紅色手帕，上頭以金線繡了「經理」兩個字。

「莫莉安，這位是禮賓部的米范·焦，妳在飯店迷路的時候——妳一定會迷路——到時就找米范，我覺得他比我還要熟這間飯店。有人留話給我嗎？我前陣子都失聯。」朱比特催促眾人進電梯，電梯門呼咻關上。

米范交給他一疊紙。「有的，先生。聯盟發來十六則訊息，學會發來四則，市長辦公室發來一則。」

「好極了。一切都還好吧？」

「好得不能再好，先生，不能再好。」這位禮賓部經理操著濃重的口音說，「超自然部門週四派人來看五樓那個小小的鬧鬼現象，我已經把請款單送去會計部。永無境交通部昨天派來一位信差，說要請教您的看法，是關於絲網軌道的回聲什麼的。噢，有人在溫室留了四隻羊駝，需不需要請櫃檯發公告？」

「羊駝！好個意外。牠們看起來夠開心嗎？」

「正在把溫室裡的蘭花一朵朵吃掉。」

「那這件事就等之後再處理吧。」（莫莉安納悶：要等什麼事之後？）「房間好了嗎？」

「當然好了，已經收拾妥當，家具煥然一新，準備萬全。」

電梯向上攀升，逐一顯示各樓層的數字。玻璃門外，大廳越來越遠，莫莉安的胃一緊，連忙按著玻璃穩住自己。朱比特先前打過招呼的客房服務員瑪莎對莫莉安露出安撫的微笑，她看起來年輕但幹練，淺褐色頭髮束成整齊的髮髻，潔淨的制服燙得筆挺。

「頭幾次都會這樣，」她親切地小聲說，連淡褐色大眼都帶著笑意。「以後就會習慣了。」

「傘都準備好了嗎？」朱比特問，接著一陣騷動，每個員工都舉起手上的傘。

「喔！差點忘了，莫莉安，生日快樂。」

他伸出手，從依然披在莫莉安肩上的藍大衣裡面，變出一個用棕色紙張包起來的細長包裹。莫莉安小心翼翼拆掉包裝紙，裡頭是一把黑色油布雨傘，銀色手柄上有著雕花裝飾，傘的頂端是一隻蛋白石雕刻的小鳥。她以指尖輕撫反射虹彩的小翅膀，一時說不出話來。她從未擁有這麼美麗的東西。

傘柄用線繫著一張紙條。

妳會用到這個的。

——J・N

「謝……謝謝，」莫莉安結結巴巴地說，喉嚨有些哽住，「我從來沒有……以前都沒有人……」

話還沒說完，電梯門便開啟，門外爆出震耳欲聾的慶祝聲，莫莉安恍若被扔進一個繽紛颶風的中心。

寬敞的頂樓平臺擠滿上百名參加派對的賓客，大家又叫又笑，手舞足蹈，一排排彩燈與燃燒的火炬照亮每個人樂不可支的臉龐。有十幾個人扛起一隻龐大的龍型戲偶，在人群之間穿梭搖擺；雜技演員穿著表演服裝，在高得嚇人的舞臺上跳舞、翻跟斗；幾顆閃爍的鏡球在眾人頭頂上旋轉，似乎是由魔法固定在空中，在莫莉安舉目可及之處灑下千變萬化的光點；一個年紀稍長的男孩笑著跑過她身邊，追逐那隻舞動的龍。

在所有人事物的中央，是一座冒泡的粉紅色香檳噴泉，以及一個演奏臺，臺上有支穿白外套的樂團演奏搖擺樂（其中一位樂手看起來是隻鮮綠色大蜥蜴，負責演奏低音提琴，但莫莉安想或許是她太累，才會產生幻覺）。連魁貓芬涅絲特拉似乎也玩得很開心，拍打著一顆鏡球，只要其他跳舞的人太靠近，就對他們發出低吼。

莫莉安在角落徘徊，雙眼圓睜，喧譁聲震得她耳膜發疼。她在腦中估算身上的詛咒可能帶來什麼危險，細數派對上每件可能出意外的事物，想像隔天的報紙頭條：**雜技演員墜落高臺，摔斷脖子，罪魁禍首是詛咒之子；香檳噴泉化為有毒酸液，上百人死狀悽慘。**

這一切都超出了她的承受能力。先是煙影獵手，再來是大型機械蜘蛛，以及白霧瀰漫的神祕邊境管制系統，現在又是這場……這場荒唐的派對，位於一間飯店的頂樓，飯店坐落在她從未耳聞、狂野又廣闊的城市，她身邊還有個瘋瘋癲癲的紅髮男人，跟一隻巨貓。

在這個漫長無盡的夜，即便莫莉安自己逃過一死，但總會鬧出人命來。

「**朱比特！**」有人大叫。「看，是朱比特·諾斯！他來了！」樂師吃了一驚，薩克斯風發出怪聲，接著樂音戛然而止，一股興奮之情席捲在場的眾人。

「敬酒！」一名女子喊道。

其他人跟著吶喊起來，有人鼓掌、吹口哨、跺腳，上百張閃耀的臉孔全數轉向朱比特，有如向日葵追隨太陽，莫莉安看得入了神。

「為新世代乾杯，諾斯隊長！」

朱比特跳上演奏臺，揚起一隻手示意，另一手從服務生的托盤上拿走一杯香檳，整個派對靜了下來。

「各位朋友、嘉賓，以及我親愛的杜卡利翁大家庭，」他的嗓音清澈地穿透早晨微寒的空氣。「如今，我們舞也跳了，飯也吃了，酒也喝了個盡興；我們以勝利之姿，懷抱柔情，向舊世代道別。此刻，我們必須大膽前行，邁向新世代。願這個世代充滿美好與歡樂，願這個世代帶來出乎意料的冒險。」

「敬出乎意料的冒險。」賓客異口同聲說道，將粉紅色香檳一飲而盡。

朱比特露齒而笑，越過人群直視莫莉安。莫莉安緊緊抓著雨傘，報以微笑。今晚發生的一切，都是出乎意料的冒險。

「現在，假如各位夠有勇氣，我在此邀請各位，一同參與杜卡利翁多年來的晨曦日傳統。」他指向東方，遙遠的地平線上，逐漸浮現一道閃耀的金色光芒。「熄掉火炬。黎明已然降臨，讓我們藉助晨光看見彼此。」

火把一個接一個熄滅，彩燈也關了。朱比特招手示意莫莉安過去，她跟隨朱比特走向頂樓邊緣。

永無境在眼前往四面八方延展，莫莉安想像自己乘著一艘船，航行過由建築、街道、人群與生命力組成的海洋。

一陣激動感順著頸部往下竄，留下一片雞皮疙瘩。**我還活著**，她暗忖，這個念頭實在太過荒誕、太過美妙，令她口中不自主冒出笑聲，打破寂靜，但莫莉安不在意。她覺得自己變得好寬廣，渾身充脹著新鮮的喜悅與銳氣，唯有騙過死神，這些力量才會油然而生。

新世代來臨了，她不敢置信地想，**我還活著**。

在莫莉安左邊，有位女子爬上欄杆，提起飄逸絲質長裙的裙襬，撐起傘，高舉過頭。周圍的人紛紛照做，最後欄杆上擠滿了人，並肩而立，高舉手中的傘，迎視朝陽。

「大膽前行！」穿絲質長裙的女子高喊，毫不猶豫地自屋頂躍下，一路飄下去，飄下去，飄過十三層樓。莫莉安一驚，轉頭看朱比特，然而朱比特完全不顯擔憂。她等待下方傳來痛叫或砰然墜地的聲響，可是兩者都沒發生，那女子平安降落，步履不穩地向前踏了幾步，接著發出勝利的歡呼。

怎麼可能，莫莉安想。

「大膽前行！」另一位客人叫道，然後輪到禮賓部經理米范、客房服務員瑪莎，又輪到下一個，再下一個，此起彼落地喊道：「大膽前行！」沒過多久，這句激動人心的話語響遍空中。眾人一一跳下欄杆，莫莉安低頭望去，眼前已經化為一片傘海。

這時，朱比特頭也不回踩上欄杆，撐開手中的傘，莫莉安稍早看見的男孩也爬上去，站在朱比特身邊。兩人齊聲高呼：「大膽前行！」便從欄杆一躍而下。

莫莉安望著他們緩緩往下飄，彷彿經過一個世代之久，朱比特與男孩總算來到地面，安全落地，站穩腳跟，大笑著彼此擁抱，互拍對方背部。隨後，朱比特轉過身，抬頭注視她。

她以為朱比特會開口說些什麼，但朱比特卻一言不發，不鼓勵她，不說服她，也不安撫她，純粹注視著，等著瞧她會採取什麼行動。

一股又是驚惶又是興奮的感受席捲莫莉安。這是她重獲新生的機會，她能展開從來不敢奢望的嶄新人生，她會不會因為詛咒而毀掉這個機會？比如說弄斷雙腿，或者更慘，整個人摔成一灘肉泥？她好不容易在夕暮日騙過死神，該不會在晨曦日就輕易投回死神的懷抱？

想知道答案，只有一個方法。

莫莉安脫掉朱比特的大衣，任其落在腳邊，爬上欄杆，用顫抖的手撐開全新的油布傘。**不要往下看不要往下看不要往下看……**空氣感覺好稀薄。

「大膽前行。」莫莉安低語。

然後，閉上眼睛。

縱身躍下。

風接住了她，莫莉安一邊墜落，一邊感到腎上腺素飆升，冷空氣拍打她臉旁的頭髮，最終，她穩穩站到地面。反作用力衝上雙腿，讓她踉蹌了一下，但不知怎麼回事，她竟然奇蹟似地站得好好的。

莫莉安張開眼，四周的客人正在慶祝自己戰勝地心引力，跳進噴泉，發出響亮的噴濺聲，弄溼晚宴服。唯有朱比特動也不動地站著，凝視莫莉安，神情混雜了驕傲、寬心和佩服，從來沒有人像這樣看著她。

她大步走向朱比特，拿不定主意是要張臂抱住他，還是要把他推進噴泉，最終兩件事都沒做。

「新世代快樂。」莫莉安口中這麼說。

她心中響起的句子是：**我還活著**。

第七章　杜卡利翁飯店的暢飲時光

莫莉安夢見自己墜入無邊黑暗，不過醒來時，迎接她的卻是一片陽光，一盤煎蛋配吐司，以及一張字條。

> 吃完早餐，來我的書房找我。
> 三樓，音樂沙龍旁邊再過兩個門。
>
> ——J・N

朱比特在字條後面畫了一張小地圖，用箭頭標出路徑。牆上時鐘顯示現在是下午一點半。**早就超過早餐時間了**，莫莉安心想，朱比特是什麼時候過來留字條的？

莫莉安瞄了一眼盤子，這才意識到她上一次吃東西，是在黑鴉宅邸吃她的羊排生日晚餐。那都多久以前了，一百年前？她狼吞虎嚥解決兩顆煎蛋、一塊厚厚的奶油吐司，配上半杯不冷不熱、帶點奶味的茶，邊吃邊觀察四周。

她見識過杜卡利翁飯店的內部裝潢，看過那些邊框鍍金的鏡子與油畫、奢華地毯、茂盛的綠色植栽、水晶吊燈，相較之下，她的臥室令人有些出乎意料。她的臥室就是個……房間。是很好的房間，但也很**普通**，有一張單人床，一張木椅，一個正方形小窗，左手邊的門推開是一間小浴室。要不是床邊的桌上有朱比特的字條，加上她的銀柄雨傘掛在床頭，否則莫莉安在這個房間醒來之後，搞不好會以為杜卡利翁、永無境，以及昨天那些經歷，全都是場夢。

她連口中的茶都還沒完全嚥下，便換上一件乾淨的藍洋裝（這是衣櫃中唯一一件衣服），按照朱比特的指示，一路跑到三樓，抵達書房。她停下來喘口氣，伸手敲門。

「進來。」朱比特喚道。莫莉安打開門，眼前是個樸實舒適的小房間，有一座火爐與兩張磨損的皮面扶手椅。朱比特站在一張木桌後方，正俯身注視桌上凌亂的文件和地圖，聞聲抬起頭，露出大大的笑容。「啊！妳來啦，太棒了，我想說可以帶妳參觀一下。睡得好嗎？」

「很好，謝謝。」莫莉安說，突然有些不好意思。一定是因為朱比特老是對她笑個不停，她心想，這個舉動太不自然了。

「妳的房間還好吧？」

「當、當然，完全沒事！」她有些結巴，「至少我走出房間的時候還好好的，我發誓。」

朱比特看了她好一陣子，雙眉困惑地糾結起來，接著閉上眼睛，笑了出來，彷彿她說了什麼幽默到不行的話。「不是，不是，我是說……我的意思是，妳喜歡嗎？房間對妳來說還可以吧？」

「喔。」莫莉安感到雙頰升溫，「嗯，房間很棒，謝謝。」

朱比特體貼地收起笑意。「它是，呃……我知道它是有點無聊，不過它才剛認識妳，久了就會變熟了，之後還會改的。」

「喔，」莫莉安重複道，其實她完全聽不懂這是什麼意思。「好。」

書房牆上排滿書櫃，也掛有許多裱框的照片，拍的多半是奇山異水與奇人異士。朱比特自己只出現在幾張照片中，裡面的他年紀更輕，頭髮更紅，身材更瘦，鬍子也沒那麼多。一張是正在飛行的雙翼機，他就站在機翼上；一張是他騎在一頭熊肩上，雙手一起比大拇指；一張是他在甲板上跳舞，舞伴之一是個美貌女子，另一個不知怎麼搞的，竟然是隻狐獴。

一張照片受到特殊待遇，單獨擺在桌上，是朱比特跟一名男孩坐在這間書房內，兩人都把雙腳翹在桌上，雙手抱胸，咧嘴笑得燦爛。那男孩有一口整齊的牙齒，溫暖的棕色皮膚，左眼戴著黑色眼罩。

莫莉安認出他來，他是夕暮日派對的那個男孩，追著跳舞的龍偶跑，還跟朱比特一起跳下屋頂。在派對上，莫莉安沒注意到他的眼罩，不過當時他一下子就奔過莫莉安身邊，況且莫莉安滿腦子都是蜥蜴樂手、巨貓之類的怪事。

「那是誰？」

「是我外甥傑克。他也在那張照片裡，看到沒？那是學校去年拍的團體照。」朱比特指向另一張照片，一群男孩整齊地列隊站立，下方寫著：**格雷史馬克穎異少年**

學校，南方勢力世代，十一年之冬。那些男孩全穿著黑色晨禮服，搭配白襯衫和領結。

莫莉安細讀照片底下的姓名，「這裡寫說他叫做約翰。」

「嗯，約翰・阿朱納・柯拉帕提，我們都叫他傑克。」

莫莉安張口想問眼罩的事，卻被朱比特打斷。

「妳最好自己問他，不過大概要等到春假，我想他這個學期不會太常回來。我本來希望今天可以介紹你們認識，但他要回學校了。」

「今天不是假日嗎？」

朱比特長嘆，整個人都垂頭喪氣，「我們家傑克說不是。他剛升上三年級，堅持說夕暮日一過，同學全都會回學校準備第一場考試。格雷史馬克的學生都很忙。」朱比特領著莫莉安來到走廊，關上身後的書房門。「希望妳多教壞他一點。我們去**吸菸室**怎麼樣？」

「所以，」等電梯時，朱比特雙手插在口袋，用腳跟前後搖晃。「莫莉安……莫莉安。」

「什麼？」莫莉安好奇，他是不是終於要說說幻奇學會的事了？

他抬起頭，「嗯？噢，只是在想要拿『莫莉安』怎麼辦，妳知道，就是想個暱稱。莫莉……莫洛……不好。莫茲。莫札。莫希？」

電梯門叮一聲開啟，朱比特輕推她進去，按下九樓。

「絕對不要，」莫莉安惱火地說，「我才不要暱稱。」

「妳當然要，每個人都想要——」他話還沒說完，角落裝設的號角形狀擴音器發出一道尖銳的聲響，隨後是一陣劈里啪啦聲，再來是某個人清喉嚨的聲音。

「**各位先生、女士、幻獸族，早安。那位把四隻羊駝留在溫室的客人，麻煩盡快將羊駝帶走，若需要任何協助，請找米范，謝謝。**」

「每個人都想要暱稱，」廣播結束後，朱比特接著說。「例如，我的暱稱是『擁有紳士頭銜，偉大又高尚的朱比特・阿曼提厄・諾斯隊長』。」

「這是你編的吧？」

「一部分是啦。」

「這對暱稱來說太長了，」莫莉安說，「暱稱應該要是阿朱、小諾之類的，什麼『偉大又高尚的隊長紳士』那一長串要一年才說得完。」

「所以大家才喊我朱比特當作簡稱啊。」他說，電梯一陣顫動，停了下來，他們踏出電梯。「妳說得沒錯，短一點通常最好。我想想……莫，莫爾……莫兒。莫兒！」

「莫兒？」她皺起鼻子。

「莫兒是超棒的暱稱！」朱比特堅持，兩人一邊沿著走廊往下走，他一邊翻來覆去念著這個名字。「莫兒、莫莉兒、莫兒絲特，多有彈性。」

莫莉安做了個鬼臉，「聽起來好像小動物吐在你門口的嘔吐物。你要告訴我幻奇學會是什麼了沒？」

「就快了，莫兒，不過——」

「莫莉安。」

「——在那之前，先帶妳來個豪華導覽。」

讓莫莉安鬆了一口氣的是，吸「煙」室不是供客人抽雪茄與菸斗的地方。這個房間瀰漫著帶有顏色和香氛的滾滾煙霧，似乎是從牆壁冒出來的。今天下午是一種又深又濃的綠色鼠尾草煙霧（朱比特告訴她，這種煙是為了「推廣哲學思考的藝術」），不過門上貼的時程表寫道，傍晚會改放金銀花煙霧（「增添浪漫情懷」），到了深夜，再換成薰衣草煙霧（「幫助失眠的人」）。

一個身材非常矮小、膚色極為蒼白的男人，以戲劇化的姿態，橫躺在雙人沙發上。他穿了一身黑，罩著一件絲絨披風，緊閉的雙眼四周畫有粗黑的眼線，嘴角往下撇，渾身散發哥德式的悲劇氣息，莫莉安立刻對他頗有好感。

「午安，法蘭克。」

「啊，小朱，」身材瘦小的男人一隻眼打開一條縫，眼神流露悵惘，「你來啦。我正在思索死亡。」

「我想也是。」朱比特沒好氣地說。

「還有今年萬鬼節我該唱哪些歌。」

「那還要再等將近一年，而且我只說你可以唱『一首』，不是『一些』。」

「還有我房間的乾淨毛巾為何這麼少。」

「法蘭克，你每天早上都會拿到一條乾淨毛巾。」

「可是我想要每天早上拿到兩條乾淨毛巾，」法蘭克有些鬧脾氣地說，「一條要拿來擦頭髮。」

莫莉安憋住笑聲。

「自己去跟芬涅絲特拉說。對了，昨晚的活動幹得好，稱得上我們有史以來最盛大的夕暮日慶祝派對。」朱比特彎身在莫莉安耳邊悄聲說：「法蘭克是我們的活動策劃人，專門炒熱氣氛的。他是這一行最頂尖的人才，但絕對不可以告訴他，否則他就會跑去更高級的地方工作。」

法蘭克迷濛地露出壞笑。「我早就知道我是最頂尖的了，小朱，我還留在這裡，是因為沒有地方比這裡更高級——在整個自由邦，只有你不會用預算來限制我美妙的創意。」

「我是有開預算來限制你美妙的創意，法蘭克，但你每次都假裝沒看到。說到這個，是誰准你請伊瓜拿拉瑪樂隊的？」

「你啊。」

「哪有，我叫你去找力薩瑪尼亞樂隊，他們會翻唱伊瓜拿拉瑪的歌，但價錢只要四分之一。」

「那當然，他們的才華也只有四分之一。」法蘭克哼了一聲，「說到底，你幹麼過來？你看不出來我還在恢復元氣嗎？」

「我帶了個特別的人來，介紹給你認識。這位，」朱比特一手拍拍莫莉安的肩頭，「是莫莉安・黑鴉。」

法蘭克猛然坐起，瞇起雙眼盯著莫莉安。「哦，原來是帶了禮物給我。」他說，

「年輕人的鮮血，正合我意。」他把牙齒咬得喀答作響，莫莉安忍住沒笑，心想他大概是要嚇自己，配合演出比較不會失禮。

「不是啦，法蘭克。」朱比特捏住鼻梁。「說真的，你跟芬兩個……聽好，不准咬她，不准咬杜卡利翁的任何一個人，我們之前就說好了。」

法蘭克閉上眼躺回去，一臉鬱鬱寡歡。「那何必來煩我？」

「覺得你可能想認識認識我的備選生，就這樣。」

「什麼的備選生？」法蘭克邊打呵欠邊說。

「幻奇學會的備選生。」

法蘭克倏地睜開眼，坐起身，重燃興趣地端詳莫莉安。「嘖嘖，這狀況可真有意思。口口聲聲發誓不當贊助人的朱比特・諾斯，終於有了個備選生。」他喜孜孜地搓手，「哦，八卦可要傳得滿天飛了。」

「大家確實很愛聊八卦。」

莫莉安的目光從朱比特轉到法蘭克身上，又轉回朱比特身上。「什麼八卦？」

朱比特沒回答。

他真的發過誓不當贊助人嗎？莫莉安不禁竊喜。朱比特顯然備受愛戴和景仰，竟然破天荒選擇她當作備選生，真希望她知道為什麼。

法蘭克正充滿疑心地打量她，似乎也有相同的疑問。「很高興認識妳，莫莉安。能不能問妳一個問題？」

朱比特打岔：「不行。」

「喔拜託，小朱，一個問題就好。」

「一個也不行。」

「莫莉安，妳的——」

「你再問，明天就連一條乾淨毛巾也拿不到。」

「但我只是想知道——」

「躺下來好好享受鼠尾草吧，法蘭克。」牆壁又開始散發滾滾綠霧，「瑪莎等一下就會用手推車送茶過來了。」

法蘭克氣呼呼地哼了一聲，抑鬱地倒回雙人沙發上。

朱比特引領莫莉安穿越遮蔽視線的霧氣，來到門口，在她耳邊小聲說：「法蘭克的行事作風是有點誇張，不過他是個好傢伙——也是永無境唯一一個矮人吸血鬼。」莫莉安注意到他語氣中透著驕傲。她回頭望向沉浸在綠霧中的法蘭克，微微心驚：她剛剛是在跟吸血鬼講話？「可惜他在矮人一族裡不太受歡迎，在吸血鬼一族也是，我想主要是因為……」

「我是吸血鬼矮人，」法蘭克在吸煙室另一頭出聲指正：「這兩者是不一樣的。既然你經營飯店，最好對這種敏感話題注意一點。」

「主要是因為他很情緒化。想想看，竟然連其他吸血鬼都覺得他太情緒化。」朱比特低聲說完，又回頭高聲說：「反正是他們的損失，法蘭克，他們的損失。」

———

他們在吸煙室外遇見瑪莎，她正推著擺滿茶飲和美味小點的推車走來。經過時，瑪莎用單邊眼睛一眨，塞給莫莉安一塊粉紅色糖霜蛋糕，朱比特故意裝作什麼都沒發現。

莫莉安咬下一大口蛋糕，享受絕妙的好滋味。就在這時，一名年輕男子從電梯中衝出，他頭戴司機帽，身穿司機制服，一身深褐色皮膚，圓睜的雙眼流露憂心。

「諾斯隊長！」他一面在走廊上跑，一面大喊，莫莉安整個人僵住。詛咒的副作用之一，就是她深知什麼表情代表了壞消息。「是米范要我來的，先生，交通部又派來一位信差，他們希望您馬上過去。」司機脫下帽子，手指緊張地來回摸著帽簷。

瑪莎拋下推車，快步走過來加入對話，面色凝重。「該不會幻奇鐵路又出意外了？」

「又……」朱比特搖頭，「什麼叫做**又出意外**？」

「是今天早上的新聞。」瑪莎答道：「黎明後不久，睡前線有列火車脫軌，撞上隧道牆壁。」

「在哪裡？」朱比特問道。

「在黑貨站跟狐狸街站之間，據說十幾個人受傷。」瑪莎站得直直地，雙手緊握，輕聲補上一句：「無人死亡，感謝老天。」

莫莉安的內心扭絞了一下。就是這個，這就是她一直等待的災難，她咬著嘴脣暗想：**哈囉，永無境，莫莉安・黑鴉來了**。她凝視朱比特，準備好面對他的責難，承受他態度驟變的質疑。

然而，她的贊助人只是皺起眉頭。「幻奇鐵路不可能脫軌，它從來沒脫軌過。」

「瑪莎說得沒錯，先生。」司機說，「報紙跟廣播都在大肆報導，有人說……有人說肇事者可能是……」他停住話頭，嚥了口口水，壓低聲音：「可能是**幻奇師**，可是……可是這太……」

「胡說八道。」

「我也是這樣說，先生，但……這起意外太慘烈，大家勢必會……」

「真的有可能是幻奇師嗎？」瑪莎插話，臉色煞白。

朱比特嗤之以鼻。「瑪莎，他已經消失一百多年，我是認為不太可能，不要被那些危言聳聽的話給嚇到了。」

「幻奇師是什麼？」莫莉安問。這次，該怪的會不會是別人？至少不是怪她？一浮現這個念頭，她心中的大石瞬間落地，這個反應讓她覺得有些羞愧。

「只不過是鄉野奇談跟迷信而已。」朱比特堅決地點頭，回頭對司機說：「查理，幻鐵是自行驅動、自行維護，它的動力來源是幻奇之力，老天啊，幻奇之力不可能出意外。」

查理聳起一邊肩膀，神色同樣困惑。「我知道。交通部不肯說要找您做什麼，先生，不過我已經要人帶話去車庫，叫他們把車的油加滿，我們再過四分鐘就能出發。」

朱比特顯得頗為心煩。「那好吧。」查理先行離開，朱比特轉頭對莫莉安說：「抱歉，莫兒，時機太不湊巧了，我還來不及帶妳去看鴨池跟玻璃罐收納室。」

「玻璃罐收納室是什麼？」

「我把一些東西用玻璃罐裝起來，收在那裡。」

「你本來要跟我說幻奇學會的事……」

「我知道，我一定會告訴妳，只是要再等等。瑪莎，」他招手要年輕的服務員過來，「妳能不能帶莫莉安四處轉轉？介紹最精采的地方就好。」

瑪莎的神色轉為明朗。「當然好，先生，我可以帶她去見香妲・凱麗女爵士，她正在音樂沙龍練唱。」她一手攬住莫莉安肩頭，親切地用力一摟。「然後我們再去馬廄，看看那些小馬，好不好？」

「太完美了！」朱比特熱情地說，奔向電梯，查理正用手攔住電梯門。「瑪莎，妳簡直是天使。莫兒，晚點見。」

電梯門關上，朱比特就這麼走了。

莫莉安一眼就認出香妲・凱麗女爵士。不是因為她跟瑪莎一抵達音樂沙龍，就聽見繞梁不絕、充滿能量的女高音；不是因為香妲女爵的棕紅色肌膚；也不是因為她垂落背後的厚實黑色鬈髮，髮間點綴著銀色裝飾。莫莉安認出的是香妲女爵身上的禮服，那是一件粉紅與亮橘相間的飄逸長裙，全身綴滿亮珠，款式幾乎和屋頂派對上那名紫裙女子一模一樣。莫莉安恍然明白，香妲女爵就是在晨曦日狂歡宴上，率先從欄杆跳下去的勇者。

此刻，香妲女爵站在音樂沙龍中央，演唱一首詠嘆調，四周聚集了一批稀奇的聽眾：二十幾隻撲翅的青鳥、帶著兩隻幼狐的母狐、幾隻尾巴蓬鬆的紅松鼠，這些動物似乎都是從窗戶進來的，正用充滿仰慕的眼神注視女爵。

「香妲女爵是大女高音兼森林溝通師協會會長。」在一陣歌聲和鳥鳴中，瑪莎用氣音大聲說。莫莉安注意到香妲女爵跟朱比特一樣，別著一枚同樣的「W」字金色別針，隱藏在長裙的亮珠之間。「她也是幻奇學會的成員，目前住在杜卡利翁飯店。她在自由邦每一間大歌劇院都獻唱過，可惜有些歌劇院看到這些動物跑來會不太高興，牠們老是把四周弄得亂七八糟。」瑪莎繼續說，朝那些森林動物示意，動物們顯然無可救藥地深受香妲女爵的歌聲吸引。

樂音結束，瑪莎與莫莉安用力鼓掌，香妲女爵鞠躬回禮，露出溫暖的微笑，把動物一一趕出窗戶。「瑪莎，親愛的，我真該請妳專門替我介紹，妳介紹得可真好。」

客房服務員臉紅起來。「香妲女爵，這位是莫莉安．黑鴉，她是——」

「朱比特的備選生，我聽說了。」香妲女爵說，一雙迷人眩目的眼眸轉向莫莉安，莫莉安感覺有如燈塔的光全打在身上，也像是在跟皇室成員說話。「杜卡利翁的消息傳得很快，大家都在討論妳，黑鴉小姐。所以這是真的嗎，親愛的？妳真的會接受考驗？」

莫莉安點點頭，雙手撥弄裙襬。站在這位了不起的女子面前，她只覺得自己是街頭的野孩子。

這就是幻奇學會成員該有的樣子，她心想。美麗莊嚴，一如香妲女爵；或是風趣、備受愛戴，一如朱比特。她不禁納悶，瑪莎、香妲女爵、芬涅絲特拉、法蘭克這些人，會怎麼看待她？他們會不會已經開始偷偷討論，說朱比特的選擇糟糕透頂？

「真是驚人，」眼前這位歌劇女高音吐出一口氣。「我們朱比特終於當了贊助人！莫莉安小姐，很高興認識妳，妳想必是真的很棒的人。可愛的女孩，妳對第一場考驗是不是很興奮？」

「呃，對？」莫莉安不太有說服力地撒謊。

「對了，你們還要先參加幻奇歡迎會。朱比特替妳安排量身了沒？」

莫莉安腦袋空白地盯著她。幻奇歡迎會是什麼？「量……身？」

「找裁縫來量身呀。親愛的，妳一定要穿新衣去，第一印象非常重要。」她停頓一下，「也許直接叫我的服裝設計師來處理好了。」

莫莉安睜圓了雙眼，瑪莎則對她露出燦爛的笑容，彷彿真心認為這是香妲女爵贈予的無上光榮，而不是一件難以想像、嚇人的事。

「朱比特有辦法穿那麼……**有意思**的服裝，是因為他天生英俊。」香妲女爵接著說道。「可是，我們絕對不能容許他把那種可怕的品味加諸在妳身上，至少，在這麼重要的場合絕對不行。

「莫莉安小姐，幻奇歡迎會並不是單純的花園派對。很不幸的是，在那個花園中，所有的人都會評價妳的一言一行，其他贊助人及備選生都會把妳當成競爭對手，仔細評估妳，那可是非常緊張刺激的場合。」

莫莉安的五臟六腑糾結成一團。競爭？評價？朱比特的信確實提過，還不保證她能加入幻奇學會，她必須先接受入會考驗。

可是……在莫莉安內心深處，她一直以為，自己經歷這麼多波折，好不容易抵達永無境，不但逃過煙影獵手的魔爪，偷偷越過邊境管制系統，甚至……說真的，她甚至騙過了死神！既然如此，最艱困的難關，應該已經結束了吧？沒人告訴她會有一場「非常緊張刺激的花園派對」。莫莉安的詛咒會為花園派對帶來什麼災難，她可以列舉至少十二種，還不算上熊蜂跟花粉熱。

香妲女爵似乎意會到莫莉安憂心忡忡，揮揮手帶過這個話題，宛如把蒼蠅揮走。「哦，親愛的，不用擔心，做自己就好。說到這個，我想請教一件事，大家都好奇得要命。」她傾身湊過來，雙眼閃著笑意，在莫莉安耳邊悄悄說道：「妳的本領是什麼？妳擁有什麼絕妙天賦？」

莫莉安眨了眨眼。「我的什麼？」

「妳的本領啊，孩子。妳的獨門絕活，妳的**才能**。」

莫莉安完全不知道該說什麼。

「哎呀，我想朱比特一定計畫好了，要選在一個戲劇性的時刻揭曉，對吧？」香妲女爵伸出手指，輕點莫莉安的鼻尖，「毋須多言，親愛的。毋須多言。」

「那是什麼意思？」莫莉安問瑪莎，她們離開音樂沙龍，走下樓梯，前往大廳。「我沒有……我沒有本領，也沒有天賦，什麼都沒有。」

瑪莎親切地笑了。「妳一定有，妳可是幻奇學會的備選生，而且是朱比特・諾斯的備選生。要是妳沒有，他當初就不能投標妳。」

「不行嗎？」莫莉安根本不曉得這件事。「可是我沒有……」

「妳有，妳只是還不曉得是什麼。」

莫莉安不吭聲。

她想起昨夜，想起朱比特出現在黑鴉宅邸的美好時刻，想起她在破曉時分，安全降落在杜卡利翁飯店的前院，當時她有多麼欣喜，堅信一個全新的世界等著她去冒險。此刻，她只覺得自己和那嶄新的生活之間，橫亙了一道堅不可摧的牆。

如果擁有某種本領是進入幻奇學會的要件，她怎麼可能辦到？

「妳知道嗎？他從來沒推派過備選生。」瑪莎溫和地說，「他早該推派了，幻奇學會的成員到達一定年齡，都應該推派備選生。許多父母擠破了頭，搶著送他錢、送他人情、送他各種報酬，只求他選中自家的寶貝孩子。每年投標日前，總有一堆人跑來這裡，鬼鬼祟祟地探聽消息，妳真該看看那些可悲的傢伙。可是他一律拒絕，對他來說，從來沒有人夠特別。」她粲然一笑，替莫莉安將一綹頭髮塞回耳後，「直到現在。」

「我一點也不特別。」莫莉安說，但這是個謊言，她很清楚自己的特別之處。因為這項特質，豺狐鎮的人見到她，寧可走到馬路另一頭迴避她。因為這項特質，要不是朱比特乘著機械蜘蛛，把她帶來永無境，她的生命本來會在夕暮日結束。

是詛咒讓她特別。

受詛咒算是一種才能嗎？難道這就是朱比特投標她的理由？因為她的本領是搞砸一切？莫莉安不禁皺起臉來，這個想法太可怕了。

「小姐，諾斯隊長是個怪人，不過他絕對不笨。他能夠看穿人的本質，要是他選擇妳，那就代表——」

莫莉安沒聽到那代表什麼，因為震耳欲聾的巨響打斷了瑪莎，隨後是一陣玻璃碎裂聲。底下傳來駭然的尖叫，回音一路傳上樓梯。

瑪莎與莫莉安狂奔下樓，眼前是一幅嚇人的情景：粉紅色的水晶帆船吊燈自上方墜落，砸在黑白相間的棋盤地板，大理石地磚上四散碎玻璃和水晶，閃爍光芒；

天花板垂下電線，有如從遺骸中穿出的內臟。

房客與員工目瞪口呆地站在一旁，凝視這片混亂。

瑪莎用雙手按住臉頰。「噢……諾斯隊長絕對會很難過，那艘船在飯店裡很久了，他最喜歡這個吊燈。怎麼會這樣？」

「我不懂，」米范從禮賓櫃檯後走出來。「這個吊燈上週才請人維修過！它明明牢固得不得了。」

「而且還是在晨曦日出事！」瑪莎喊道：「真是走霉運。」

「我倒覺得我們交了大好運，」米范說：「大廳都是人，卻沒有人受傷，根本吉星高照。」

莫莉安暗暗認同瑪莎。這一定是霉運，她清楚得很，這是她的專長。

瑪莎召集幾名員工，指揮大家收拾善後，米范則招呼客人，輕鬆自然地指引他們遠離殘局。

「各位先生女士，杜卡利翁飯店對您所受的驚嚇致上歉意。」米范說道：「請移步至六樓的調酒酒吧，我們會特別開一個調酒暢飲時段，今晚的酒飲全部免費！祝各位愉快。」

十幾位目睹吊燈墜落的客人看似對這個安排頗為滿意，紛紛漫步上樓，打算享用免費酒飲，把這樁意外拋到腦後。然而，米范、瑪莎等員工全面露擔憂，好像和莫莉安一樣不安。

莫莉安小心地繞過吊燈殘骸，「我可以幫忙嗎？」

「喔，莫莉安小姐，您絕對不可以插手。」米范說，領著她走開。「說實話，我覺得您也快點上樓比較好，不要靠近這些鬆掉的電線跟碎水晶，萬一受傷就不好了。」

「我不會受傷，」莫莉安抗議，「我會小心的。」

「您何不上樓去吸煙室？我來打個電話，叫他們改放洋甘菊煙，緩和您的心情，您剛才一定大受驚嚇。這樣才乖，快去吧。」

莫莉安在樓梯平臺停下腳步，轉頭注視米范、瑪莎與其他員工來回奔走，清掃吊燈殘骸，聚集成閃爍光芒的玫瑰色粉塵堆，令人望之興嘆。

沒有人瞪她，沒有人嘀咕著說都是詛咒之子害的，沒有人知道這件慘劇為何發生。

然而，莫莉安知道。

她也知道，為何幻奇鐵路上的火車出軌。

是陰魂不散的詛咒，儘管她熬了過來，存活下來……詛咒卻一路尾隨著她，來到永無境，躲過邊境管制系統，住進杜卡利翁飯店這個舒適宜人的家。

詛咒會毀了一切。

第八章 有趣、有用、有好處

不知怎麼搞的，莫莉安半夜醒來。有個聲音——宛如翅膀拍動聲，也像書頁翻動聲。她清醒地躺著，等待那個聲音再度出現，但整個房間一片靜寂。也許是她在作夢吧，夢見鳥或書之類的。

她閉上眼，想運用意志力進入深沉無夢的睡眠，偏偏睡意遲遲不來。從她臥室的窗戶，可以看見一小片天空逐漸轉亮，從最深沉的黑化為破曉前幽暗的藍，星子一顆接一顆熄滅。

莫莉安想起粉紅色的帆船吊燈，想起它砸在棋盤地板上，再也無法點亮的樣子。瑪莎說，朱比特最喜歡這個吊燈。莫莉安就寢時，朱比特還沒從交通部回來，她暗自納悶，等朱比特看到天花板破了一個大洞，最喜歡的吊燈不見蹤影，他會說些什麼？

理智上，莫莉安知道，那座巨燈會迎向華麗的死亡，跟她沒有半點關係，何況她當時不在現場。不過，她還是無法甩去那種不安，彷彿自己犯下惡行卻逃過責難。

但這間飯店一定超過百年歷史，她想，翻過身，拍打枕頭，把枕頭打得更鬆軟，暗自痛恨自己指控自己的行為。**老東西本來就會壞掉！**那個吊燈會掉，八成是哪根電線日久磨損，就這樣斷了，或是……或是天花板的灰泥剝落了！

莫莉安湧上一陣突如其來的決心，坐起身來，掀開棉被。她要親自去檢查吊燈，她要親眼看清那不是她害的，然後她就會回來睡覺，從此過著幸福快樂的日子，劇終。

理所當然地，少了水晶吊燈的光芒，整個大廳顯得頗為幽暗。禮賓櫃檯後面空無一人，凌晨時分獨自在這裡走動讓她毛骨悚然，腳步聲在空曠的空間中迴盪。

太蠢了，莫莉安內心不住後悔，這點子太蠢了。水晶吊燈早就被清走，飯店大廳極其昏暗，從她站的地方看過去，天花板的大洞只是遙遠的一抹黑影，瞧不見任何磨損的電線，甚至沒辦法確定電線還在不在。

莫莉安正想放棄，回房睡覺，突然聽見一個聲響。

是旋律。有人在哼歌？

沒錯，不知是誰在那裡，藏身於陰影中，哼著曲調。

那是一首奇異的小曲，她似乎在哪聽過……可能是搖籃曲，或是她從廣播聽到的歌。她心跳加速。

「哈囉？」她小聲說——至少，她本來想要小聲地說，但她的聲音在牆壁之間振盪，發出回音。哼歌聲停了下來。「是誰？」

「不用怕。」

莫莉安轉向話音的來源。眼前是個男人，坐在陰影之下，雙腿盤起，腿上放著整齊摺疊的大衣。她靠近幾步，想看清男人的臉，可是他整個人都籠罩在黑暗中。

「我在等櫃檯人員開始上班，」他說：「我的火車誤點，結果錯過辦理入住的時間，嚇到妳的話不好意思。」

她聽過這個嗓音，輕柔簡短，清音很清楚。

「我們見過嗎？」她問。

「應該沒有，」男人答道：「我不是這裡人。」他瞇眼看莫莉安，傾身向前，一束月光落在他臉上。

「瓊斯先生？」他的長相並不引人注目，一頭偏灰色的棕髮，身穿灰西裝，不過莫莉安認得他的聲音。仔細端詳，可以看到他的深色眼眸，以及劃過一邊眉毛的傷疤。「你是埃茲拉．史奎爾的助理。」

「我──是的，妳怎麼……**黑鴉小姐**？」他站起身，連跨兩步走向莫莉安，驚訝地張著嘴。「真的是妳？他們宣布──他們說妳已經……」他話音漸弱，表情不太自在。「妳怎麼會在自由邦？」

慘了。「我……我只是……其實……」莫莉安真想狠踹自己一腳，她要怎麼交代之前發生的事？瓊斯先生會不會告訴她家人？她正絞盡腦汁想該怎麼說，一個念頭突然竄過腦海。「等一下……你怎麼知道自由邦？」

瓊斯先生看似有些慚愧，「說得是。妳替我保密，我也替妳保密，好嗎？」

「好。」莫莉安鬆了口氣。

「黑鴉小姐，我不曉得妳怎麼會來到這裡，也不曉得妳怎麼還活著。明明就在昨天，共和國每一份報紙都宣布了妳的死訊。」莫莉安撇開目光，瓊斯先生似乎明白她不自在，字斟句酌地說：「但是，無論妳的……處境如何，我可以向妳保證，我老闆的邀請依然有效。史奎爾先生得知妳無法擔任他的學徒時，真的非常失望，極度失望。」

「噢。呃，謝謝，不過我已經有贊助人了。其實我……我本來以為那是惡作劇，我是說，投標日那天，你突然消失了，之後……」

「惡作劇？」他面露驚訝，顯得有些憤慨，「絕對不是，史奎爾先生從來不會惡作劇，他是真心投標。」

莫莉安覺得很困惑。「可是我一轉頭，你就不見了。」

「啊，是的。我必須向妳致歉。」他看起來是真誠流露歉意，「請原諒我，當時我是為了史奎爾先生著想。假如外面傳出他收學徒的風聲，一定會有許多父母爭先恐後把孩子塞給他，因此他才選擇以匿名方式投標。我原本想回去找妳繼續談，可是夕暮日忽然來臨，令我措手不及。」

「我也是。」

「當時我的處理方式恐怕不太妥當。我能理解妳已經另有安排，不過……倘若妳考慮改變主意，史奎爾先生想必會非常高興。」

「哦，」莫莉安不知道該說什麼，「這樣……他人真好。」

瓊斯先生微笑著抬起雙手。「請不要覺得有壓力，如果妳對現狀很滿意，史奎爾先生也能諒解。妳只要記住，史奎爾企業的大門永遠為妳敞開。」他將大衣整齊地掛在一隻手臂上，再度坐下，這次坐進一張扶手椅。「現在，希望妳不介意我問，但是——妳究竟為何在這個時間，跑來杜卡利翁飯店大廳閒晃？」

瓊斯先生散發出一種氛圍，讓人感到熟悉又信任，所以莫莉安沒有找藉口搪塞，反而坦白說出荒謬的實話。「我想來看吊燈，」她指著天花板，「應該說，本來掛著吊燈的地方。」

「老天哪，」瓊斯先生一瞧原本懸著帆船吊燈的位置，雙眼大睜。「我就覺得哪裡不太對勁。是什麼時候的事？」

「昨天。它掉了。」

「**掉了？**」他嘖了一聲，「吊燈不可能無緣無故掉下來，尤其是在這間飯店。」

「可是它真的掉下來了。」莫莉安嚥了口口水，偷瞄瓊斯先生，試著衡量他的反應，試著不讓自己的語氣流露希望。「除非……你的意思是……你覺得是有人故意搞破壞嗎？比如……搞不好有人剪斷電線，或者……」

「不，我不這麼認為。我想它是被擠出來的。」

她眨了眨眼，「擠出來？」

「是的，就像長牙一樣。看到那個了嗎？」瓊斯先生伸手一指，莫莉安瞇起眼睛，細看那片黑暗。「在那裡，有沒有看到那一點反光？它正在生長，用全新的樣貌，取代從前的吊燈。」

她看見了，黑影中綻放一朵微小的光。她先前沒注意到，可是現在，她可以清楚辨別天花板向下伸出纖細的水晶，略顯彎曲，微帶光亮。她的心飛躍起來，「會長得跟以前一樣嗎？」

「我想應該不會。」瓊斯先生語帶惆悵地說。「我不是非常瞭解杜卡利翁飯店如何運作，但我許多年來經常造訪，從未見過這間飯店做過相同的打扮。」

他們默然無語好一會，凝視新生的吊燈緩緩生長，從天花板的安穩窠巢中探出頭來，有如從健康牙齦中冒出的恆齒。按照這個速度，吊燈要長回本來那艘巨船的尺寸，大概還要花上好幾週，甚至好幾個月，不過莫莉安剛放下心上一塊大石，要她等多久她都願意。她好奇吊燈最後會長成什麼形狀，會不會比帆船更棒呢？也許會是蛛型運輸機！

瓊斯先生再度開口，語氣溫和而遲疑，好像擔心冒犯到她。「妳這位贊助人……我想應該推派了妳參加幻奇學會的考驗？」

「你怎麼知道？」

「合情合理的推測，」他說：「沒有多少理由能讓人這樣大費周章，將冬海共和國的孩子帶來永無境。黑鴉小姐，能否請教妳一個有些無禮的問題？」

莫莉安感到雙肩緊繃起來，料到瓊斯先生想問什麼。

「我不知道我的本領是什麼，」她輕輕地說，「甚至不確定我到底有沒有。」

他皺起眉頭，神色不解。「但是……要進入幻奇學會……」

「我知道。」

「妳的贊助人是否跟妳談過……」

「沒有。」

他抿起嘴脣，「妳不覺得有些蹊蹺？」

莫莉安抬起頭，凝視徐緩生長的那一小撮光芒，沉默良久才應聲。

「對啊。」

當天早晨，朱比特剛到，莫莉安便猛地推開臥室門，只見朱比特的手還懸在半空，來不及敲。

「我的本領是什麼？」她質問。

「妳也早安。」

「早安。」她說，退到一旁，讓朱比特走進房間。她等這一刻等了好久，不斷來回踱步，思索她與瓊斯先生的對話。窗簾大開，晨光自窗戶大把流瀉進來，這扇窗本來只是小巧的方窗，卻一夜之間變成拱型落地窗，實在詭異到不行。不過，莫莉安心想，他們還有更要緊的事該討論。「我的本領是什麼？」

「可以偷吃一口派嗎？我快餓死了。」

十分鐘前，瑪莎送了早餐過來，此時早餐正躺在角落，完全沒動過。「請用。我的本領是什麼？」

朱比特嘴裡塞得滿滿都是派，莫莉安一邊看他吃，一邊自顧自地發慌。「我根本沒有本領，對不對？因為你找錯人了，你把我當成另一個人，你以為我有什麼了不起的天賦——規則就是那樣，對吧？那是加入幻奇學會的條件，成員必須是很有才華的人，像香妲女爵那樣，一定要有某方面的本領。你以為我有，現在你知道了，我沒有。我是不是說對了？」

朱比特嚥下派。「趁我還沒忘記，我的裁縫師今天早上會來幫妳量身，替妳做新衣服。妳最喜歡什麼顏色？」

「黑色。我是不是說對了？」

「黑色不算顏色。」

她哀號起來，「**朱比特！**」

「喔，好啦。」朱比特靠著牆往下滑，一路滑坐到地板上，一雙長腿在地毯上伸直。「妳要談無聊事，我們就來談無聊事。」

陽光照耀之下，朱比特長長的紅髮帶有幾絲金色，看起來有些蓬亂糾結。他打著赤腳，皺巴巴的白襯衫沒有紮好，藍色褲子的吊帶凌亂地從腰際垂下，莫莉安恍然明白，他還沒換掉前一天穿的衣服，不禁納悶他是直接穿著這套衣服睡覺，還是根本沒睡。他閉著眼睛，避免迎視陽光，表情像是很樂意整天坐在這裡，沉浸在陽光的溫暖中。

「整個過程是這樣走的，妳在聽嗎？」

終於，莫莉安暗想。她坐在木椅的前緣，半是慶幸，半是恐懼，做好終於迎來解答的準備，即便這些解答很可能不是她所樂見的。「我在聽。」

「好，先別打岔。」他不情不願地坐直，清清喉嚨。「每一年，幻奇學會都會篩選一批孩子入會，自由邦裡每個孩子都能夠報名，條件是要在每年第一天之前滿十一歲——妳剛巧符合門檻，幹得好。當然，另一個條件是要有贊助人。關鍵在於……你的贊助人不能是隨便一個人。其他學校或招收學徒的單位，只要任何有錢大爺贊助你，就會收你入學完成學業。但是在幻奇學會，你的贊助人必須也是幻奇學會的一員，長老非常嚴格地執行這個規定。」

「為什麼？」

「因為他們是腦袋裝屎的自大鬼。不要打岔。好了，我要坦白告訴妳，莫兒——」

「莫莉安。」

「——我選擇妳當我的備選生，不過這一切正要開始。接下來，妳要接受入學考試，我們稱之為考驗，總共有四大關卡，會在一年內舉行完畢。考驗是一種淘汰機制，目的是篩選出學會認為最理想的備選生，踢掉那些……沒那麼理想的。整個考試很菁英主義，競爭非常激烈，不過這是傳統，所以妳還是得考。」

「會有什麼考驗？」莫莉安咬著指甲問。

「我正要講，不要打岔。」他站起身，開始來回踱步。「前三場考驗每年都不一樣，種類很多，那些長老喜歡每年替換不同種類的考驗，這樣比較好玩。在他們公布消息以前，沒人知道考驗是什麼。有些考驗還不算太糟，舉例來說，演講考驗就滿簡單明瞭的，只要對一群聽眾發表演說就好。」

莫莉安嚥下口水。她想不出比這更糟的考驗了，她寧可回去跑給煙影獵手追。

「……尋寶考驗也很好玩，但我不騙妳，有的考驗實在是嚇人。他們很久以前取消了試膽考驗，妳要心存感激。」朱比特抖了一下。「試膽考驗應該改名叫精神崩潰考驗，有些備選生的創傷到現在還沒恢復。

「不過，第四場考驗，就是妳擔心的考驗。它的正式名稱是展現考驗，聽起來好像很了不得，其實很簡單，每年的內容都一樣：通過前三場考驗的備選生，必須在長老理事會面前，做一點事情給他們看。」
莫莉安皺起眉頭，「什麼事情？」
「有趣的事情。有用的事情。有好處的事情。」
「有趣，有用，有好處……意思就是某種才華，對不對？」她鼓起勇氣迎接噩耗，「他們想看大家有什麼才華。」
朱比特聳肩。「妳可以說是才華，技巧，什麼特別的賣點……怎麼說都行。我們是用『本領』這個詞，這只是有點好笑的幻奇學會術語，用來代稱你擁有的絕妙、特殊天賦，如果長老判定這個天賦夠出類拔萃，就會讓你進入這個自由邦的頂尖菁英機構，成為終身會員，就這樣。」他在紅色大鬍子底下露齒微笑，似乎自以為笑得很迷人。
「喔，就這樣？」莫莉安發出歇斯底里的笑聲，「嗯，我沒有天賦，所以——」
「妳只是還不知道而已。」
「那你又知道什麼？」她的語氣有些尖銳。朱比特是不是隱瞞了什麼？
「我知道很多事情，我那麼聰明。」他說話老是兜圈子，簡直快氣死莫莉安了。
「說真的，莫兒——」
「**莫莉安**。」
「——妳不用擔心。妳只要設法通過前三場考驗，第四場考驗讓我煩惱就好，交給我。」
這聽起來……根本不可行。莫莉安癱坐在椅子上，哀怨地長嘆一聲，有種糊里糊塗被塞了個大麻煩的心情。她斜眼瞄朱比特，「要是我不想加入幻奇學會了呢？要是我改變心意了呢？」

莫莉安本以為他會驚愕，會震怒，但他只是點點頭。「我知道這很可怕，莫兒。」他輕柔地說，「幻奇學會的要求非常高，光是考驗就夠難了，之後還會更辛苦。」

太棒了，她思忖，**每況愈下**。「通過考驗以後，會怎麼樣？」

朱比特深吸一口氣。「幻奇學會不像普通學校，他們對入會的學員從來不會手下留情。大家都以為加入學會就從此一帆風順，以為只要拿到這個金色小別針，」他輕點衣領上的「W」字別針，「不管走到哪裡都不會遇到阻礙，前途暢通光明。某方面來說，這種想法也沒錯，這個金色小別針確實會為你打開很多條路，讓你贏得敬重、冒險、名聲，搭幻鐵還有保留席，大家稱之為『別針特權』。」他翻了個白眼。「可是，一旦進入幻奇學會，每個人都必須憑一己之力贏得這些特權。不是只要通過考驗，也不是一勞永逸，而是要不斷、不斷付出努力，窮盡一生，反覆證明自己值得配戴這根別針，證明自己與眾不同。」

他暫時打住話頭，嚴肅地注視莫莉安。「這就是幻奇學會和一般學校的差別。就算學業結束，你依然是學會的一分子，學會也永遠是你的一部分。這是一**輩子**的事情，莫兒。即使你修業期滿，長老照樣會密切注意你，直到你成年，直到永遠。」

莫莉安的臉色想必傳達出這聽起來多吃力不討好，因為朱比特慌忙補救：「我只是把醜話講在前面，莫兒，我希望妳徹底瞭解風險。

「聽好，幻奇學會不是單純的學校，比較像是一個大家庭。在妳的一生中，這個家會照顧妳，滿足妳的需求。妳會擁有亮眼的學歷，還能擁有各式各樣的機會跟學會以外的人脈，全部都是妳根本想像不到的。不過，比這些更重要的是，妳會擁有自己的同梯。

「那些跟妳一起通過四場考驗，最終勝出的人……會成為妳的好兄弟、好姊妹，會永遠扶持妳，在妳需要時絕對不會拒絕妳，而且會像妳關懷他們一樣，深切地關懷妳，甚至願意為妳付出性命。」朱比特猛眨眼睛，一手抹著側臉，莫莉安一驚，意識到他正強忍眼淚。

她從來不知道有人會對朋友懷抱這麼深的感情，大概是因為她從來沒有朋友吧（兔子玩偶愛默特不算）。

一個大家庭。一輩子的好兄弟、好姊妹。

她懂了。朱比特總是昂首挺胸，宛如君王，彷彿身周有個隱形的泡泡，能夠保護他不受任何邪惡所侵犯；這是因為他明白，在世界上的某個角落，有人愛他。不管發生什麼事，這些人都會永遠愛他。

這就是他要給莫莉安的東西。好比在飢腸轆轆的窮人面前，端上一碗熱騰騰的燉肉湯，朱比特將莫莉安最渴望的事物捧在手中，送到她眼前。

驟然之間，莫莉安如飢似渴。她想要加入學會，想要擁有兄弟姊妹，有生以來，她頭一次如此想要這一切。

「要怎麼做才能贏？」

「相信我就好。妳信任我嗎？」朱比特的神情誠懇而坦蕩，莫莉安毫不遲疑地點頭。「那就把展現考驗交給我，要是有什麼事情必須讓妳煩惱，我一定會告訴妳，我保證。」

信任一個只認識兩天的人，這種感覺很奇怪。可是不知道為什麼，莫莉安覺得很難不信任朱比特。畢竟，他救了莫莉安。

她深吸一口氣，先穩定心神，才拋出她始終害怕面對的疑問。「朱比特，我的天賦……我的本領……是不是那個……」

朱比特眉頭一皺，「嗯？」

「詛咒就是我的天賦嗎？我是不是有……讓壞事發生的本領？」

朱比特張開嘴想說話，卻又喀地閉上，接下來三十秒，他看似在腦中進行了一場簡短但激烈的論戰。

「在我回答這個問題之前——我會回答，真的，不要翻白眼，不過我要先解釋我的本領。」他終於開口，「我的本領是會看見東西。」

「哪些東西？」

「真實的東西。」他聳肩。「過去發生的事、現在發生的事、感受、危機、絲網上存在的東西。」

「絲網？那是什麼？」

「啊，對。」莫莉安看得出來，朱比特總算想起她對這個世界所知太少，於是在腦海中倒帶，連珠炮似地說：「絲網是一種看不見、摸不著的網路，嗯……想像一張蜘蛛網。想像一張廣大、纖細的蜘蛛網，蓋住整片土地，就像……不對。算了，別提絲網了，妳只要知道，我可以看見別人看不到的東西。」

「祕密？」

他露出微笑，「有時候看得到。」

「未來？」

「看不到。我不是先知，我是『見證者』，大家都這樣稱呼擁有這種能力的人。我看不見事物未來的樣貌，但我看得見事物當下的真實狀態。」

莫莉安狐疑地看著他，「那不是每個人都看得到嗎？」

「才不呢。」他那雙細瘦長腿跨出四大步，橫越房間，拿起早餐托盤上留有餘溫的茶壺。「就拿這個來說，妳形容給我看。」

「這是茶壺。」

「不是，妳用看的，把妳在這個茶壺身上看到的每件事都告訴我。」

莫莉安擰起眉頭。「這個茶壺是綠色。」朱比特點點頭，示意她繼續。「這個茶壺的顏色是薄荷綠，上面畫了很多白色的小樹葉，握把很大，壺嘴是彎的。」朱比特挑起一邊眉毛。「它還有……跟它款式一樣的茶杯跟碟子……」

「很好。」朱比特往兩個茶杯裡倒茶，加入牛奶，將其中一杯遞給莫莉安。「非常好。我想妳已經說了妳看到的每件事，換言之就是幾乎什麼也沒看到。那換我試試看了。」

「好。」莫莉安說，在茶杯裡放了一顆糖，加以攪拌。

他把茶壺放回托盤。「製造這個茶壺的工廠位於沙塵交會帶──知道這件事不難，因為自由邦的陶器都是那裡出產，所以這算不上什麼，不過我還是能看見這個事實，那個工廠的痕跡很濃厚。茶壺的第一個主人是在七十六……不對，七十七年前，在永無境一間位於市場的茶行把它買走。它早年的經歷已經有點褪色了，不過它還記得那間工廠，也還記得市場的那位太太。」

莫莉安皺起整張臉，「茶壺怎麼會記得事情？」

「這不像我們會有的記憶，比較像是……該怎麼說？以前發生的……某些事件和某些時刻，會附著在人跟物品身上，從此跟著宿主，因為它們無處可去。它們最終說不定會消退，說不定會死去，但有些東西會永遠存在，特別美好和特別糟糕的回憶都可能永久附著在上面。

「這個茶壺以前沉浸過一些很美好的記憶，擁有它的老太太每個下午都拿它泡茶，招待她妹妹。老太太跟她妹妹的感情非常融洽，像這樣的事情很少徹底消退。」

莫莉安疑心地瞥了他一眼。「不可能光用看的就知道這些，你一定認識那個老太太。」

朱比特故作憤慨地瞪她：「妳以為我多老？好啦，不要講話，我還沒說完。這個茶壺今天早上經過了四個人的手，一個是泡茶的人，一個是動過托盤的人，一個是把它送來妳房間的人，還有……喔，對，就是我。泡茶的人當時正因為一件事情生氣，可是把它送上樓的人一路上都在唱歌，歌聲很甜美，我可以看見震動的聲波。」

他確實說中了，那時瑪莎在唱《晨曦曲》。話說回來，他也可能是在瑪莎上樓的途中遇到她。莫莉安聳了聳肩，繼續小口喝茶。「這些搞不好都是你編的，我又不會知道。」

「很有理的論點，如果要進一步證明，剛好可以順便說明我為什麼要解釋這個。」朱比特跪在莫莉安面前，雙眼與她平視：「我來告訴妳一些關於妳的事，莫莉安・黑鴉。」

他的目光在莫莉安臉上逡巡，從這裡飄到那裡，又從那裡飄回來，仔細審視，彷彿他在荒野中迷了路，莫莉安的臉正是能指引他回家的地圖。

「怎樣？」莫莉安忍不住往後靠，「你在看什麼？」

「那個髮型，」他露出不懷好意的笑容，「妳繼母去年要妳剪的髮型。」

「你怎麼知道……？」

「妳恨死它了，對不對？那個髮型太短、太時尚，妳用最快的速度把頭髮留長……可是妳實在太痛恨它，所以那個髮型還附著在妳身上，我看得到。」

莫莉安用手撫平頭髮。朱比特不可能真的看見吧？那時艾薇強迫莫莉安剪了一顆不對稱的鮑伯頭，短到很像小男生的髮型，理由是莫莉安的直髮無聊、僵硬、一點也不時髦，「簡直是家門之恥」。莫莉安恨死那個髮型，好在她的頭髮又長回來了，恢復成無聊僵硬的直髮，長度超過肩膀。

「妳知道我還看見什麼嗎？」朱比特繼續說，笑著握住她的手，輕輕搖了幾把。「我看見妳手指被針戳了好幾個傷口，因為妳報復艾薇，把她最喜歡的裙子剪成好幾片，縫起來，掛在客廳當窗簾。」他閉上眼，發自內心大笑出聲。「這招真的太棒了。」

莫莉安忍不住跟著微笑，她的確很以那幾塊窗簾為傲。「好吧，我相信你，你看得見東西。」

「我看得見妳，莫莉安．黑鴉。」他湊向前，「我要妳知道一件事：妳繼母錯了。」

「哪裡錯了？」莫莉安問，她心知朱比特指的是什麼，胃裡不禁翻騰。

「她說妳只會招霉運，」朱比特吞了吞口水，搖搖頭。「她這樣說的時候是在氣頭上，她不是真心的。」

「她當然是真心的。」

他頓住，思量著這句話。「也許吧，但也不代表那是真話，不代表她說得沒錯。」

莫莉安臉上逐漸發燙，挪開視線，假裝隨意地從托盤拿起一塊派，掰下一小塊，不過沒有吃。「算了，不要放在心上。」

「妳才不要放在心上，」他說。「從現在開始，妳不准把這句話放在心上，聽到沒？妳不會招霉運。」

「是喔，好啦。」莫莉安翻了個白眼，試著撇開頭，可是朱比特捧住她的臉，不肯放手。

「不行，**妳聽我說**。」他的藍色大眼凝視莫莉安的黑眸，目光灼灼，渾身散發氣憤不平的情緒，有如夏日街道散發蒸騰的熱氣。「妳問我，妳的天賦是不是詛咒？妳的本領是不是讓壞事發生？我告訴妳，聽好了：妳不會給任何人帶來噩運，從來不會，而且我想妳一直很清楚這一點。」

莫莉安眼眶發熱，幾乎就要掉淚。她穩住心緒，開口說出最後一個問題：「要是我沒通過考驗怎麼辦？」

「妳會的。」

「假設我沒通過呢？」她堅持，「到時候怎麼辦？我必須回共和國嗎？它們……它們會不會在那裡等我？」莫莉安知道，朱比特明白她說的不是家人，而是煙影獵手。要是她閉上眼，煙影獵手的模樣依然清晰可見——它們的身軀宛如濃黑捲動的陰影，鑲著火紅的雙眸。

「莫兒，妳絕對會加入幻奇學會。」朱比特低語，「我承諾，我會確保妳進入學會。還有，我再也不想聽妳提起這些關於詛咒的胡說八道，答應我。」

她答應了。

她相信了。

她覺得自己比以往更勇敢，因為朱比特和她站在同一陣線，如此堅定不移。

然而，當天稍晚，莫莉安回想朱比特至今究竟迴避了多少問題，她連十根手指頭都數不完。

第九章　幻奇歡迎會

「來了，準備跳。」

朱比特決定搭乘傘鐵前往花園派對，順便讓莫莉安試用她的生日禮物。然而，搭乘傘鐵的困難之處，在於傘鐵從來不會靠站供乘客上下車，甚至連速度也不會放慢。傘鐵的圓形鋼架由電纜吊著，環繞整個城市，反覆往返循環，乘客必須趁傘鐵飆過月臺之際，縱身一跳，用雨傘勾住懸在鋼架上的金屬環，雙腿就這麼在半空中晃蕩，直到抵達目的地。

「記好，莫兒，」朱比特說，圓形鋼架飛速駛近，「要下車的時候，就拉操縱桿，這樣它就會鬆開妳的雨傘。喔，還有，盡量選軟一點的地面降落。」莫莉安內心的驚恐一定在臉上流露出來，因為朱比特連忙補充：「妳不會有事的，我搭傘鐵只摔斷過一次腿。最多兩次吧。準備……跳！」

他們跳上傘鐵，莫莉安死死抓住雨傘，用力到她覺得雨傘快斷了。注視傘鐵迎面而來時那股揪心的恐懼，此刻被腎上腺素取代，雨傘勾住傘鐵的當下，她發出勝利的歡呼。朱比特咧嘴微笑，仰頭享受飛速前進的快感。他們穿過杜卡利翁飯店所在的社區，經過舊城的鵝卵石路，春天涼爽的空氣撲打在莫莉安臉上，刺痛她的雙眼。終於，他們在目的地跳下傘鐵，兩人都奇蹟般地雙腳落地，誰的腿也沒斷。

幻奇學會的校園周圍聳立著高大的磚牆，一名表情嚴肅的警衛正按照名單一一核對來客，但她馬上認出朱比特，微笑著揮手招呼他們通過。

踏進校門，可以清楚感覺到有什麼變了，一切都顯得有些不同，彷彿連空氣本身也起了轉變。莫莉安深吸一口氣，四周飄著金銀花與玫瑰的香味，照在皮膚上的陽光似乎更加溫暖。好奇怪，她暗忖。在校門外，天空明明沒有那麼藍，那些花朵也還只是小花苞，幾乎看不出春天的來臨。

朱比特嘀咕了一句話，聽起來很像「彎靴天氣」。

「彎靴……什麼？」莫莉安不解地問。

「我說幻學，『幻』奇『學』會的簡稱，我們都是這樣稱呼校區。在幻學校園裡，天氣總是比較……過頭。」

「怎樣過頭？」

「就是**過頭**。不管永無境其他地方天氣如何，在幻學就會變得更誇張，幻學的天氣自成一格。今天幻學更溫暖，更晴朗，更有春天的氣息，算我們好運。」他隨手摘下旁邊的櫻花，別在鈕釦孔上。「不過這也是雙刃劍，到了冬天，幻學就會風更大、更冷、更陰鬱。」

通往主建築的綠蔭大道旁立著一盞盞路燈，在五彩繽紛的花圃與粉嫩的櫻花之中，驚現兩排焦黑的枯樹，似乎連幻學天氣也拿它們沒轍。

「那些樹怎麼了？」莫莉安指著問。

「喔，那幾棵樹好幾個世代沒開花了。那是火華樹，曾經很美麗，現在已經絕種，也不可能砍掉。園丁覺得它們很煩，所以不要提到它們，大家都假裝那些樹只是醜得要命的雕像。」

好幾位贊助人與備選生快步走過，輕鬆談笑，猶如要去參加生日派對，莫莉安心中卻焦慮得無法形容。

看著那些人，莫莉安覺得自己跟他們比地球到月亮的距離還要遙遠。

校園中的主建築共五層樓高，由顏色明快的紅磚建成，表面爬滿常春藤，有塊牌子標明建築物名稱是「傲步院」。備選生今天不能進入傲步院，不過花園簡直美不勝收，是典型的春日午後美景，其間穿梭著身穿輕便亞麻西裝或粉色長裙的人影。朱比特讓莫莉安選自己想穿的服飾，於是她穿了有銀色鈕釦的黑洋裝，香妲女爵的評論是：「很俐落，但實在稱不上出奇。」不過，莫莉安覺得朱比特一個人就夠出奇了，他穿了一套檸檬黃西裝，搭配薰衣草紫的鞋子。

草坪上方有一道斜坡，一組弦樂四重奏樂團站在那裡的階梯上演奏。一個白色大遮陽棚之下，設有一張桌子，滿滿擺放著鮮奶油蛋糕、派，以及許多不時晃動的高聳果凍雕像。可是莫莉安毫無胃口，彷彿有老鼠正在咬穿她的胃。

他們穿過人群，莫莉安察覺不少人轉過頭來，有的表情驚訝，但還算有禮，有的竟然嚇到張大嘴巴。

「為什麼大家都在看我？」

「他們看妳，是因為妳在我旁邊。」朱比特愉快地對兩個死盯著他們的女子揮手，「至於他們看我，是因為我很帥。」

備選生大多三三兩兩聚在一起，莫莉安忍不住往朱比特靠去。

「他們不會咬人的，」朱比特像是看透她的心思，「嗯，至少大部分的人不會啦。最好避開那棵樹旁邊的狗臉男孩，他一定還沒打疫苗。」

草坪上有好幾株大型蕨類植物，那個狗臉男孩在其中一株旁邊徘徊。還有一個男孩的手臂是一般人的兩倍長，又有一個女孩留著一頭好長好長的亮澤黑髮，編成髮辮，放在一個小推車上，拖在身後。

「可惜，我覺得外貌特殊的孩子今年沒什麼勝算。」朱比特若有所思地說，「好幾年前有個新生的雙手是巨錘，大家到現在還忘不了她，她畢業之後留給學校一屁股維修費用，目前好像是專業格鬥選手。」

朱比特陪莫莉安沿著花園小徑往前走，一邊低聲評論四周的人。

「那是巴茲．查爾頓，」他悄悄地說，點頭朝一個長髮男人示意，那人穿著皮褲，搭配一件皺皺的西裝外套。「討厭鬼，面目可憎，見到他就要像見到瘟神一樣避開。」

巴茲．查爾頓附近站著一群女孩。其中一位擁有一頭濃密褐髮，身穿閃亮的藍洋裝，她瞥了莫莉安一眼，對朋友嘀咕幾句，那些人隨即全轉過頭來，盯著莫莉安瞧。莫莉安想起香妲女爵說過第一印象很重要，於是勉強擠出微笑，那些女孩見狀都笑了，莫莉安不太確定這是不是好兆頭。

朱比特從經過的服務生手中拿來兩杯紫色飲料，一杯遞給莫莉安，她往杯裡一瞄，裡頭有粉紅色的東西在漂浮……不對，是在扭動。她的紫色飲料裡，有軟綿綿的粉紅色東西扭來扭去。

「它們本來就會扭來扭去，」朱比特注意到她臉上的嫌惡之色，「扭來扭去的東西比較好吃。」

莫莉安遲疑地啜了一口，頓時驚為天人：一陣甜味在口腔中炸開，就像眼前爆出一道玫瑰色的光亮。她正要這樣告訴朱比特，那個穿皮褲的男子陡然現身，用力拍了朱比特的背脊一把，一隻圓胖的手攬住朱比特的肩膀。

「諾斯！諾斯，好哥們，」他口齒不清地說：「你神智失常啦？漢密斯剛剛說你跑去投標一個小孩，是不是探險者聯盟付給你的薪水太低？還是你打算擱下指南針，把大冒險家的稱號拱手讓人？你要去隱居了，是吧？」

男人對著手上的白蘭地發出爆笑。朱比特臉色一垮，不悅地皺起鼻子。

「下午好，巴茲。」他擠出最低限度的禮貌說。

「就是這女孩，沒錯吧？」巴茲瞇眼盯著莫莉安。「大名鼎鼎的朱比特·諾斯頭一次推派備選生，八卦小報都要樂翻天了。」

他停下話頭，等朱比特向莫莉安介紹他，可是朱比特什麼也不說。

「敝姓查爾頓，巴茲·查爾頓。」終於，男人自己開口，用誇張的動作往身上比畫，等著莫莉安露出恍然大悟的表情。眼見莫莉安毫無反應，他面露不快。「妳叫什麼名字，小女孩？」

莫莉安對上朱比特的眼，看他點了點頭，才說：「莫莉安·黑鴉。」

「諾斯，不是我要說，但她看起來一臉衰相。」查爾頓先生湊到朱比特耳邊，用氣音大聲說，徹底無視她的存在。莫莉安一陣惱火，難不成她要像個白痴一樣，不管走到哪都掛著笑容？「她不是這裡人吧？你在哪找到她的？」

「干卿。」

「干卿？從沒聽過這個鬼地方。」巴茲傾身向前，雙眼閃著光芒，宛如要共同策劃陰謀般地低語：「那個地方在共和國，對吧？你是不是把她偷渡進來？快說，快告訴好哥們巴茲。」

「對啊，」朱比特說，「那個地方叫『干卿底事』，位於『誰要告訴你』共和國。」巴茲．查爾頓強笑幾聲，滿臉失望。「喔，很幽默。那她的本領是什麼？」

「也是干卿。」朱比特一邊說，一邊勉力從查爾頓的手中脫身。

「要來這套，是吧？行啊，行啊，反正沒什麼差別。你很瞭解我的個性，我從來不逼別人說。」他上下打量莫莉安，「跳舞的？不對，腿不夠長。顯然也不是搞科學的，看她眼神這麼呆滯。」他一手在莫莉安眼前揮了揮，莫莉安很想把那隻手拍掉。

「那也許是什麼古老祕術囉？法師？先知？」

「你不是說沒什麼差別嗎？」朱比特用缺乏興致的語氣說，「你那一海票備選生呢？今年想必也是大豐收？」

「八個而已，諾斯，八個而已。三個女孩，」查爾頓先生說，含糊地朝某個方向一比，就是剛才笑莫莉安的那群女生。他吸吸鼻子，灌下一大口白蘭地，「剩下的男孩不知道跑去哪了。人數不多，但個個都是實力派，今年挑的備選生都是數一數二。不過那女孩尤其出類拔萃，她叫諾耶爾．狄弗洛，我不想洩漏太多，就說這一句：真是天籟般的嗓音呀。從沒挖掘過這麼強勁的備選生，她鐵定得第一，我告訴你。」

莫莉安凝視那女孩跟她的朋友。諾耶爾長相可人，衣著體面，喋喋不休說個不停，其他女生熱切地聆聽。見到她神態從容，滿懷自信，笑容討喜，莫莉安心頭不禁湧上一陣嫉妒。幻奇學會想要招收的成員，當然就是諾耶爾·狄弗洛這樣的人了。

「恭喜。」朱比特平淡地說。

「可是諾斯，你選的這個，」查爾頓先生接著說，手朝莫莉安一揮，「可真是讓我搞不懂。她的賣點在哪裡？我是說，你看她那雙眼睛，諾斯，那雙可怕的黑眼睛，長老才不會選這種一看就是壞傢伙的人。光是看她一眼，她鐵定就會弄死——」

他的嘴巴還沒閉上，朱比特眼神凌厲地打斷他。

「查爾頓先生，你最好慎重考慮你要說的話。」朱比特低聲說，口氣冰冷，這種嗓音莫莉安只聽過一次，就是夕暮日那天在黑鴉宅邸的時候。她不禁打了個寒顫。

巴茲·查爾頓閉上嘴。朱比特不再狠狠瞪著查爾頓，只是讓到一旁，查爾頓踉蹌走開。他嘆了口氣，順順身上的黃色西裝，輕捏莫莉安的肩膀：「就跟妳說了，他根本面目可憎，不必理他。」

莫莉安啜了一口飲料，查爾頓先生的話仍在耳邊迴盪：長老才不會選這種一看就是壞傢伙的人。

「巴茲是所謂的麵條型贊助人，」朱比特解釋，繼續領著莫莉安穿過花園，不時朝認識的人揮手打招呼。「他每年都在自由邦各地搜尋有潛力的小孩，推派大約一打備選生參加考驗，藉此增加中選機率，根本不管那些小孩到底有沒有做好準備。這就像是隨便抓一把麵條扔到牆上，看哪一根會黏住，所以我們才叫他麵條型贊助人。」

「這樣有用嗎？」莫莉安問。

「成功的次數多得令人生氣。」他引導莫莉安向左，避開一群想跟他講話的吵鬧青少年。「啊，這可不是阿南嗎？」

一名身材魁梧、肩膀寬闊的女子走過來，和他握了握手。「活生生的諾斯隊長！我是聽說了你推派備選生的謠言，但我一直不信。我說：『朱比特．諾斯，絕對不可能！』沒想到你真的來了，還帶著備選生。妳好呀。」她對莫莉安微笑。

「南希．道森，來見見莫莉安．黑鴉。」朱比特對莫莉安點點頭，於是她握住阿南伸出來的手。阿南比朱比特年輕，笑起來有酒窩，顯得很真誠，緩和了她高大的身材帶來的威嚇感。

「很高興認識妳，黑鴉小姐。我很想介紹我的備選生霍桑給妳認識，但我們剛到他就跑掉了，八成是去哪裡放火。」阿南翻了個白眼，不過她看起來挺開心的。「惹麻煩不是他的本領，不過也算得上是第二專長了。」

「他的本領是什麼？」莫莉安問，朱比特的目光飄向她，雙眸微微瞇起，她喃喃自語：「幹麼？這樣問很沒禮貌嗎？」

阿南輕笑幾聲。「我不介意，我這個人向來不做遮遮掩掩的事。」她挺起胸膛，「我要很光榮地告訴你們，依我淺見，霍桑．史威夫特是永無境少年聯盟最優秀的龍騎士。」

「喔，當然了。」朱比特露齒而笑，「不然還會是什麼呢？妳可是五度奪得自由邦龍騎士冠軍的人，這個備選生的確很適合妳。」

阿南的微笑一時有些黯淡，但很快便恢復神采。「是前任冠軍，」她糾正，輕敲右腿，發出空洞的聲音，把莫莉安嚇了一跳。「有這條腿，短時間內不會再上場了。」

「那是義肢嗎？」莫莉安問，費盡全力才忍住不要伸手去敲。朱比特大聲清清喉嚨，不過阿南似乎不覺得受到冒犯。

「是的，結合現代醫學和工程技術的好東西，材料是杉木、幻奇之力跟鋼鐵。」她掀起褲管，露出結合了木頭與金屬的腿，神奇的是，這條腿的動作和姿態都跟真實血肉沒有兩樣，彷彿木頭本身是活的。「這是貨真價實的精妙幻奇技術，黑鴉小姐。幻奇學會醫院的醫術之高超，鐵定讓妳嘖嘖稱奇，那裡的人都在實現奇蹟。」

「妳原本的腿怎麼了？」

「兩個夏天前，在年度大賽中，被對手的龍咬下來吃了。那傢伙真是醜惡又殘忍，」她喝了一口有東西在扭動的飲料，「他的龍也很凶。」

莫莉安跟朱比特都笑出聲來。

「不過也沒什麼好怨的，」阿南露出由衷的燦爛笑容。「我現在擔任少年聯盟的教練，工作很穩定，何況像史威夫特這麼有才華的孩子是我夢寐以求的學生。他一學會走路就開始騎龍了，等他符合參加大賽的年齡，一定會成為頂尖選手。前提是他要先放棄當個小屁孩，雖然我看那已經成了他的人生志業。」

突然一陣清脆的敲擊聲，只見四周的贊助人紛紛開始輕敲玻璃杯緣，樂團跟著停止演奏。陽臺上站了三個人——不對，莫莉安疑惑地發現，其實是一個男人、一個女人，再加一隻毛髮雜亂、穿西裝背心的公牛。

「那幾位就是長老理事會，」朱比特輕聲告訴莫莉安：「每個世代結束前，學會都要按照慣例，推舉三名新長老，在新的世代中引導、管理學會。長老是學會裡最優秀、最聰明的人。」

「噢，但為什麼其中一個是牛——」

「噓，專心聽。」

會場陷入肅穆的靜寂，一名長老走向麥克風架，她是位有些駝背的瘦削女性，灰白的頭髮已然稀疏，頭上戴了一頂飾有花朵的大帽子，整個人顯得很不平衡，有那麼一下子，莫莉安不禁擔心她臉朝下摔倒在地。另一名長老上前攙扶，可是她一把拍掉對方的手，傲然清了清喉嚨。

「各位好，」她開口：「我是格果利雅・坤寧長老，我身邊這兩位分別是翁螺旋長老，以及阿留斯・薩加長老。」她先是朝男人一比，接著向公牛示意。「我們以長老理事會的身分，歡迎各位來到傲步院，參加今日的盛會。我明白，對於在場的各位孩子而言，這是大家頭一次實際接觸幻奇學會。然而，對大部分的人而言，這也是你們最後一次接觸幻奇學會。」

這麼直白的話，令莫莉安瑟縮了一下。她不是唯一一個有反應的人，周遭有不少備選生迅速瞥了一眼自己的贊助人，想要尋求安撫。難道他們也跟她一樣緊張？莫莉安很是懷疑。萬一這就是她最後一次接觸幻奇學會呢？朱比特到現在還是沒告訴她，要是她沒通過考驗會怎麼樣。

「各位年輕的備選生，」坤寧長老說了下去：「我與兩位備受敬重的同仁，在此感謝諸位的勇氣、樂觀與信任。即使不確定是否能夠贏得幻奇學會的入會名額，諸位依然選擇承擔即將來臨的挑戰……這需要極大的膽識，我們在此為你們鼓掌。」

她停下話頭，對來賓微笑，接著和翁長老一同滿腔熱情地拍手（翁長老是個蓄灰鬍的男子，雙臂及頸部滿是顏色絢麗的刺青），身為牛的薩加長老則以牛蹄跺地。莫莉安頓時口乾舌燥，焦慮地喝了一口飲料。

「據我所知，今年的備選生人數超過五百名！在眾多才華橫溢的年輕人當中，想必能選出九位新成員，能力足以使我們驚豔，使我們引以為榮，使我們慶幸能與這些年輕人相識相知。」

莫莉安望向朱比特，但他全神貫注看著陽臺上的老婦人。

九個？他們只選九個新成員？然後有超過五百名備選生競爭？朱比特根本沒提到這麼重要的事。

她的心沉了下來，自知毫無勝算。她怎麼跟擁有天籟美聲的諾耶爾競爭？跟剛學會走路就接受騎龍訓練的霍桑競爭？連那個狗臉男孩都比她有機會，至少人家有賣點！莫莉安不知道自己有什麼長處可言，而且她強烈懷疑，答案就是赤裸裸的「沒有」。

「往後幾個月，諸位將受到生理和心理上的試煉。第一項是書之考驗，時間定在春末。」坤寧長老繼續說道，她停頓一會，越過鏡片射出嚴峻的目光。「建議各位把握時間，不僅要在其他備選生之中結識新朋友，結交有價值的盟友，更要充實、砥礪自己的心靈，迎接眼前的難關。

「加入幻奇學會，是少數天賦英才之人享有的特權。本會會員當中，不乏自由邦最傑出的思想家、領袖、表演者、探險家、發明家、科學家、魔法師、藝術家與運動員；我們即是非凡之人。在關鍵時刻，我們的部分同袍將受到徵召，挺身而出，成就大事，捍衛七域不受邪魔侵擾，對抗企圖奪走吾人之自由與性命的敵人。」

人群中漫開一陣竊竊私語。附近有個男孩悄聲說出「幻奇師」，在他四周的孩子聽見這個詞彙，全面露驚駭之色。

又是幻奇師，莫莉安暗想。不管幻奇師是誰，是什麼生物，永無境的人似乎都非常畏懼他可能帶來的災禍，甚至不需要提到他的本名，人民便聞之色變。也許是由於莫莉安身為外來者，她忍不住覺得這實在有點傻。朱比特不是說過，幻奇師已經消失一百年了嗎？

「然而，」坤寧長老的語調恢復輕快：「我必須聲明，加入本會的好處比挑戰多得多。」花園泛起一片了然的笑聲，坤寧長老也露出微笑，待眾人恢復安靜，才接著說：「孩子們，請看看你的贊助人，看看身邊的來賓，看看幻奇學會這個大家庭的成員，看看其他備選生。

「大家都有一個共通點：擁有一個異乎尋常的特質。這個天賜的禮物，將你和同儕、朋友區隔開來，甚至令你和自己的親人截然不同。」

莫莉安嚥下口水。在場的幾百人聚精會神，聆聽坤寧長老所說的每一字、每一句，可是不知為何，她覺得坤寧長老只對著她說話。

「從我的親身經歷來看，我很清楚，這代表一條孤獨的道路。啊，我多麼希望能把每一位備選生納入幻奇學會的羽翼之下。然而，在本年度落幕之時，只有九名新生能夠加入學會。我在此保證：這九名新生將會得到真正的歸宿，得到一個家庭，得到將維繫一生的友誼。

「從今天開始，各位就是幻奇學會第九一九梯入會考驗的正式考生，這條路漫長而艱險，但或許……只是或許……在這條路的盡頭，有美好的回報正等著你。預祝各位好運。」

莫莉安隨眾人一同用力鼓掌。家庭、歸宿、維繫一生的友誼……難不成坤寧長老和朱比特都背了同一本宣導手冊？還是他們偷窺了莫莉安的心，讀取了連她也沒察覺的願望清單？

頭一次，莫莉安覺得幻奇學會是真實存在的。

掌聲停歇後，多數贊助人及備選生回到甜點自助吧，朱比特留在原地，傾身靠在莫莉安耳邊說話。

「我去找幾個老朋友敘敘舊，」他說：「妳去交些新朋友吧。」

傲步院另一頭聚了一群孩子，四處徘徊。朱比特抓住莫莉安，將她轉了一個方向，輕輕把她往那些孩子一推。

妳辦得到的，莫莉安告訴自己，想著坤寧長老口中令人神往的承諾，勇氣激盪全身。家庭，歸屬，友誼。

她揚起下巴，走向其他孩子，一面在腦中演練該說什麼。最好的開場白是不是要說個笑話？還是要更單刀直入？能不能直接說：「我叫莫莉安，你願不願意跟我做朋友？」大家會這樣說話嗎？

傲步院前方，許多小孩在階梯上流連。巴茲．查爾頓的備選生諾耶爾正在跟另一個女生說話，那女孩身材比較豐滿，長相甜美，臉色帶著嬌嫩的粉紅。

諾耶爾說：「所以妳是修女囉，安娜？」

「不是，我不是修女，只是跟修女一起住，她們叫做恬靜姊妹會。」女孩的臉變得更紅，「還有，我叫埃娜，不是安娜。」

諾耶爾一臉極力忍笑的樣子，轉頭去看她那些朋友：「真正的修女？穿得像企鵝的那種修女？」

「不是，不是，」埃娜搖頭，金色捲髮在她臉頰旁甩動，隨後落在雙肩上，煞是好看。諾耶爾整個人微微一動，一隻手倏地伸向自己的豐盈長髮，捲住一綹髮絲，拚命捲個不停。「她們平常是穿普通的衣服，黑白修女服只有星期天做禮拜才會穿。」

「喔，所以她們星期天才會扮成企鵝。」諾耶爾笑出聲來，環顧四周，看看其他人是不是也覺得很好笑。有幾個人也跟著笑起來，笑得最誇張的要屬諾耶爾身邊的女生，她身材瘦高，膚色黝黑，吃吃笑得腰都彎了，雙手按住嘴巴，編成一把長辮的頭髮自一邊肩膀垂落。「那其他時候，她們是不是跟妳一樣，只穿又醜又窮酸的衣服？等妳去當修女，那些企鵝也會給妳一樣的企鵝服囉？」

此時，埃娜臉頰上的暈紅已經蔓延至整張臉，莫莉安同情地瑟縮了一下。埃娜是不是也想交朋友？她是不是抱著跟莫莉安一樣的盤算，主動跟諾耶爾搭話，卻在一群陌生人面前遭到訕笑？交朋友真是個高風險的苦差事。

「我不是修女。」埃娜堅持，下巴微微顫抖。「就算是真的當修女，也沒有什麼不對。」她小聲地補上一句。

諾耶爾歪著頭，裝出一副同情的神色。「修女自己當然會這樣說呀，對不對？」

「喔，夠了啦。」莫莉安怒聲說。

所有人都略顯吃驚地轉頭看她，她自己也有點吃驚。

諾耶爾嘴角一撇，「妳說什麼？」

「妳聽得很清楚，」莫莉安稍稍提高音量：「不要煩她了。」

「妳也是從修道院來的嗎？」諾耶爾看著莫莉安的一襲黑裙，挑起雙眉。「妳們企鵝應該有門禁吧？還不搖著屁股回去？」她朋友很沒氣質地從鼻孔噴笑一聲。

這下莫莉安有點懷念在豺狐鎮的日子，以前，她用不著開口，就能把其他人嚇個半死。她想起朱比特，於是挺起肩膀，盡可能壓低聲音，用她最冷酷的口吻說：「妳最好慎重考慮妳要說的話。」

一陣靜默。然後……

「哈！」諾耶爾大笑，她朋友和其他備選生隨之跟進。眼看他們笑得前仰後合，莫莉安恍然明白，如今的她已經徹底嚇不倒人了，不知該高興還是失望。

笑聲逐漸止息，諾耶爾狠狠瞪著莫莉安，埃娜則抓住這個天賜良機，偷偷撤退，溜得無影無蹤。真是不客氣喔，莫莉安忿忿地想。

「偷聽別人講話很沒禮貌，」諾耶爾雙手扠腰：「不過，像妳這種非法混進來的，家教八成也好不到哪去。」

「非法什麼？」

「我的贊助人說，妳的贊助人把妳偷渡進自由邦。他說從來沒人聽過妳，所以妳一定是從共和國來的。妳知不知道這樣犯法？妳應該被抓去關。」

莫莉安皺起眉頭。她不是合法入境自由邦的嗎？她不是傻子，她知道朱比特在邊境動了一點手腳，巧克力包裝紙跟用過的衛生紙當然不可能是正常的證明文件。

可是，這是否就代表她是偷渡客？他們犯罪了嗎？

「妳根本不曉得自己在說什麼，」莫莉安調整表情，露出最有說服力的鄙視之色。「而且妳的贊助人面目可憎。」

諾耶爾一時有些動搖，眨著眼睛。「妳的本領是講成語嗎？我還以為是穿俗到爆炸的衣服，或是長得跟老鼠一樣難看，妳這兩件事顯然做得很好——啊！」

一個巨大的綠色果凍雕像從天而降，不偏不倚砸在諾耶爾頭上，黏答答的綠色液體緩緩往下流，漫過她的臉、頭髮與閃亮的裙子，整個人宛如被丟進有放射性的廢料桶。

「諾耶爾，要不要吃甜點？」頭頂傳來一個嗓音。有個男孩單手吊在上方的窗戶，另一手拎著一個空盤，他舉起空盤對底下的人揮了揮，樂不可支地露齒一笑。

諾耶爾氣得渾身顫抖，用力呼吸，胸口上下起伏。

「你——我要——你絕對——你死定了——吼唷！查爾頓先生！」她跺著腳走下階梯，其他小孩緊跟在後，她那個長辮朋友仍在格格笑。

男孩在莫莉安身旁「蹦」一聲落地，頭往後一甩，將眼前那片濃密的褐色捲髮往旁撥開，又調整了一下身上過於寬鬆的毛衣。那是一件超級大的藍色手織毛衣，胸前是個閃亮亮的貓咪圖案，貓的頭上縫了粉紅色緞帶，項圈上還固定了一個清脆的鈴鐺。莫莉安暗自疑惑，他是發了什麼瘋才會穿這件毛衣。

「妳剛剛那件事不賴。就是妳那句，『妳最好慎重考慮妳要說的話』。」他模仿莫莉安憤怒的低音。「不過我覺得，有些人聽不懂太難的句子，只能用果凍突襲打醒他們。」

這個建議實在太獨特，莫莉安有些不知要作何反應。男孩說完，充滿智慧地點了點頭。兩人立在原地，默然半晌，莫莉安忍不住猛盯著他的毛衣看。

「妳喜歡嗎？」他邊問邊低頭，「我媽跟我打賭說我今天不敢穿這件出門，這是她從服裝型錄上訂的，她訂了一堆像這樣的毛衣，那個品牌就叫做醜毛衣公司。我媽還滿好笑的。」

「那你可以幹麼？」

「什麼？」

「賭贏了可以幹麼？」

「可以穿這件毛衣啊。」他皺起眉頭，似乎是真心不解。接著，他的臉又亮了起來，像是想到什麼新點子。「嘿，妳可不可以幫我一個忙？」

二十分鐘後，他們回到花園，一面聊天聊得停不下來，一面合力搬動一個沉重的木桶。這個木桶原先放在花園的偏僻角落，他們拖著木桶繞過傲步院，回到後面的草坪。

莫莉安心想，這個男生明明很瘦，想不到力氣還挺大的。別看他兩腿骨節嶙峋，雙臂看起來也瘦巴巴的，其實大部分重量都是由他承擔。

「是很賞心悅目啦，」他輕哼一聲。「花啊、雕像啊那些，但我告訴妳，害蟲問題可嚴重了。我的贊助人認識這裡的管理員，他們說這地方什麼都有，有田鼠、有家鼠，甚至還有蛇，最近則是蟾蜍猖獗。管理員說，就算交給巫術院，他們一個星期也用不了這麼多蟾蜍。」

「我不管，」莫莉安喘著氣說，經過一臉迷惑的四重奏樂手，努力把木桶搬上樓梯。「傲步院還是我這輩子見過第二棒的地方，第一名是杜卡利翁飯店。」
「我一定要去找妳玩。」他興奮地說，自從他知道莫莉安住在貨真價實的飯店裡，他就激動得要命。「妳會天天叫客房服務嗎？要是我就會天天叫，早餐吃龍蝦，晚餐吃布丁。他們會不會在妳枕頭上放巧克力？我爸說高級飯店都會在客人的枕頭上放巧克力。杜卡利翁飯店真的有專屬的吸煙室嗎？還有一隻矮人吸血鬼？」
「是吸血鬼矮人。」莫莉安糾正。
「哇。我可不可以這個週末去？」
「我問問看朱比特。是說這裡面到底放了什麼啊？好重喔。」
他們來到樓梯最頂端，把木桶安放在最終目的地，也就是陽臺欄杆上。
男孩撥開眼前的頭髮，咧嘴一笑，打開木桶，一句話也沒說，就把木桶口朝外往下壓。數十隻褐色蟾蜍噴湧而下，宛若一陣噁心的瀑布，在空中劃出一道大弧，落在底下的人行道上，一邊呱呱狂叫，一邊驚慌地在賓客腳邊四處亂跳，人群爆出尖叫聲。
「就跟妳說吧，害蟲問題可嚴重了。」
莫莉安瞪大雙眼，她竟然幫忙把一桶蟾蜍偷渡進花園裡。她冒出有些歇斯底里的笑聲，這八成不是香妲女爵預想的第一印象。
下方的花園陷入混亂，眾人避蟾蜍唯恐不及，相互推擠。不知是誰大喊要僕人來處理，一張桌子整個翻倒，一桶飲料砸在地上，紫色液體飛濺而出，噴到翁長老身上。
莫莉安跟男孩躡手躡腳地遠離犯罪現場，接著拔腿就逃，奔下陽臺階梯，繞過傲步院，這才停了下來。兩個人笑得喘不過氣，前俯後仰。

「這……」莫莉安氣喘吁吁地說，按住發疼的腹側，「這太……」

「太厲害了，我知道。對了，妳叫什麼名字？」

「莫莉安。」她伸出手，「你叫——」

「玩得開心嗎？」朱比特悠然走來，臉上帶著和氣的笑容，絲毫不理會拿著網子和掃帚四處奔走的僕役。

莫莉安有些內疚地咬住臉頰旁的肉，「有一點。」

在朱比特背後，南希．道森快步趕過來。「諾斯隊長，你有沒有看到……」莫莉安的新朋友依然吃吃笑得無法抑止，阿南一見到他，猛然煞住腳步，整張臉漲紅：「霍桑．史威夫特！」

「對不起啦，阿南，」他的語氣毫無歉意：「那桶蟾蜍太完美了，不能浪費。」

他們搭馬車回家，一路上沒說幾句話。終於，轉進人才大道時，朱比特開口。

「妳交了一個朋友。」

「應該是吧。」

「還有遇到什麼事嗎？」

莫莉安思索一會，「我好像也製造了一個敵人。」

「我到十二歲才有第一個真正的敵人。」他聽起來有些驚豔。

「也許那就是我的本領？」

朱比特輕笑幾聲。

馬車並未載他們去杜卡利翁飯店的豪華前院，而是停在石蠶蛾巷的巷口。朱比特付完車資，帶著莫莉安穿過蜿蜒的窄巷，抵達員工入口那扇不起眼的木門。朱比特還沒開門，莫莉安拉住他的手臂。

「我是非法入境的，對不對？」

朱比特咬住臉頰內側，「有一點。」

「所以……我沒有簽證。」

「不算有。」

「不算有，還是根本沒有？」

「根本沒有。」

「噢。」聞言，莫莉安想了一陣子，試著為下一個問題找出最適合的問法。「要是我沒有……要是他們把我刷掉，你知道，就是，萬一學會……」

「嗯？」他催促。

莫莉安深吸一口氣。「我可不可以留下來？跟你一起，留在杜卡利翁飯店？」朱比特沒吭聲。她倉皇接著說道：「不是以客人的身分！我是說，你可以給我一個工作，不用付我錢什麼的，我可以幫米范跑腿，或是幫芬清理銀具……」

這個建議讓朱比特大笑出聲，他推開拱形木門，走進瓦斯燈照耀、略帶潮溼氣味的走廊。「喔，要在芬那個愛生氣的老傢伙底下工作，一定會愉快得不得了，但永無境飯店業協會大概反對童工。」

「答應我，你至少會考慮看看？」

「條件是妳也要答應我，不要再想著妳進不了學會了。」

「但要是我真的沒通過……」

「到時總有別的辦法。」

莫莉安嘆息，心想：拜託給我一個乾脆的答案。不過沒再多說。

朱比特讓莫莉安走在前面，輕推著她往前走。「好了，多告訴我一些新朋友的事，他看起來挺機靈的。七區在上，他是去哪找來那個裝滿蟾蜍的木桶？」

第十章　非法移民

四樓的八十五號房間逐漸變成莫莉安專屬的臥室，每隔幾天，她就會注意到房裡冒出幾樣妙不可言的新東西，往往令她一眼愛上。比如說，某天出現在書櫃上的人魚造型書擋；再比如那張章魚形狀的黑色皮製扶手椅，每當她坐在上面看書，章魚觸手就會裹住她。

她的床本來有著樸素的白色床頭板，不過，幾週前的某個夜晚，她還在熟睡時，整張床變成了裝飾華麗的熟鐵床架。只是，杜卡利翁飯店顯然覺得這張床不適合她，兩天後，她在一張搖晃的吊床上醒來。

在所有東西之中，她最喜歡的，是馬桶上方一小幅裱了框的畫，畫上是鮮綠色的果凍雕像。

剛開始，她以為是朱比特或芬偷偷進來更換東西，測試她會不會很好騙。直到某一天，她半夜起床，走進浴室想喝杯水，恰好撞見浴缸長出四個鳥爪形的銀腳。

最詭異的是，房間本身的大小和形狀也不斷改變。原先她只有一個正方形小窗，現在房裡有三個拱窗；曾有一天，她的浴室簡直跟舞廳差不多大，浴缸儼然是個游泳池，隔天，整間浴室又縮水成衣櫥的大小。

沒多久，她的房間有了好幾個栽滿紅花的窗掛式花架，一個跟她差不多高的骷髏帽架（骷髏頭上戴著灰色紳士帽），一座爬滿粗藤的石砌壁爐……有生以來第一次，莫莉安．黑鴉感到自己適得其所。

仲春時節，一名身穿泥褐色制服的男人造訪杜卡利翁飯店。他彎曲的鬍子直翹到顴骨，胸口別著亮閃閃的銀色徽章，站在禮賓櫃檯前，雙手僵硬地交握在背後，打量飯店前廳，臉上流露毫不遮掩的鄙視。

米范找來朱比特和莫莉安，他們原本待在吸煙室打牌，籠罩在一團森林綠的霧氣之中（迷迭香煙霧，能使心思敏銳）。兩人都不確定打牌的規則，不過法蘭克在莫莉安耳邊出謀獻策，香妲女爵則是幫朱比特擬定戰略，每隔一段時間，就會有一方大吼：「萬歲！」另一方要不是愁眉苦臉，就是把什麼東西扔在桌上。整體說來，莫莉安覺得這是消磨下午的好方法。

稍後，米范前來，堅持要兩人趕去飯店前廳，他們都有些掃興。等莫莉安抵達，看見鬍子男擺出一副輕蔑的嘴臉，不客氣地盯著歪七扭八、還在生長的小吊燈，莫莉安更是惱怒。

沒禮貌，她心想，人家還沒準備好啊！

吊燈一日日恢復生氣，但仍有很長一段路要走，在這個階段，還很難判斷它會長成什麼形狀。芬涅斯特拉開了一個賭盤，法蘭克指天發誓說絕對會是華麗的孔雀，可是莫莉安依然懷抱一絲希望，盼望吊燈恢復成朱比特最愛的粉紅船。

「臭架子跑來這裡幹麼？」朱比特喃喃對米范說，米范聳肩，快步回到禮賓櫃檯後方。

「臭架子是誰？」莫莉安悄聲問。

「噢——呃，是永無境市警隊，」朱比特壓低聲音：「我們……嗯，叫他們臭架子大概不太好，最好不要當著他們的面說。沒關係，我來交涉就好。」

朱比特走向男人，親切地跟他握手。「下午好，警官，歡迎來到杜卡利翁飯店，您要登記入住嗎？」

男人哼了一聲。「不必了。你是這間飯店的負責人，是吧？」

「敝人是朱比特・諾斯，請多指教。」

「朱比特・阿曼久斯・諾斯隊長，」男人看著手上的筆記本說：「隸屬於幻奇學會、探險者聯盟、永無境飯店業協會，現任幻獸族權益促進會書記、高伯爾圖書館志願書鬥士、退役機器人管家慈善信託基金會董事、十七個未登記世界的發現者、《時尚男子雜誌》年度最時尚男子四連勝紀錄保持人。很輝煌的經歷，隊長，我漏掉了什麼嗎？」

「我還教處於社會弱勢的幫派分子踢踏舞，並在永無境犯罪精神疾病患者高度安全更生中心每年舉辦的黑莓派烘焙大賽中擔任評審。」

莫莉安大笑出聲，不過她不太確定朱比特是不是開玩笑的。

「看來你是個品德高尚的正人君子嘛。」

「我只是愛吃派。」他對莫莉安眨了個眼。

警官嗤之以鼻，「你自以為很幽默？」

「我確實是覺得自己挺幽默的。探長，我能幫上您什麼忙？」莫莉安順著朱比特的視線，瞥向男人的徽章，只見上頭寫著「哈洛．燧發槍探長」。

燧發槍探長把一口長氣吸進肚裡，努力試著用鼻孔看朱比特，可惜有點困難，畢竟朱比特比他高了好幾公分。「我接獲匿名線報，諾斯，你在幻奇學會的某個同伴告發你，說你藏匿非法偷渡的移民，這可是大罪。」

朱比特泰然微笑：「如果是真的，我的確麻煩大了。」

「你今年推派了一名備選生參加幻奇學會的考驗，此事當真？」

「是的。」

「這位就是備選生，是嗎？」

「她叫做莫莉安．黑鴉。」

燧發槍探長對莫莉安瞇起眼眸，一張臉湊近她。「那麼，莫莉安．黑鴉，妳是從哪裡來的？」

「干卿。」莫莉安答道。

朱比特忍不住哼笑一聲，連忙裝作咳嗽掩飾過去。「探長，她是說自由邦第七域，只是她……發音怪怪的。」

莫莉安偷瞄贊助人一眼，他的神態自信從容，就像她頭一天來到永無境時，跟邊境警察說話那樣。

燧發槍探長啪地單手闔上筆記本。「諾斯，給我聽好，自由邦的《邊境法》非常嚴格，假如你窩藏非法難民，那起碼違反了二十八條《邊境法》。你惹的麻煩大到不行啊，小子。非法移民都是瘟神，而我神聖的職責，就是守護永無境的邊界與正牌市民，防範共和國的宵小鼠輩潛入自由邦。」

朱比特的神色轉趨嚴正。「果真是高尚又英勇的情操，」他低聲說：「保護自由邦，將那些亟需援助的人拒於門外。」

燧發槍探長冷哼一聲，順了順油亮的鬍鬚。「我對你們這種人瞭若指掌，你們就是心軟，要是逮到機會，不管什麼貨色都敢帶進來。不過到頭來，你說不定會發現，這個非法居留的小人渣只會闖禍，根本不值得你花費這麼多心力。」

朱比特直視他的雙眼，「不要那樣說她。」

莫莉安的背脊傳來一陣涼意，認出朱比特嗓音中那股森冷的怒火，以及凌厲藍眸中的冰霜。然而，燧發槍探長渾然不覺。

「我說的是實話，她就是個骯髒爛臭的非法人渣。諾斯，你騙不了我的，你要嘛交出她身為合法市民的證明，要嘛乖乖接受逮捕，讓我即刻把這個低賤難民驅逐出境！」

探長的話在大廳中迴響，高聳天花板反彈著回音，他提高的聲量吸引了幾名員工走過來。

「諾斯隊長，一切還好嗎？」米范踏出禮賓櫃檯後方，隨瑪莎一同走到他們身邊。

「何必這麼大吵大鬧的。」香妲女爵說，一手摟住莫莉安，怒視燧發槍探長。

「是不是有人叫保全？」芬涅斯特拉問，她坐在樓梯頂端，看似隨意地舔起巨大的貓爪，宛如正準備獵食。

「小朱，我能不能咬他膝蓋？」吸血鬼矮人法蘭克從朱比特的雙腿間探出頭。

「不用費心，沒事，謝謝大家，你們可以走了。」他們不情願地散開，只有芬不肯走，留在原處。朱比特沉默半晌，燧發槍探長緊張地不時偷瞄魁貓。

朱比特總算開口，嗓音輕柔克制：

「燧發槍，她受幻奇學會管轄，你無權要求她出示身分證明，幻奇學會自有懲處犯法者的規矩。」

「她不屬於幻奇學會——」

「你最好複習一下幻奇法手冊，小槍。《幻奇法》九十七條第己款：『參與幻奇學會入學考驗之孩童，於考驗期間，至該童退出考驗程序為止，於所有法律範疇內，皆視為幻奇學會之一員。』所有法律範疇，這代表她已經屬於幻奇學會了。」

莫莉安登時放下心來，一掃胸中悶氣。已經屬於幻奇學會了。既然知道幻奇學會的法律站在她這邊，她鼓起勇氣，回瞪燧發槍探長。

燧發槍探長的面色漲成一片鮮紅，隨後轉紫，最後煞白，氣到臉都歪了，鬍鬚顫抖。「目前，她目前是屬於學會，諾斯。不過，她一被考驗淘汰，我就要看到她的身分證明。」他再度順了順鬍鬚，撫平泥褐色制服，用鼻孔看莫莉安，彷彿莫莉安是他鞋子上沾到的噁心汙點。「到時，你還來不及求我『好心的探長發發慈悲吧』，她就會被扔回下三濫共和國，至於你自己呢，這位先生，你更是鐵定完蛋，連了不起的學會都救不了你。」

燧發槍探長大步踏出杜卡利翁前廳，走下庭院的階梯，揚長而去。莫莉安轉頭望著朱比特，頭一次見他這麼緊繃。

「他們真的能趕我走嗎？」她問，喉嚨有些哽住。她想起煙影獵手，想起它們在暗處守候的漆黑飄忽形體，頸背寒毛直豎。「如果我必須離開永無境，那怎麼辦？」

「別亂想，莫莉安，」朱比特故作沒事地說：「不會發生這種事的。」

他沒有看莫莉安，便走出前廳。

那一夜，莫莉安就寢時，本來的吊床又變了，換成一張木床，床腳刻有星辰與月亮。她睡得很不安穩，夢見展現考驗來臨，她啞然站在長老面前，一句話都說不出來，最終，臭架子在觀眾的一片噓聲與奚落聲之中將她拖走，交給煙影獵手。

隔天一早，木床變成了沙發床。究竟她適合什麼，也許杜卡利翁飯店還是拿不定主意吧。

第十一章　書之考驗

「妳本惹施什麼？」霍桑說，嘴裡塞滿起司烤三明治。

朱比特同意讓莫莉安的新朋友來杜卡利翁飯店，條件是霍桑要幫莫莉安準備書之考驗。只不過，截至目前為止，他們什麼書也沒念，反倒把時間全花在研究杜卡利翁飯店。霍桑特別熱愛吸煙室（今天下午是巧克力煙，提升快樂感受）、沐雨室（雖然他沒帶雨鞋，褲子直溼到膝蓋），以及劇場。正確來說，他熱愛的不是劇場，而是後臺的更衣室，那裡靠牆掛了許多套戲服，每一套都會改變穿衣之人的說話口音與走路姿態，要過很久才會消退。其中一件戲服屬於童話〈三隻熊〉中的金髮小女孩，霍桑拿來試穿，脫掉之後，足足過了半小時，他依然在走廊上跑跳步。

此刻，他們待在杜卡利翁飯店繁忙的廚房中，坐在角落的桌邊。廚房裡煙霧瀰漫，人聲嘈雜，廚子們來回奔走，準備客人點的餐。莫莉安覺得這裡不怎麼適合念書，可是芬不准他們在圖書館吃午餐，米范又宣布餐廳的地心引力暫時停擺，恢復時間尚不確定。

「我本惹……我的本領是什麼？」這正是莫莉安害怕的問題。「呃，我不知道。」

霍桑點點頭，咀嚼口中的食物，然後嚥下，發出好大的聲音。「不告訴我也沒關係，很多備選生會保密，這樣在展現考驗比較有優勢。」

「不是這樣，」莫莉安連忙澄清：「我覺得我沒有本領。」

「妳一定有啊，」他皺眉，乾掉半杯牛奶。「要是妳沒有本領，贊助人就不能推派妳參加考驗，這是規定。」

有個念頭仍在莫莉安心底翻來覆去。她的本領，會不會跟詛咒有關？她很想問問霍桑的看法，但她現在連提到詛咒也不行，她跟朱比特約好了。

「要是我有，我應該會知道。」莫莉安剁著手上的三明治，胃口盡失，自怨自艾地心想：交到朋友的感覺很美好，雖然只能維持一下下。霍桑還不如去跟狗臉男孩當朋友呢。

「大概吧。」霍桑聳肩，將最後一點三明治吃個精光，翻開莫莉安從朱比特書房借來的書。「要從大戰開始嗎？」

她抬起頭，「什麼？」

「還是妳想先複習無聊的部分，晚點再念大戰？」

莫莉安刻意裝出輕鬆的語氣，掩飾內心的驚訝：「所以你……你還是想跟我做朋友？」

「什麼？對啊，廢話。」他做了個鬼臉，莫莉安嘴角一抽，隨後揚起。霍桑就這樣把友誼給了她，像是這不算什麼，卻不知道對她來說意義非凡。

「可是我們照理來說要……結交有價值的盟友，還有……還有他們在幻奇歡迎會講的那堆東西。」莫莉安把空盤子拿去水槽放，千鈞一髮地閃過副主廚，他端著一盤正在冒蒸氣的淡菜快步衝過。她覺得，自己有義務確保霍桑了解風險。「我不覺得我是有價值的盟友。」

「誰在乎？」他哼笑一聲，低頭繼續看書。莫莉安鬆了一大口氣，再度坐下。「我覺得從大戰開始讀比較好，因為這裡比較血腥刺激。問題一：發生在高地的悲歌要塞戰役中，有多少人被砍頭？」

「不知道。」

他豎起一根手指，「這是陷阱題，高原部落打仗的時候不會砍敵人的頭，是砍斷軀幹，然後倒吊敵人的身體，用力搖晃，搖到腸子全部掉出來。」

「好溫馨。」莫莉安說。自由邦真的跟共和國天差地遠。霍桑摩拳擦掌，雙眼閃亮，顯然剛要進入提問模式。

「下一個問題：黑崖戰役中，是哪一個著名空軍飛行員被敵軍的龍給烤酥？喔，再來個加分題：他烤熟的屍體從空中掉下來之後，是哪個居住在懸崖的野蠻部落把他給吃了？」

一週後，莫莉安第二度走上通往傲步院的漫長綠蔭大道，再一次拚命抗拒轉身逃跑的衝動。這次，路旁那幾棵軀幹焦黑的光裸樹木更顯猙獰，纖細枯枝襯著淺色天空，有如居高臨下、隨時要發動攻擊的蜘蛛。

「緊張嗎？」朱比特問。

莫莉安只挑起一邊眉毛，做為回答。

「也是，妳當然緊張。緊張是正常的，今天是值得緊張的日子。」

「謝謝，這樣讓我覺得好多了。」

「真的？」

「假的。」

朱比特笑出來，抬起頭，透過樹枝間隙望著灰灰的天空。「我覺得這是好事呀，妳的人生就要改變了，莫兒。」

「莫莉安。」

「再過幾個小時，妳就會離那枚金色小別針更進一步。當妳順利拿到別針，整個世界都將為妳敞開大門。」

莫莉安很想像他一樣對自己有信心，真的很想，她多麼渴望相信自己辦得到。要是朱比特對她的信念有萬分之一是合理的，她早就成功殖民月球，並且在夏天來臨前找到所有疾病的解方。

但想再多也沒用，因為她依然不確定朱比特是不是瘋子。

「筆試的部分最難，」朱比特說，「有三道看不見的問題，而且全場靜默，只能孤零零面對一支筆、一張紙、一張桌子。慢慢想就對了，莫兒，坦白作答。」

「是要正確作答吧？」莫莉安困惑地問，可是朱比特好像沒聽到。

「再來是口試的部分，不過那沒什麼好擔心的，只是個小測驗，不如說比較像聊天。一樣，慢慢想就對了，可以讓他們等沒關係，長老只是想了解妳是怎樣的人。

做妳自己，發揮妳平常的魅力，就不會有問題。」

莫莉安想問他「平常的魅力」是什麼鬼東西，難道把她跟另外一個莫莉安·黑鴉搞混了，可惜已經來不及。他們抵達傲步院，由於贊助人禁止進入考場，接下來莫莉安只能靠自己。

「祝妳好運，莫兒，」朱比特說，用拳頭輕輕撞了她的手臂一下。莫莉安加入備選生組成的人流，爬上大理石階梯，雙腳像灌了鉛一般沉重。「勇往直前，征服四方吧。」

筆試考場是莫莉安待過最大的空間，擺滿一排又一排長方形桌子，以及椅背直挺挺的木椅。數百位備選生魚貫而入，安靜坐在座位上，等候幻奇學會的工作人員發下試題本與筆。莫莉安伸長脖子想找霍桑，不過連個人影也沒見到，桌椅是按照姓氏筆畫排的，她猜想霍桑在遙遠的十六畫那一區。她放棄尋找霍桑，開始閱讀試題本。

幻奇學會入學考試
書之考驗
首年之春，貴族第三世代
備選生：莫莉安·頌詩·黑鴉
贊助人：朱比特·阿曼久斯·諾斯

備選生全數領到試題之後，站在考場最前方的學會監考官敲響一個玻璃鈴，室內隨之響起一陣窸窣，所有考生不約而同打開試題本。莫莉安深吸一口氣，翻開第一頁。

一片空白。第二頁也是空白，第三頁也是。她翻遍整本試題，一個題目也沒看件。

她舉手，試著跟監考官對上眼，想跟他們說她拿到空白的試題本，應該是哪裡弄錯了，可是站在考場前方的女子卻視而不見。

莫莉安再度低頭看試題本，這次語句浮現。

妳不是本地人。

妳怎麼想要加入幻奇學會？

莫莉安四處張望，想看看其他備選生的試題本是否也突然長出腦袋，開始問些失禮的問題。就算是，其他人也不顯訝異，或許他們的贊助人事先警告過。

她想起朱比特的話：**慢慢想就對了，莫兒，要坦白作答。**她嘆口氣，拿起筆，動手寫字。

因為我想成為受人敬重、有所貢獻的學會成——

還沒寫完，整句話就被一支隱形的筆給劃掉，她倒抽一口氣。

胡說，試題本寫道，**妳想加入學會的真正原因是什麼？**

莫莉安咬著嘴唇。

因為我想要金色小別針。

答案再度被劃掉，這一頁的邊緣逐漸轉黑，蜷曲起來。

不對，試題本寫道。

頁面邊緣緩慢燒焦，升起一道搖擺的細煙。莫莉安試著用手撲滅，偏偏火苗就是不熄，她倉皇環顧四周，想找杯水或是向大人求救，然而那些監考官似乎無動於衷。事實上，除了莫莉安以外，好幾個備選生的試題本都燒了起來，火苗有大有小，監考官卻看似平淡地忽視這一切。

一個男孩的試題本爆出火焰，徹底燒毀，桌上只剩一團灰燼。監考官輕點他的肩膀，示意他離開，他垂頭喪氣地走出考場。

坦白作答，莫莉安的思緒轉得飛快，再度拿起筆。

因為我希望別人喜歡我。

紙張暫停自我毀滅，處於要燒不燒的冒煙狀態，彷彿隨時會咻地燒成火球。

繼續，試題本寫道。

她的手微微發抖。

我想要找到歸屬。

再來，試題本催促她。

她深呼吸，想起晨曦日隔天她和朱比特的對話，提筆寫下：

我想要無論如何都會永遠支持我的兄弟姊妹。

試題本燒壞的部分緩緩恢復原狀，乾淨無痕的白紙逐步取代焦黑的頁沿，莫莉安放下心來，總算敢稍微鬆開死命握住筆的手。又過一陣子，第二道題浮現。

妳最強烈的恐懼是什麼？

莫莉安不假思索提筆作答，這題太簡單了。

海豚學會走路，來到陸地，從噴氣孔射出酸液。

這一句被猛力劃掉，試題本再度變焦。附近有個女孩尖叫出聲，她的試題本化為火團，結果她帶著兩條烤焦的眉毛被請出考場。

試題本的邊角漸漸燒成灰燼，莫莉安想破腦袋也想不通，她說的是實話啊！她最怕會噴酸液的海豚跑來陸地上，這一直是她最怕的東西，除了——噢，好吧。她嘴上說她最怕酸液海豚，但其實不是；這大概是因為，她最真實、最強烈的恐懼，根本令她不願意多想。她咬住嘴脣，寫下新的答案。

死亡。

試題本繼續延燒。

死亡，她又寫，**是死亡！一定是死亡！**

剎那間，她靈光一閃——

煙影獵手。

然而火勢依舊持續蔓延，莫莉安抓住試題本，因為手指燙傷而瑟縮一下，在僅剩的一小塊空白處寫下：

被忘記。

試題本的焦黑略為消退。

繼續說，本子寫道。

我怕沒人會記得我，連家人也不會記得我，因為

莫莉安一頓，筆尖在灰黑的紙頁上遲疑。

因為他們寧可忘記我存在過。

試題本恢復潔白滑順，燒捲的紙張自動攤平，完好如初。莫莉安耐心等待試題本給她第三題，也就是最後一道考題。她環顧周遭，發現大約四分之一的座位空了，桌上只剩一小堆灰燼。

試題本問道：**那麼，妳要怎麼讓別人記住妳？**

莫莉安想了很久，往後靠著椅背，默默注視四周爆出小火球，又有十幾位備選生離開考場。終於，她寫下所能想到最坦白的答案。

不知道。

她猶豫了一瞬，加上一個字：

還不知道。

在那個當下，三道題和她的答案全數消失，紙上浮現兩個綠色大字：

通過。

莫莉安在傲步院的一間小接待室中來回踱步。筆試淘汰掉約莫三分之一的備選生，其餘通過的人被分為許多小組，帶到不同房間，等候參加書之考驗的第二階段。

在莫莉安這一組的人，有一個男孩，雙手抱膝，前後搖晃；一對充滿活力的雙胞胎，連珠炮似地互問問題，問完便非常激動地擊掌；還有一個女孩，兩手環胸，委靡地靠在椅子上。

莫莉安認得那個女生，就是在幻奇歡迎會上，諾耶爾旁邊那個笑不可抑的朋友，明明諾耶爾的話根本沒那麼好笑。這次，那女生將一頭黑色辮子在腦後盤成髮髻，低斂的棕色眼眸凝視著雙胞胎。

「北澤蘭三大出口項目是什麼？」雙胞胎之一大喊。

「美玉、龍鱗、羊毛！」雙胞胎之二隨即喊道，兩人擊掌。諾耶爾的朋友面露慍怒。

一名女子手持寫字板進來，匆匆走向房裡的孩子，高跟鞋踩在木地板上，發出喀喀聲。「蜚滋威廉？法蘭西斯・約翰・蜚滋威廉？」她看著寫字板上的名單念道，縮在角落的男孩抬頭看她，吞了一口口水，額頭冒汗，動作有些不穩地站起身，尾隨女子離開房間，一路上直盯著地板，手指不斷輕點大腿。

「第一個在月球上漫步的永無境人是誰？」雙胞胎之一喊道。

「伊莉莎白・馮・基林中將！」雙胞胎之二喊回來，兩人擊掌，辮子女孩用力從鼻孔吸了口氣。

莫莉安閉起眼睛，專心背誦永無境的二十七個行政區。「燭芯、布洛薩姆、參宿四、麥格理……」

她可以的，她準備充分，讀完她能找到的每一本歷史和地理書，前一天晚上還請米范反覆抽問。就算她不知道北澤蘭（那是什麼地方啊）的三大出口項目，她也夠了解永無境跟自由邦，足以通過下一階段了。

「德爾菲亞，」莫莉安抬頭盯著天花板繼續背：「格羅夫・奧登、迪林、高牆……」

「他們才不會問行政區。」諾耶爾的朋友開口說，把莫莉安嚇了一跳，那副嗓子比她以為的更低沉，而且略帶沙啞。在幻奇歡迎會，這女生的笑聲聽起來就像樂不可支的鬣狗。「每個笨蛋都知道有哪些行政區，我們幼稚園就學了，拜託。」

莫莉安不理她。「波考克、法納姆・拜恩、羅德村、坦特菲爾德……」

「妳是聾了還是太笨？」那女生說。

「無名界的時區在哪裡交會？」雙胞胎之一叫道。

「自由邦第五域茲森林中央！」雙胞胎之二大喊，兩人擊掌。

莫莉安閉緊雙眼，再次開始踱步：「黑斯托克……呃……貝拉米……」

她撞上一堵柔軟的人牆，詫異地睜開眼，只見手持寫字板的女子低頭看她：「黑鴉？」

莫莉安凝重地點頭，拉平裙子，挺起肩膀，尾隨女子走進面試房間。半路上，她回頭一瞥，瞧見諾耶爾的朋友正在對雙胞胎說話。

「你們不會通過考驗。」她用微微沙啞的聲音告訴雙胞胎：「你們毫無準備，什麼也想不起來。你們一輩子也進不了學會，不如現在就回家算了。」

莫莉安抬頭注視拿寫字板的女子，看她會不會折回去說點什麼，但女子不帶一絲表情，神色漠然，似乎一個字也沒聽見。

「快去吧，」她輕推莫莉安一把：「他們在等妳。站在那個有十字標記的地方。」

空蕩的房間中央擺了一張桌子，三名長老坐在桌後。莫莉安走上前，長老交頭接耳，不時啜幾口水，翻閱文件。

「黑鴉小姐，」身材瘦削、白髮稀疏的坤寧長老調整眼鏡：「自由邦的領導者是誰？」

「基甸・史第德首相。」

「錯，自由邦的領導者是創新、生產，以及對知識的渴求。」

莫莉安的心登時一沉，宛如走樓梯時一腳踩空。這個當下，她恍然明白，她對長老設計的面試毫無準備，先前凝聚的一丁點勇氣消失無蹤，整個人突然被恐懼給占據。

「基甸・史第德是誰？」牛長老阿留斯・薩加問。

莫莉安一陣猶疑。「他……他是首相，不是嗎？」

「錯，」薩加長老沉聲說道：「基甸・史第德首相是經由選舉產生的自由邦管理者，人民推舉他守護我們所重視的價值、規範與自由。」

「但他的確是首相啊，」莫莉安據理力爭。這不公平，她明明說了正確答案。「你剛剛自己說的。」

長老不理會她的抗議。

「要怎麼區分自體燃燒植物和遭人為縱火的植物？」翁螺旋長老問。

她知道這個，「自體燃燒植物的火焰不會冒煙。」

「錯，」翁長老說：「自體燃燒植物已經滅絕，因此任何看起來像是自體燃燒植物的樹，都是遭到人為縱火，應立即撲滅。」

莫莉安在心中暗暗哀號。她早該料到才對，火華樹確實滅絕了，這還是朱比特告訴她的！再說，她讀過《永無境植物史》，書上有寫，火華樹已經超過一百年沒燃燒過了。這道陷阱題讓她有些惱火。

「永無境大城有多久歷史？」坤寧長老問。

「永無境建立於第二飛鳥世代，距今一千八百九十一年。」

「錯。永無境蒼老一如星辰，青澀一如細雪，強大一如雷電。」

「這太強人所難了！我怎麼可能——」

「英勇廣場大屠殺發生在什麼時候？」坤寧長老問。

莫莉安正要張口回答（「東風世代，第九年之春」），某個念頭陡然閃過。她閉上嘴，花了一些時間在腦中組織想法，打算想好再開口回答。三位長老一面凝視著她，一面等待。

可以讓他們等沒關係。

「英勇廣場大屠殺，」她慢慢地說：「發生在一個……黑暗的日子。」

長老悶不吭聲。

「那是永無境史上最慘痛的一天，」莫莉安繼續講下去：「在那一天……」她搜索枯腸，尋找字詞，「慘無人道的邪惡戰勝了良善。在那一天，邪靈掌控永無境，幹盡壞事，簡直就像是……把人倒吊，搖到連腸子都掉出來。」

長老繼續盯著她看。莫莉安的心臟怦怦狂跳，長老到底還想聽什麼？

「是絕對不能重演的一天。」她終於說。好了，她再也瞎掰不下去了。

坤寧長老露出微笑。她笑得很淺，不過莫莉安還是看見了，宛如荒煙蔓草中長出一朵很小很小的花。

這名略顯駝背的瘦小長老似乎還想再問，莫莉安驀然間恐慌起來。她對英勇廣場大屠殺所知不多，那時她跟霍桑一起讀《永無境殘虐百科》的相關章節，讀到一半，跑去喝茶休息，之後就忘記回去讀完。

莫莉安屏住呼吸，暗自期望她的表現已經足夠。坤寧長老轉頭與同事互望，另外兩名長老只簡單點了個頭，便垂首閱讀文件。

「謝謝，黑鴉小姐，妳可以走了。」

莫莉安踏出面試的房間，對著陽光眨眼，茫然走下傲步院前的階梯，去找正在等她的朱比特。

「如何？」

「很怪。」

「當然啦。」朱比特聳聳肩，彷彿她早該明白「很怪」對幻奇學會來說才叫正常。「是說，妳那個蟾蜍好朋友先出來了，要我跟妳說他順利通過考驗，還說妳最好也通過，不然他要給妳好看。然後他就跟阿南趕去參加龍騎士訓練，我只好假裝我完全不嫉妒這個十一歲小孩可以騎龍。那妳……呃……妳通過了嗎？」他狀似隨意地問。

莫莉安舉起她拿到的信封，依舊有些不敢置信。

「『親愛的備選生，恭喜，』」朱比特念出信上的文字：「『你證明了自己的坦誠、推理能力和隨機應變能力，有資格參與九一九梯第二輪試驗。競逐考驗將於首年之夏最後一個週六中午舉行，詳細辦法另行通知。』就告訴妳了吧，我不是說妳一定會通過嗎？莫兒，幹得好，我高興死了。」

莫莉安沒留神聽朱比特說話，她碰巧看見那對擊掌雙胞胎走出傲步院，哭著奔向贊助人。

「我……我們不行！」雙胞胎之一抽噎：「我們毫……毫無準備！」

「我們什麼也想……想不起來！」

儘管通過考驗讓莫莉安大大鬆了一口氣，心中仍為雙胞胎感到一絲惋惜。諾耶爾那個討厭的朋友顯然成功令他們產生動搖，擊垮他們的自信。她本想說些什麼，提示一下長老尋找的特質，不過朱比特已經領著她走遠。

他們經過樹木排列的大道，太陽露出臉來，陽光下，那些光禿焦黑的樹枝似乎不如先前那般醜惡。莫莉安仰起臉，讓陽光溫暖她的臉頰，一邊跟朱比特在路上走著，一邊心不在焉地觸碰其中一棵枯樹，不料指尖一燙，幾點紫色星火迸出，她倉皇收手。

「好痛！」

「什麼？」朱比特猛地停步，「怎麼了？」

「那棵樹燙到我了！」

他瞪著莫莉安半晌，輕笑起來：「很幽默，莫兒。我說過，火華樹已經滅絕了。」朱比特繼續往前走。莫莉安留在原地，審視毫無異狀的手指，接著小心翼翼伸手，再碰那棵樹一次。沒有反應。

她搖搖頭，疑惑地笑了一聲。看來她想像力還挺豐富的，有辦法憑空捏造一些東西。

第十二章 陰影

首年之夏

第一輪試驗結束，離第二輪試驗還有數月之遙，莫莉安得以愜意地在杜卡利翁飯店享受夏日時光。白天在茉莉庭院的泳池玩水，到了溫暖的夜晚，要不是去舞廳學跳舞，就是享受烤肉大餐，或是在吸煙室躺上好久好久，沉浸在瀰漫的香草煙霧當中（「可以撫慰感官，帶來好夢」）。即使思緒偶爾會回到黑鴉宅邸，偶爾想起奶奶夏天時總會比較親切些，偶爾好奇艾薇生了沒，這些念頭也會因為查理邀她替馬刷毛，或者法蘭克找她試吃下一場宴會的菜色，沒多久便煙消雲散。

香妲女爵擁有六名追求者，這件事是出了名的（她輕描淡寫地解釋「一週當中，除了週日之外，一天換一位」），有時她會找莫莉安幫忙挑選當晚的服裝。這位女高音的衣櫃幾乎跟飯店大廳一樣大，她們會一起翻遍上千件華美禮服、鞋子與首飾，找出最適合的搭配，以便赴當晚之約。朱比特給那幾位男子全部取了綽號，會共進晚餐、接著跳舞的那位是「週一紳士」，會在公園散步的是「不前不後的週三爵士」，會去看戲的是「尊貴的週四大人」。

在杜卡利翁飯店的每一天都充滿新鮮事，好比說，有天米范請來超自然部門的人，驅逐五樓那個老愛穿牆的惱人鬼魂。米范說，他基本上不介意有鬼魂在，只要它們沒有討人厭的習慣就好；奇怪的是，這個鬼一直回來，這已經是米范第三度請超自然部門處理。雖然他自己沒見過傳聞中的鬼，可是相關的奇談與謠言甚囂塵上，嚇壞一些客人，米范甚至得替住客把房間換到其他樓層。他讓莫莉安在旁觀摩驅鬼過程，可是整個程序絲毫不如她想像的那般驚天動地，本以為會看到真正的鬼從牆壁飛出來，但超自然部門的人不過是燒了很多鼠尾草，跳了些詭異的舞，便交給米范一張請款單（總金額四百五十克雷），然後就走了。

整個夏天當中，最叫莫莉安失望的事（比驅鬼還要令她失望），是她越來越少見到朱比特。朱比特老是被叫去處理探險者聯盟的事，不然就是要趕去參加沒完沒了的會議、晚餐或宴會。

「莫兒，壞消息。」某個週四下午，朱比特順著彎曲的大理石樓梯扶手滑下來，在飯店前廳落地。莫莉安正跟瑪莎一起在前廳摺餐巾，要摺成天鵝的形狀，瑪莎的天鵝完美無缺，好似隨時都會排成隊形飛走，莫莉安的天鵝卻像是喝醉正在鬧脾氣的鴿子。「明天沒辦法帶妳跟霍桑去市集了，臨時有事。」

「又來了？」

朱比特一手爬梳過鮮亮的紅棕頭髮，匆促地塞好襯衫，扣上腰帶。「恐怕是的，小姑娘。永無境交通部派人——」

「又來了？」莫莉安重複道。整個夏天，永無境交通部不斷派人來杜卡利翁接朱比特。通常他們都是為了「絲網上的回聲」而來（天知道那是什麼意思），不過就在三週前，幻奇鐵路再度發生出軌意外，這次兩人死亡，此事占據頭版長達一週，杜卡利翁飯店瘋傳各式各樣的流言，大家都在猜罪魁禍首是誰、這樁意外又有什麼意義。有些員工陷入極度驚懼的狀態，朱比特不得不禁止所有人提起「幻奇師」這個詞。

「我可以帶莫莉安去，」瑪莎提議：「我明天休假，查理要帶我……我是說，麥卡利斯特先生跟我……呃，他要去市集，問我……我想我也可以一起去。」瑪莎臉上泛起紅暈。全杜卡利翁都知道，瑪莎跟飯店司機查理・麥卡利斯特互有好感，只有他們兩個自以為這是祕密。

「沒關係，瑪莎，妳跟查理顧好自己就行了。」朱比特不懷好意地一笑，「莫兒，過幾天我帶妳去，我保證。」

莫莉安努力掩飾失望之情。永無境市集是個著名的慶典，持續一整個夏季，每週五晚上營業，許多人從七區各地趕來參加，其中不少遊客下榻在杜卡利翁飯店。每到週五黃昏，興奮不已的客人便離開飯店去冒險，有些搭馬車，有些搭火車；隔天的週六早晨，他們會一面吃早午餐，一面交換刺激的故事、照片和戰利品。可是，夏天都過了一半，莫莉安還是去不了市集。「下星期？」她滿懷希望地問。

「下星期，一定。」他抓起綠色長外套，推開前門，接著停下動作，回過頭：「等等，下星期不行。我安排要從通道去天藍繡球第二界，那地方爛透了，到處都是天藍繡球第一界那種成群結隊的吸血蟲子，卻沒有第一界的迷人之處。」他搔搔紅鬍子，無能為力地笑了一下。「我們再看看好了。嘿，傑克下週末就會從音樂營回來，整個暑假都會住在這裡，我們三個可以一起去——應該說是四個，霍桑也來。」

莫莉安差點忘了，朱比特的外甥從寄宿學校回來時，也住杜卡利翁飯店。瑪莎說他有時週末會回來，不過到現在為止，她連傑克的影子也沒見著。

朱比特走回門內拿雨傘，忽然打住動作，一臉奇怪地盯著她看。「妳最近是不是一直作惡夢？」

「什麼？沒有。」莫莉安連忙說，偷瞄瑪莎一眼，但瑪莎故作忙碌地數天鵝，假裝什麼都沒聽見。

朱比特伸手在莫莉安的頭旁邊揮，像在驅趕隱形的蚊蟲。「妳有，那些夢都在妳旁邊飄，妳作了什麼夢？」

「沒有啦。」她撒謊。

「是展現考驗，對不對？我說過的，妳不用擔心。」

「我沒有擔心。」又是謊言。

「好吧。」朱比特慢慢點頭，接著靠向她的椅子，悄聲說：「沒辦法帶妳去市集真的很對不起，莫兒斯。」

「莫莉安。」她糾正，替朱比特拉好翻過來的衣領。「沒關係，我跟霍桑可以做別的事。」

朱比特點頭，玩鬧地輕捶莫莉安一拳，就這麼走了。

隔天早上，餐廳冒出一個男生，占了莫莉安平時吃早餐的桌子，坐了她的椅子，吃著她的吐司。

他比莫莉安高，年紀也比較大，大概是十二或十三歲，一張臉大半被手中的《斥候報》給遮住，只從報紙頂端露出濃密的黑髮。他翻閱報紙，啜著血橙汁，往後靠著椅背，儼然是這地方的主人。

莫莉安輕輕地清一下喉嚨。男生頭也沒抬。她等了一會，然後大聲咳嗽。

「感冒了就走開。」他命令道，又翻過一頁報紙，一隻瘦長的棕色手臂從報紙後方探出，拿了一片吐司，再度消失在報紙另一頭。

「我沒感冒，」男生的無禮態度令她猝不及防。「這裡客人不能進來，你迷路了嗎？」

他無視莫莉安的問句：「要是妳沒有傳染性疾病，可以待在這裡，但不要在我看報紙的時候講話。」

「我知道我可以待在這裡，」莫莉安站直，讓自己更高一點。「我住在這裡，你坐了我的位子。」

聞言，男孩總算緩緩放下報紙，露出一張臭臉，顯得極度不悅，上下打量莫莉安，動作流暢地挑起一邊眉毛，嘴角一撇。

莫莉安早已習慣在陌生人身上看見這種反應，所以並不對他的鄙夷感到驚訝，反倒是比較驚訝他用一面皮製黑眼罩遮住左眼。她立刻認出，這個男生就是朱比特書房那張照片上的人：約翰‧阿朱納‧柯拉帕提。

原來他就是傑克。

他摺起報紙，放在腿上。「妳的椅子？妳在這裡住個五分鐘，就把這個位子當成妳的了？我在這裡住了五年，這個位子剛好是我每天吃早餐的地方。」

「你是朱比特的外甥。」

「妳是他的備選生。」

「他提過我？」

「當然。」他猛地翻開報紙，再度把頭埋進去。

「我以為你下週末才會回來。」

「他們搞錯了。」

「朱比特在天藍繡球第二界。」

「我清楚得很。」

「為什麼你提早回來了？」

他重重嘆了口氣，放下報紙。「舅舅不肯說妳有什麼本領，看來妳的本領就是在別人看報紙的時候一直吵。」

莫莉安在他對面坐下，「你是念葛雷史馬特聰明小孩學校，對不對？」

「格雷史馬克穎異少年學校。」他厲聲說。

莫莉安壞笑，其實她記得正確名稱。「那裡是怎樣的地方？」

「很好啊。」

「為什麼你沒有跟朱比特一樣進幻奇學會？你去考過嗎？」

「沒有。」傑克再次摺起報紙，塞了一片吐司進嘴裡，一把拿走桌上喝到一半的茶，踩著重重的步伐走出餐廳，上樓遠去。

莫莉安暗自好奇，他的房間在哪？裡面有什麼擺設？他父母住在哪裡？他那隻眼睛怎麼了？為什麼他沒去考學會？他這麼難相處，莫莉安要怎麼熬過這個暑假？

起碼她奪回了最愛的座位。她坐上椅子，吃起吐司，默默提醒自己明天要早點起床，搶在傑克之前趕到餐廳。

「八成是有人用燒燙的火鉗把他眼珠子剜出來，」那天晚上，霍桑一邊說，一邊和莫莉安把吸煙室的桌遊箱拖出來（今晚放的是玫瑰煙霧，促進甜美的好性情）。「或是用拆信刀捅他眼睛。或是在他眼皮底下放了一隻會吃人肉的蟲子，那隻蟲就把眼睛給吃了，之類的。」

「噁，」莫莉安打了個寒顫，「誰要做這種事？」

「不喜歡他的人啊。」霍桑說。

「那不就是每個跟他講過話的人？」

霍桑咧嘴一笑，接著略顯不自在地審視桌遊箱，問道：「我們不是真的要玩吧？」

「要。」莫莉安說，掏出一個五顏六色的盒子。她打定主意要好好享受這個夜晚，如此一來，要是朱比特問起，她就能誠心誠意地回答：雖然朱比特連五週食言，沒帶他們參加永無境市集，但沒有關係，一點也沒關係。

「『開心持家趣』？不要啦……我十歲以後就沒再玩過了。」

莫莉安無視霍桑，著手擺好小道具。「我來當親切的老奶奶胡圖夫人，你當不滿足於現狀的事業女強人強翰小姐。這個設定是不是有點過時啊？我先。」

她擲骰子，移動人物，從遊戲中央的牌堆拿起一張牌，朗聲念道：「妳在插花比賽中獲勝，獎品是一件繡花圍裙。在妳為辛勤工作的丈夫下廚時，穿這件圍裙再適合不過了！別忘記，在丈夫到家前，要再補個口紅、整理髮型喔！」她立刻放下牌，收拾小道具。「好吧，那你想做什麼？」

「妳覺得呢？當然是去永無境市集啊。我哥荷馬要跟朋友一起去，他應該會願意讓我們跟，只要我們假裝不認識他就好。」

「不行，我一定要有朱比特陪同，才能離開飯店。」

「可是，那是規定嗎？」霍桑問：「他有明確地說那是規定嗎？因為，如果他沒有這樣說，那大概……只是一個建議。」

莫莉安嘆氣。「我要銘記在心的規定有三個。一，任何一間我打不開的門，我都不能進去。二，只要沒有朱比特陪，我就不能走出杜卡利翁飯店。三……我忘了，是關於南廂房的，不重要。總之，我不能出門。」

霍桑若有所思。「第一條規定的意思，是不是只要門沒有鎖，妳都可以進去？」

「應該吧。」

他挑起眉毛，「酷喔。」

接下來一個小時，他們跑過每條走廊，猛搖每扇門的門把，試遍整整六層樓才漸漸覺得無聊。杜卡利翁飯店中沒有鎖的房間，他們似乎都已經去過幾百萬次了。

就在他們考慮回頭玩「開心持家趣」時，終於，在西廂房的七樓，他們有了一個發現。

「這好眼熟。」莫莉安搖晃一道門的門把。門鎖住了，但它的門把看起來跟其他門不一樣，不是堅實的黃銅，而是盤繞的銀色纍絲，頂端有隻張開雙翼的蛋白石小鳥。「這好像是……噢。哦！等我一下。」

她一路狂奔到四樓，又跑回來，氣喘吁吁，得意地緊抓著她的雨傘。

霍桑歪頭，「天氣要變壞了嗎？」

傘的銀色尖端恰好可以插進鎖孔，莫莉安旋轉油布雨傘，再轉動門把。隨著一聲令人滿足的「喀答」，門開了，她露出微笑。「我就知道。」

「妳怎麼……」

「這是朱比特送我的生日禮物，」她解釋，興奮之情愈發洋溢：「你覺得他是不是料到了？搞不好他本來就希望我發現這個房間！」

「是喔，」霍桑滿臉迷惑：「他的確是會做這種瘋瘋的事。」

房間很大，充滿回音，空無一物，唯獨地板中央立著一個玻璃燈罩。燈罩裡有根點燃的蠟燭，在昏暗的室內灑下溫暖的金光。

「詭異。」霍桑喃喃說道。

說詭異還不足以形容。莫莉安很肯定，你絕對不該在七樓的空房間裡放一根點燃的蠟燭，還把門鎖起來。第一，八成會鬧火災，第二，這樣實在太毛骨悚然了。

隨著他們走近，燈罩發出的光芒使他們的影子越來越大，宛如鬼怪。霍桑聳起肩膀，模仿殭屍走路，大聲發出殭屍呻吟，把自己笑得直打跌。他繼續模仿，拖著腳步走向燭光，在背後的牆上投下巨大的殭屍影子。

然後，奇異的事發生了。霍桑停下動作，影子卻沒有停，彷彿有了自己的生命，繼續像殭屍一樣走路，一拖一拐地橫越遠處那道牆壁，直到融入角落的陰影，就此消失。

「好讓人發毛。」莫莉安吁了一口氣。

「超級毛的。」霍桑贊同。

「我來試試。」她用手臂在牆上製造一隻蛇的陰影，蛇從她身上蜿蜒溜走，在牆上滑行。霍桑又在一旁製造出好幾隻影子兔，對著蛇跳過去，蛇憤怒地攻擊那些可憐的兔子。

莫莉安試著做出影子貓，可惜做得有點差勁，反倒變成一隻嘶吼的雄獅，昂首闊步，吃掉所有的兔子。霍桑做出一隻鳥，鳥又變成蝙蝠，朝霍桑俯衝而下，像要把他的眼睛抓出來。

他們做的影子越來越繁複，開始試著嚇倒對方。做出嚇人的東西其實不用很費力，就好像影子自己也想變得越恐怖越好。本來只是普通的魚，後來化為一隻鯊魚，然後又變成好幾隻鯊魚，最後成了飛快游動、暴風似的一大群巨鯊，圍著霍桑與莫莉安的影子打轉……這一切，實在是太可怕，太刺激，太厲害了。

「我要做……」霍桑從嘴角伸出舌頭，十根手指彎成難以辨認的複雜形狀，「……一隻龍。」

突然之間，本來有些滑稽的影子化為巨大的爬蟲類怪獸，身形在牆上占據極大面積。它展開駭人的黑色雙翼，起而飛翔，越升越高，在他們頭上盤旋，從可怖的龍嘴噴出黑影火焰。霍桑又做出一隻影子馬，巨龍將馬燒得焦脆，三兩口拆吃入腹，清潔溜溜。

巨龍猛地俯衝，用爪子抓起霍桑的影子，莫莉安與霍桑失聲尖叫，只見龍爪中的陰影霍桑揮舞黑色手腳，巨龍卻越飛越遠。他們的尖叫轉為笑聲。

「我贏了吧。」霍桑得意地露齒一笑。

「第一，我們又不是在比賽，」莫莉安說：「第二——我會贏給你看。」

他們在地板坐下，分別坐在燈罩的兩側，莫莉安活動了一下手指。要是霍桑自以為能勝過豺狐鎮最受人畏懼的居民，他可就大錯特錯。「我來講個故事。」

她用手大致模擬一個人形，「從前從前，有個小男孩自己走進森林。」

她做出高聳搖曳的樹木，影子男孩乖順地走在林間。

「他媽媽經常警告他，不要自己一個人在森林遊蕩，因為森林裡有個女巫，她最喜歡把小男孩切碎配吐司吃。可是小男孩沒有聽媽媽的話，因為他喜歡採森林裡的莓果。」

莫莉安拱起背，模擬她覺得很像女巫的身形，十指彎成爪狀。她的影子自動接手，變成一個陰森的老女人，鼻梁彎曲，長著大疣，還戴一頂尖帽子。影子女巫偷偷跟在小男孩後面，穿越森林。

「他以為他對這個林子很熟，可是他迷路了，找不到回家的方向。他走了好久好久，黑夜降臨，森林陷入黑暗。」

莫莉安做了一隻貓頭鷹，它猛地飛起，弄得樹枝一陣亂顫。影子男孩回頭張望，打了個冷顫，霍桑也跟著一抖。

「突然，他聽見背後傳來老人沙啞的嗓音。『是誰在我的森林裡遊蕩？』女巫喚道，『是誰採了我的莓果？』

「小男孩想要逃走，可是女巫抓住他的後頸，把他拎起來，準備帶回家放在砧板上切碎，一路上發出邪惡的笑聲。」（莫莉安對於自己模仿的壞女巫笑聲十分引以為傲。）「就在女巫高高舉起切肉刀的時候，一陣嚎叫劃破夜空。」

莫莉安做了一隻影子狗，但那隻狗變成了狼，隨後又化為一整個狼群，一面繞著女巫和男孩踱步，一面凶暴地低吼。她本來不打算製造這麼多隻，可是影子擁有自己的意志，它們太擅長嚇人了。莫莉安得趕快搶回主導權，否則整個故事就會失控。

「終於，」她連忙收尾，「小男孩，呃……小男孩聽見遠處傳來媽媽的呼喚，媽媽騎著可靠的老馬『噠噠軍官』趕來救他，然後……小男孩發出歡呼，因為他看見媽媽越過山丘，快馬加鞭地來了！」

莫莉安做的影子馬疾馳而去，奔向小男孩、女巫及狼群，可是馬背上少了本該是救星的媽媽。到處都沒看見媽媽。馬背上，是一具身材高大的骷髏，手持長長的黑色來福槍。

「那不是我做的。」莫莉安低語，體內升起冰冷的懼意。影子奪走了她的故事。

第一隻馬後頭湧現大批騎兵軍團，每隻馬各載著一名手握韁繩的鬼魂獵手，影子女巫與小男孩消失在黑暗中，狼群卻越變越龐大，團團圍住莫莉安跟霍桑。

莫莉安驚叫。

她衝向門口，霍桑緊跟在後。等他們回到走廊明亮的燈光之下，莫莉安才意識到那些影子沒有追來。

「怎麼了？」霍桑問，「故事正精采呢。」

她發著抖搖頭，「那個不應該出現的，煙影獵手不應該出現在故事裡。」

「煙影──啥？」

莫莉安顫抖著吸了口氣，告訴霍桑她十一歲生日發生的事。她一開口就停不下來，說出夕暮日的詛咒，說出她本來會死掉，結果朱比特來了，煙影獵手一直追他們，他們穿越時鐘，她就這樣來到杜卡利翁飯店，其實她真的、真的一個本領也沒有，也不知道自己來這裡做什麼。她還說出最痛苦、最可怕的部分：燧發槍探長想抓她，要是她進不了學會，她就會被趕出永無境，必須再度面對煙影獵手。

霍桑全程安靜聆聽，直到她說完整個故事，又繼續沉默了一陣子，看起來有些暈眩。莫莉安咬著嘴唇注視他，擔心自己洩漏太多。也許她不該坦白自己是從共和國來，非法進入永無境。也許她不該坦白自己的詛咒。跟所有的事情。

「老實說，」霍桑終於開口，「這個故事比妳剛才編的精采多了。」

莫莉安吐出胸中的氣，發出呼的一聲。霍桑的作風就是這樣，冷靜地接納她人生的奇聞軼事，連眼都不眨一下，不過她依然大大鬆了口氣。

「霍桑，你一定要保密，」莫莉安說：「這本來是不能跟別人說的，要是有人發現……要是燧發槍探長……」

霍桑伸出一根小指頭。「莫莉安・黑鴉，」他肅穆地開口，「我在此跟妳打勾勾，保證絕對守密，不會洩漏。」

莫莉安挑起一邊眉毛，「你在此什麼？」

「打勾勾。」他的小指頭往莫莉安湊得更近，「我這輩子從來沒違背打過勾勾的約定，一次也沒有。」

莫莉安和他打勾勾，對彼此點了點頭。

「好了，」他皺著眉頭說：「妳可不可以再講一次，你們被拿著槍的煙影獵手追的時候，是怎麼駕著大蜘蛛穿越時鐘……」

但莫莉安沒來得及重述那場冒險，因為她忽然發現兩件事：

一、那間陰森、詭異、嚇人到不行的房間門沒關。

二、有一隻影子狼溜出房間，跑到了走廊上。

「也許牠已經自己消失了啊。」霍桑哀叫，這是他們第三次搜索廚房。他們翻遍整間飯店，卻始終找不到影子狼。「其他影子都是這樣。」

「萬一沒有呢？萬一房客碰到怎麼辦？房客鐵定會嚇死，然後他們的家人會控告杜卡利翁飯店，然後朱比特會殺了我。我們要在別人看到之前，趕快找到它。」莫莉安還不知道找到之後要怎麼消滅它，但先找到狼要緊。

「趁別人看到什麼？」

她最不想遇見的人出現了。傑克站在廚房的角落，正在倒牛奶。

「沒事，」莫莉安立刻說，「不關你的事。」

傑克那隻完好的眼睛翻了個白眼，「如果有會嚇死別人的東西亂跑，那就關我的事，我可不想在回房間的路上踩到屍體。到底是什麼？」

「你不會相信的。」

「妳怎麼知道？」

他們一五一十告訴傑克，傑克越聽越是惱怒。「我的天啊，就算你們要在陰影室放一群會殺人的狼，拜託至少把門關好，你們以為那個房間為什麼要鎖起來？你們到底是怎麼進去的？」

「我……我們……呃，我發現……」

「算了！」傑克伸手阻止她說下去，「我可不想當妳的共犯，朱比特知道了絕對會氣死。」

儘管莫莉安不想承認，但還好遇到傑克，畢竟他對這間飯店比莫莉安了解得多。傑克帶他們到工具間，拿出三個裝好電池的手電筒。

「好，我們分頭行動。我去東廂房，你呢，」他指著霍桑：「負責西廂房，莫莉安，妳負責北廂房。要是找到那隻狼，就把手電筒開到最強，直直照在狼身上，不要讓它逃掉，照到它消失為止。

「它不會待在廚房或走廊，會去更黑暗的地方，這樣才有影子可以躲。要是它溜進房間，就打開燈，照亮整個房間。要是它不在房間裡，用手電筒對付它應該就夠了。聽好，最重要的是，在找到它之前，我們都不能停下來，就算要花一整個晚上也要繼續找。」

莫莉安不喜歡分頭行動，她一點也不想獨自在黑暗中晃蕩，搜索一頭飢腸轆轆的影子巨狼。但還能怎麼辦？影子狼會跑出來是她害的，她非找到狼不可。

北廂房出乎意料地暗。她不確定影子能不能聽見她的腳步聲，不想冒險，所以躡手躡腳走下黑漆漆的樓梯，穿過那些沒鎖的房間。在黑暗中，光是找普通的東西就夠難了，要怎麼在影子中找到影子？

感覺似乎找了好幾個小時，莫莉安來到五樓的繪畫室，正打算放棄尋找，忽然聽見月光映照的陽臺傳來聲響。外面，有人抬頭望著天空，輕輕哼歌，旋律飄進屋內，即使莫莉安聽不清歌詞，她依然認出那首小曲，也認出了那個男人。

她撥開薄紗似的白窗簾，踏進陽臺。滿月灑下微藍的光，手電筒照亮男人的臉。「瓊斯先生？」

他猛然回神。「黑鴉小姐！又見面了。」

「你又來了，」莫莉安說，「你一定常常來永無境。」

「是的，我常來這裡出差，也常來拜訪朋友。」他有些不好意思地微笑，伸手擋住眼睛，莫莉安放下手電筒。「我猜冬海黨不會贊成我來，不過，只要他們不知道，就可以裝作沒這回事。我們的約定還是有效吧？妳不會告訴別人？」

「只要你也不把我的事告訴別人。」莫莉安打了個冷顫，夜晚的微風有些刺骨。「你在這裡幹麼？」

「喔，我只是……在找音樂沙龍。我以為沙龍就在我房間附近，可是我迷路了，過了這麼多年，杜卡利翁飯店還是讓我捉摸不透。然後我經過這個迷人的地方，忍不住享受在星空下沉思的美好。」他的語氣有些惆悵，「真美的夜。」

「是啊，很……」莫莉安從眼角餘光瞥見繪畫室有什麼一動，當即放下窗簾，把手電筒轉過去一照，結果只是由於陽臺門打開，風吹進來，一個小盆栽的樹枝隨之搖曳。她喃喃自語：「到底在哪裡？」

「妳在找東西嗎？」

「嗯……對啊，但要是跟你說，你大概不會相信我。」

他柔和地微笑，「我肯定會相信妳。」

於是，莫莉安開始描述陰影室事件，瓊斯先生連眉毛也不抬一下。「然後，我做的一個影子逃出來了，現在不知道在飯店的哪裡，我一定要找到它，免得它把某個人嚇死，害朱比特收掉飯店，結果破產。傑克說，消滅它的唯一方法是用光對著它照，直到它消失不見。」

瓊斯先生沒有笑她，沒有說她騙人，甚至沒有表現出一絲一毫的驚訝。「這個影子是妳親手製造的？」

「算是吧，它……自己越變越多。」

不知為什麼，他顯得頗為驚豔。「嗯哼。妳說這個影子很嚇人？」

「那些影子都很嚇人，就算是做一個可愛的影子，像是小貓咪，它也會自動變成吃人的老虎之類的，感覺就像那些影子**想要**嚇人。」

「很合理。」

莫莉安有些詫異，「是嗎？」

「陰影就是陰影，黑鴉小姐。」他的雙眸反射著月光，「趨向黑暗是它們的天性。」

莫莉安拿著手電筒，朝整個房間一陣亂揮，暗自希望假如影子狼躲在裡面，可以殺得它措手不及。手電筒燈光開始閃爍，繼而轉暗，莫莉安用力拍打手電筒的一側。「好像快沒電了。」手電筒應聲一閃，就此熄滅，她不禁哀號。

「應該不要緊，」瓊斯先生說：「黑鴉小姐，我想妳那位朋友，就是告訴妳怎麼消滅影子的那位——」

「他才不是我朋友——」

「——不過是在捉弄妳而已。」他露出善意的笑容，「現在，那個逃亡的影子大概已經自動消失了。」

莫莉安蹙起眉頭。「你怎麼知道？」

「我在杜卡利翁待了許多年，在這些日子裡，算是搞懂了這間飯店的幾個祕密。據我所知，在陰影室中製造的任何事物，都只是幻影罷了，只是小小的特殊效果，不會傷害任何人。」

「你確定？」

「很確定。」

莫莉安放下心來，隨即湧上一陣怒火。她花了這麼多時間，到頭來不過是虛驚一場？「**傑克**！我要殺了他。」

瓊斯先生輕笑。「可惜妳沒辦法放隻活生生的狼教訓他。我明天早上要辦退房，差不多該去睡了，晚安，黑鴉小姐。請記住，我老闆的邀請永遠有效。」

等到瓊斯先生走遠，莫莉安才想起，她從來沒說那個影子是狼。

「妳怎麼——妳應該要去北廂房才對！」

寬敞的前廳一片幽暗，空空蕩蕩，唯獨傑克坐在沙發上，讀著一本精裝書。水晶吊燈仍然處於萌芽階段，以緩慢的速度生長，在天花板發出微弱的光，傑克拿手電筒照在剛步出走廊的莫莉安臉上，差點把她閃瞎。

「我去了，你這個討厭鬼，」莫莉安回頭看她走來的路，「那是北廂房啊。」

「不是，」傑克看似有些驚慌：「那邊是南廂房，正在整修，所以封起來了，去那裡不安全，絕對不能進去，妳看不懂字嗎？」

他指向一個告示，上頭寫道：「**因整修工程暫時封閉，危險勿入**。」莫莉安根本沒注意到告示。**慘了**。

「還不是你害的！」她結結巴巴地說：「都是你騙人，傑克，我們根本不需要到處找那隻笨狼。」

「有人看見妳走進去嗎？芬涅絲特拉會掐死——」

「誰在乎什麼南廂房？你明明就知道陰影會自己不見，對不對？你這個騙子。」

傑克毫無愧疚之意。「誰叫妳這麼好騙，下次記得帶腦子出門。」他擺出一張臭臉，搖著頭，喃喃說道：「真不敢相信舅舅覺得妳該進幻奇學會，妳連公告都看不懂。」

「你在嫉妒嗎？是不是因為你嫉妒？」莫莉安將手電筒扔到他旁邊，「因為他選我當備選生，不是選你？」

傑克瞇起眼。「什麼？妳是說——嫉妒？我嫉妒妳？我幹麼要？妳連一個本領都沒有！妳親口說的，在陰影室外面——」

莫莉安倒抽一口氣：「**你偷聽我們講話！**」

這時霍桑衝進前廳，一面用手電筒照自己的臉，一面發出瘋狂的笑聲：「哇哈哈哈，吾乃影子獵人霍桑，**戰慄吧！影子狼！今天即是汝之末日！**」

「你來得太遲了，影子獵人，」莫莉安搶過他的手電筒，丟向傑克。「影子已經死了。」

「噢。」霍桑肩膀一垮，「可是我剛編好一首歌慶祝我擊敗影子耶，我還想教妳舞步。」

莫莉安帶著他走向金色玻璃電梯，故意提高音量，讓自己說的話傳進前廳：「也許你可以改編歌詞，描述朱比特那個愛說謊的外甥，他喜歡偷聽別人講話，到處騙人，搞得大家都討厭他。」

「或是描述朱比特那個沒有長處的備選生，她笨到不知道影子會自動消失，在飯店裡瞎忙，丟自己的臉。」傑克揚聲反擊，坐回沙發看他的書。

莫莉安狂戳她房間那層樓的按鈕，氣得七竅生煙。霍桑輕哼著曲調，在電梯門關上時轉頭問她：「什麼字跟『愛說謊的外甥』押韻？」

第十三章　競逐考驗

夏日的死期將近，卻仍奮力掙扎求生。八月的最後幾週，永無境受到熱浪襲擊，氣溫飆高，也害得大家的脾氣跟著熾烈起來。

「我們可以認真討論嗎？」莫莉安惱火地說，「再過三天就是第二輪考驗了。」

過去一個小時，她一直試著跟朱比特好好談，可是朱比特集中注意力的能力早隨著熱氣而消散。他坐在棕櫚樹庭院中一個樹影籠罩的角落，啜飲水蜜桃調酒，搧著一把扇子；芬涅絲特拉在附近做日光浴，法蘭克在一棵大岩槭下輕聲打鼾。朱比特放所有員工一下午的假，今天實在太熱，大家整個早上都在互相找碴。

萬幸傑克不在，莫莉安猜想他應該是躲在房裡練大提琴，這是他整個暑假最常做的事——除了把莫莉安從吸煙室最好的位置趕走，還有在吃飯時批評莫莉安的餐桌禮儀，或是朝莫莉安的所在位置怒目而視。莫莉安簡直等不及他回學校去了，這樣杜卡利翁就會像以往一樣只屬於她。先前傑克獲得准許，和學校朋友一起去永無境市集，他那副得意的嘴臉簡直令莫莉安無法忍受。莫莉安整個夏天都在等朱比特帶她去，偏偏每週都會冒出什麼大事，一件比一件重要，非得朱比特親自處理不可，到現在，今年的市集宣告落幕，莫莉安就這麼錯過了。整體說來，她很高興夏天已近尾聲……雖然，這也代表下一場考驗近在眼前，令她備感壓力。

「妳覺得他在那棵樹下沒問題嗎？」朱比特問，撐開一邊惺忪的眼皮，看著法蘭克。「他應該不會被燒成灰吧？我不知道矮人吸血鬼到底怕不怕太陽。」

「是吸血鬼矮人，」莫莉安說：「他好得很。我們可不可以專心討論競逐考驗？我需要一匹坐騎，而且不能腿超過四條，規定是這麼寫的。」

「對。」

「我也不能飛。」

「妳當然不能，」朱比特啜了一口調酒，「妳徒有烏鴉之名，卻不是真的烏鴉。」

莫莉安惱怒道：「不是，我是說，規則上寫……」

「放輕鬆，莫兒，」朱比特用鼻孔一哼。「我知道，規則上寫說不能騎會飛的動物。聽說前幾年有人騎龍，結果考驗才開始三秒，另一個人騎的鵜鶘就被燒成炭，可憐的鳥，就這樣變成焦糊糊的鵜鶘。嘿，焦糊糊的鵜鶘？」他懶洋洋地對莫莉安露齒一笑，不過她的幽默感早就蒸發了。「總而言之，他們後來禁止所有會飛的動物，所以現在都在地面比賽。」

昨天，信差送來了競逐考驗的規則，讓莫莉安急得團團轉。她這才意識到，過去幾週以來，她幾乎沒想到競逐考驗，不免有些訝異。說不定，傑克一整個夏天都讓她很心煩，不見得是件壞事，至少正因為他們忙著拌嘴、互找麻煩，莫莉安幾乎沒心思細想即將來臨的考驗。

「所以說，」她催促朱比特：「要有坐騎，少於四條腿。」

「是不能超過四條。」

「不超過四條。能不能請查理教我騎馬？」

「我不覺得騎馬是個好辦法，莫兒。」朱比特說，把一隻嗡嗡響的蟲揮走。「我是沒有親眼見過競逐考驗，但我聽說過程很刺激，妳比較需要能適應各種地形的坐騎。讓我好好想想。」

能適應各種地形的坐騎……能適應各種地形的動物到底是什麼啊？天氣這麼熱，他連講話都沒有邏輯了。莫莉安踢了一下從砂岩長出的一簇雜草，發洩悶氣。「根本沒救了嘛，而且競逐考驗的意義到底是什麼？長老為什麼要在乎誰跑得最快？好蠢。」

「嗯，就是這個態度。」朱比特心不在焉地說。

她棄械投降，走到一個小水池邊，坐下來，雙腳放進水中，從口袋抽出幻奇學會的信函，重讀第一百次。

親愛的黑鴉小姐：

競逐考驗將於本週六中午舉行，地點位於永無境的中央，即舊城城牆之內。本會已取得永無境聯合議會與各大公會之許可，將於考驗當天暫時疏散民眾，以免賽事受到干擾。

第二輪考驗的備選生將分為四組，您屬於西門組，請於週六早上十一點半前

抵達舊城西門，向學會工作人員報到。

考驗有三條規則：

1. 備選生必須騎乘一匹有生命的坐騎，此坐騎可以是任何能載人的生物，不可少於兩條腿，不可多於四條腿。

2. 嚴格禁止會飛的生物。

3. 備選生只能穿白色衣物。

若違反上述三條規則，將立即取消考驗資格。

本考驗旨在體現備選生的膽識、韌性、規劃戰術的基本能力。詳細辦法將於競逐考驗正式開始前說明。

送上最誠摯的祝福

自由邦，永無境
傲步院
坤寧長老、翁長老、薩加長老

信中附上一張地圖。腹地較小的舊城是永無境的前身，形狀近似於圓，周圍蓋有中世紀風格的石牆，後來逐漸歪七扭八地向外擴張，發展成永無境，形狀越來越不規則，充滿了生命力，就像真菌那樣。這是香妲女爵說的，她特別研究過這個城市的歷史，因為尊貴的週四大人閒暇之餘喜歡鑽研歷史，還在前年聖誕節引薦她加入永無境歷史學會。

舊城總共有四道城門，分別就叫北門、南門、東門與西門，一如指南針的四個方位，每一道都是由石塊砌成的巨大拱門。

根據地圖上的標記，舊城中央就是英勇廣場。莫莉安曾經在搭傘鐵的時候飛速穿過英勇廣場，她記得那裡有一片開闊的空地，四周聚集許多店家和咖啡廳，人聲鼎沸，十分熱鬧。

廣場位於兩條街道的交會之處，這兩條路一直一橫，恰好交叉穿越舊城。南北向的是光翼大道，最北端是傲步院，最南端是光翼宮（自由邦現任君主喀里多妮亞女王二世居住於此）；東西向的是雄偉大道，最東邊是崇高存在神殿，最西邊是永無境歌劇院。

地圖上也標示了其他地標，包括德瑪里地牢、國會大廈、大使館、花園帶（一條綠色環狀區域，圍繞舊城中間的地區，就像一條腰帶）、高伯爾圖書館，還有十幾個地方。莫莉安試著默記起來，也許到時候會派上用場。

「德瑪里地牢，」她小聲念道，閉上眼測試自己的記憶力。「東區，里夫金路。國會大廈：北區，旗竿徑。高伯爾圖書館：東區……不對，南區……不對，是……」

「西區，笨蛋。」慵懶的聲音傳來，芬涅絲特拉躺在附近，享受那裡的陽光，舔著身上的毛，每一舔都又長又無力。「在梅休街。不要再講話了。」

「謝謝。」莫莉安嘀咕。

她注意到朱比特斜眼瞅著魁貓，於是轉過頭，想看他究竟為什麼盯得這麼入迷。在陽光照耀之下，芬用口水舔過貓毛，使原本雜亂黯淡的灰毛顯得宛若流銀。她突然打了個呵欠，伸了個懶腰，結實的雙腿微微抖動。莫莉安心不甘情不願地想：她真的很美，是一種懾人的美。

「你們兩個看夠了沒？」芬藐視地說，「我在洗澡耶，變態。」

競逐考驗當天，莫莉安心平氣和地醒來。不過這份平靜只維持了五秒，她隨即想起這天是什麼日子，平靜登時轉為驚惶。

她還是不知道朱比特替她安排什麼坐騎。過去三天，朱比特不斷地和飯店員工討論這件事，爭論愈趨激烈：小型馬跟駱駝哪個好？現實生活中，烏龜究竟能不能跑贏兔子？要不要乾脆來實地試驗看看（這是法蘭克提議的）？鴕鳥雖然有翅膀，但牠不會飛，那到底算不算會飛的生物？這些爭論都沒有達成共識，也沒有讓莫莉安放下心來。

她逼自己起床，此時房門猛地打開，芬涅絲特拉昂首闊步走進來，把一疊衣服扔到椅子上，搖著她巨大的頭。

「穿上那些衣服，」她說：「新靴子放在走廊。瑪莎正要送早餐來，給妳五分鐘準備好下樓。」

說完，她轉身走出房門，連句「早安」都沒說。

「是呀，芬，我今天早上覺得棒極了，謝謝妳的關心。」莫莉安喃喃自語，穿上芬留給她的白色褲子。「緊張嗎？只有一點點。」上衣跟襪子也按照規定，全是白色，她逐一套上。「噢，謝謝妳的祝福，芬，妳人真好。是啊，我敢說競逐考驗一定會順順利利，我的下場絕對不會是被壓在地上逮捕，踢出永無境。」

「莫莉安小姐，妳在跟誰講話？」瑪莎端著早餐托盤，站在門口。莫莉安拿了一片吐司，衝出房門，路上順手拎起靴子。

「沒人，瑪莎。」她揚聲說：「謝謝妳送吐司來！」

「小姐，祝妳好運，路上小心！」

在前廳，朱比特與芬端詳著莫莉安，過了良久才開口。

「她最好把頭髮綁起來。」朱比特說。

「她最好乖乖閉嘴。」芬說。

「她就在你們面前，你們可以直接跟她講話，不要一副她不在場的樣子。」莫莉安說。

「你懂我的意思了吧？」芬惱怒地低吼：「我可不許她在考驗中這樣講話，會讓我分心。」她轉頭看朱比特，灰色大耳滿懷希望地豎起：「可以把她的嘴巴貼起來嗎？」

「我想長老不會贊同這種行為吧。」

莫莉安雙手環胸，忽然滿腹狐疑。「你們在講什麼？」

「噢，」朱比特興高采烈地搓著雙手，「我替妳找到了一匹上乘的坐騎。」

十一點鐘，莫莉安、朱比特和芬抵達西門，只見門口已聚集一批備選生、贊助人及動物，喧鬧不休。在報到處，莫莉安跟朱比特必須分別簽署一份切結書，聲明若在競逐考驗中發生傷亡，他們絕不會控告學會。

「真讓人放心。」莫莉安嘀咕，寫下自己的名字，感覺胃來了個後空翻。

有些備選生的坐騎令她很是驚奇，多數人選擇騎馬或小型馬，但她也看到不少駱駝、幾隻斑馬跟駱馬、一隻鴕鳥（看來朱比特的疑問有了解答），兩隻看似高傲得不得了的獨角獸，還有一隻又大又醜的豬。見到獨角獸，莫莉安倒抽一口氣，抓住朱比特的手臂，滿腔驚恐暫時化為雀躍，可是朱比特顯得並不高興。

「小心那個尖角。」他憂慮地注視那兩隻魔幻生物。

芬則是陷入一種奇特的狀態。前來競逐考驗會場的路上，她自始至終連一句尖酸刻薄的話也沒說，此刻她在西門的起跑線來回踱步，怒視其他競爭對手。朱比特謹慎地走向她。

「芬？」她不予理會，朱比特略略提高聲音：「芬？小芬？芬涅絲特拉？」

芬持續發出低吼，自言自語，注意力鎖定一隻身形龐大、皮糙肉厚的獨角犀牛。

「芬？」朱比特又喊一次，戰戰兢兢地輕拍她的肩膀。

「那傢伙，」她的頭往犀牛一點，「那個長角還有兩隻怪耳朵的魯莽傢伙，最好不要來擋我的路，少用那個尖尖的大鼻子亂撞，不然我就給他來這麼一下。」

「一下……什麼？」朱比特問。

「頭槌，撞翻他跟他背上那個小惡魔。」

朱比特跟莫莉安互望一眼。芬是怎麼了？

「妳……知道那個小惡魔只是個孩子吧？」朱比特小心翼翼地說。

芬咧嘴咆哮，用貓爪指向另一個男孩，他緊張地用力抓住小型馬的韁繩。「我也會給他來這麼一下，揺翻他跟他那隻邪惡怪獸。」

朱比特哼笑一聲，用手掩住，假裝在咳嗽。「芬，那只是小型馬，我想妳——」

芬猛然把臉湊近朱比特，低吼著說：「要是他跟他那隻胖小馬敢踢躂踢躂地靠近我，他們就死定了，懂嗎？」

隨後魁貓快步走向報到處，那附近有許多備選生，她便在備選生面前走動，來回示威。

朱比特有些不安地對莫莉安微笑，莫莉安則等著他解釋，好好一隻魁貓，為何乍然化身在監獄裡的幫派流氓。「她……很有競爭意識，」他說，「大概是想起以前當職業格鬥選手的歲月。」

「職業**什麼**？」

「妳沒聽錯，芬以前在終極職業格鬥賽中紅極一時，連續三年穩占自由邦冠軍寶座，後來因為捲入醜聞而退出，當時還牽扯到前首相的兒子。」

「前首相的……」

「是前首相的兒子先動手的，不過他換了個新鼻子，所以算是和平落幕。喔，快看，他們在叫妳。」

莫莉安走向起跑線，暗自猜想南希·道森替霍桑準備了什麼坐騎（他們上次聊天時，霍桑對天發誓他的贊助人準備了獵豹）。她知道，就算在人群中尋找霍桑也沒用，因為霍桑被分到南門那一組。

不過，她確實遇到一個認識的人——也是她絕對不想見到的人。

「真是的，現在是不管什麼貨色都可以通過考驗呀？」諾耶爾・狄弗洛高聲說，牽著一匹美麗的棕色牝馬走向莫莉安，上下打量她。「他們還叫做幻奇學會嗎？還是改名叫又醜又笨學會了？」

諾耶爾那些朋友都笑了出來，她伸手撥頭髮，享受眾人的注目。她身邊圍著同一批追隨者，唯獨少了那個長辮子女孩，莫莉安忍不住好奇，不知那女生是否通過了書之考驗。

「難怪妳也在這裡。」莫莉安說。

諾耶爾臉上泛起一陣紅暈。「說不定他們改名叫非法學會了，」她瞪著莫莉安厲聲說，「所以才會讓妳留在這裡。」

莫莉安胃裡又是一絞。通風報信的一定是諾耶爾跟她的贊助人，也就是那個面目可憎的巴茲・查爾頓，是他們叫燧發槍探長去查杜卡利翁飯店，她很確定。這一瞬間，莫莉安想起先前的憂懼絕望，不禁恨起諾耶爾，全心厭恨。諾耶爾有沒有想過，她跟巴茲帶來多少麻煩？她知不知道，莫莉安回豺狐鎮會有生命危險？莫莉安想要怒罵，想要對諾耶爾咆哮，可是不行，現在不是時候。

「那個東西可能會害妳喪失資格，妳知道吧？」莫莉安指著諾耶爾的頭髮。

諾耶爾像其他備選生一樣，打扮得全身潔白，包括腳上那雙俐落的象牙白馬靴、皮製馬鞍，甚至是手上的馬鞭。唯一的例外，是她濃密的棕色捲髮中綁了一條金色小緞帶。莫莉安心知挑剔這種事情很小家子氣，但她忍不住。

然而，諾耶爾不但沒有擔心地遮住緞帶，反倒把緞帶繞在手指上，神情得意。她靠向莫莉安，壓低聲音，以免其他人聽見：「哦，這個呀？只是想給長老一點訊息。這是巴茲先生的點子，他說這樣顯示我對這場比賽是志在必得。我要讓長老知道，我志在奪金，我一定會參與祕密晚宴。」

「祕密晚宴，」莫莉安不悅地重複，總覺得諾耶爾只是隨便編造一些東西來捉弄她。「什麼祕密晚宴？」

諾耶爾不可置信地格格嬌笑。「妳的贊助人什麼都沒告訴妳嘛，是不是？他是不是根本不希望妳贏啊？」

她轉過身，正要離開，臨走前又回過頭：「對了，那是妳的坐騎嗎？」她指著莫莉安稍早看見的那隻豬，牠正四處嗅聞地面，尋找食物。「真可愛，你們長得好像。」

西門外，一名幻奇學會工作人員爬上一個平臺，呼喚所有備選生。

「請大家過來，不，先不要帶坐騎過來，謝謝。請大家安靜，安靜！」她用擴音器大喊：「注意聽好，規則我只會說一次。」

莫莉安的心臟怦怦狂跳，幾乎要蓋過工作人員的聲音。

「競逐考驗不是賽跑，」那女子用宏亮的聲音說：「至少，不是一般的賽跑。這場考驗比的是策略，你們要找的不是終點線，而是標的。」

女子向另一名工作人員示意，那人掀開一塊布，露出一個木架，上面有張巨大的舊城地圖，跟莫莉安信裡的地圖很相似，不過尺寸大得多。圖上標註了幾十個五顏六色的記號，像是蛋糕上的七彩巧克力米。

那些標的散布於舊城各地，組成九個鬆散的同心圓，宛如樹幹剖面的紋路。每個圓都是彩虹的一個顏色，最靠近外圍石牆的區域，是第一圈紫色標的，密密地圍繞整座城，估計每二十到三十公尺就有一個。接下來幾圈依序是藍、碧藍、綠、黃、橙、粉紅及紅色，隨著圓圈越靠近城中心，標的越是疏落，最內圈是金色，位於英勇廣場的正中央，只有五個。

「你們在這場考驗唯一的任務，」拿擴音器的女子說：「就是擊中標的，只能選一個，用手掌穩穩地打下去。」她做了個示範，「只要打中一個標的，你就贏了，可以進入下一階段的考驗。」

備選生紛紛竊竊私語，神色猶疑。這聽起來太簡單了，莫莉安等著女子公布真正的刁鑽之處。

「那麼，」女子繼續說道：「問題在於，你會打哪個標的？目前仍有三百多名備選生，場上的標的只有一百五十個。你們會不會一進入舊城，看到第一個標的就打？這是很合理的決定，因為外圍區域的標的最多，地點也最好找，要打中最簡單。」

對，莫莉安想，**當然要選那些標的啊！一進去就打最簡單的標的，這樣就可以晉級了**。有些備選生也露出疑惑的表情，可見他們有相同的念頭：誰不會打最簡單的標的？

「還是，」女子說：「你們要挑戰自我？」她露出燦爛的笑容，指著地圖正中央：「在英勇廣場有五個金色標的，只要打中，你不但能進入第三場考驗，還會贏得一張門票，獲准參加一場非常私密、非常特別的活動——也就是長老的祕密晚宴，將在傲步院的長老議事廳舉行。」

一陣興奮的漣漪在備選生之間散播開來。「在長老議事廳？」莫莉安附近有個男孩悄聲說，「那裡只有學會成員才能進去！」

莫莉安瞥了諾耶爾一眼，她在靠近最前面的地方。所以她說「志在奪金」是這個意思。諾耶爾再度用手指捲著緞帶，那副得意洋洋的表情實在讓人受不了。她怎麼會知道？莫莉安暗忖。其他備選生看起來跟莫莉安一樣詫異，為什麼只有討人厭的諾耶爾知道這個內幕？

學會工作人員舉起手，示意大家安靜。「除了這五個之外，另外還有五個金色標的，隨機散布在整個舊城。不過，要找到它們沒那麼簡單，這五個標的外觀很普通，會偽裝成其他顏色。這就像買彩券，你要先打到標的，才會知道你打中金色的。」

「我們要怎麼知道？」一個紅髮女孩喊道。

「你會知道的。」

前面有個男孩舉起手，大聲說：「為什麼我們要穿白色？」

學會工作人員彼此互望，露出不懷好意的笑容。「你們等等就知道了。」拿擴音器的女子說，「只有十名備選生能跟贊助人一起參加長老的祕密晚宴，這是一個非常難得的機會，可以在第三及第四場考驗之前，跟長老面對面接觸。」

這下莫莉安懂了，為什麼諾耶爾決心打中金色標的。要是提早見到長老，留下深刻的印象，這在展現考驗會是多大的優勢！莫莉安很肯定諾耶爾會成功迷倒長老，畢竟，她不就迷倒那一票傻兮兮的追隨者了嗎？這念頭讓莫莉安一陣作嘔。

學會工作人員接著說：「記住，你只能打一個標的。你是要略過其他顏色的標的，追求一個不確定的機會，只為打中金色標的，得到特權？還是選擇第一個看見的標的，確保進入下一場考驗的資格？你是充滿野心、願意冒險的人？還是冷靜縝密，追求效益？待會就能見分曉。請各位在起跑線集合，競逐考驗將於五分鐘後開始。」

莫莉安原先神經極度緊繃，此時反倒因為內心湧現惱怒，稍微緩和了緊張感。面目可憎的巴茲那個面目可憎的備選生，為什麼在抵達考場前，就知道這麼多事情？朱比特也曉得這些嗎？如果曉得，為什麼不告訴她？諾耶爾的話在她腦海中迴盪：**他是不是根本不希望妳贏啊？**

朱比特跟芬走來，可是沒時間問他了。

「莫兒，聽好，」朱比特一面領著她走向起跑線，一面急促地低聲說：「別管什麼祕密晚宴，那根本不重要，先打中標的晉級就對了，其他什麼都不用擔心。略過那些——芬，妳有沒有在聽？略過那些紫色跟藍色的標的，那幾區一定很混亂，大部分備選生都會看到第一個標的就打，不要陷入那場混戰。最好直接衝去雄偉大道，左轉進梅休街，從那裡開始是綠色標的區，雖然數量沒那麼多，但是只要妳趕過去的速度夠快，競爭會少很多。好嗎？」

莫莉安點頭。直接去雄偉大道，左轉進梅休街。這時，一名學會工作人員催促朱比特離開，朱比特回過頭，用嘴型無聲地說「祝妳好運」。莫莉安不敢張開嘴，生怕她狂跳的心臟掉出來，可是她嚴正地點了點頭，微微顫抖地豎起大拇指，希望這樣能傳達她的意思。

就在不遠處，諾耶爾也把握最後時間和贊助人討論，不過莫莉安只聽見金色跟羅德里克這幾個詞（**誰是羅德里克？**她心想）。隨後芬湊過來，在她耳邊說悄悄話。

「妳什麼都不用做，聽懂沒？我會帶妳去找標的，妳只要隨時準備好，等我下口令就打。妳不用操控方向，不用試著煞車，要是妳敢踢我腹側，就算只踢一次，我就要在妳房間藏生沙丁魚，絕對讓妳找不到，但那個臭味會永遠留在妳的皮膚跟衣服上，讓妳連作夢都夢到，直到妳瘋掉。懂了嗎？」

「懂了。」莫莉安說。西門上方懸著一個大時鐘，正在倒數計時，還剩下六十秒。莫莉安突然意識到，她完全不曉得該怎麼爬上芬寬闊的背脊。「芬，要怎麼……」

話還沒說完，莫莉安的頸子便感受到芬溫熱的呼吸，貓鬍鬚跟貓毛拂在皮膚上，傳來一陣搔癢感，接著魁貓就用黃色利牙拎起莫莉安，毫不費力地把她拋到背上。莫莉安試著仿照騎馬的方式調整坐姿（她從來沒騎過馬，所以純粹是胡亂摸索），卻發現她沒辦法穩住身體，只好兩手都抓住柔軟的灰毛。

隨著倒數剩下最後幾秒，她倏地低頭靠在芬的脖子旁，內心突然一陣慌亂。

「芬，要是我掉下去怎麼辦？」

「那妳大概會被踩死，所以不要掉下去。」

莫莉安抓得更用力，嚥下一聲嗚咽。

芬回過頭，語氣和緩了些：「好啦，如果需要的話，就用腳抵住我的腹側，可以幫助妳平衡。還有，不管怎麼樣，絕對不要放開我的毛。」

「要是我不小心扯掉妳的毛怎麼辦？」

「妳也看得出來，我的毛很多。好了，閉嘴，時間到了。」

時鐘的數字歸零，一陣震耳欲聾的鳴笛聲響起，莫莉安的世界頓時陷入兵荒馬亂，四周響徹噠噠的蹄聲、蹦蹦的腳步聲，背後爆出贊助人的加油吶喊聲。她緊緊閉上眼，用力抓住芬，芬穩健地向前奔。過了一會，莫莉安鼓起勇氣，迅速抬頭一瞥，發現朱比特真的說中了。正前方是永無境歌劇院，門口的大理石階梯上立著一個紫色標的，約莫跟莫莉安的頭差不多大，卻有將近半數備選生直衝過去，等一下絕對會撞成一團，人仰坐騎翻。可惜，莫莉安不會在現場見證這一切，芬已經轉過方向，遠遠地繞開歌劇院，來到雄偉大道，把剛才那一陣混亂抛在後頭。

砰！

砰！

砰！

莫莉安回過頭，只見四處都有備選生擊中目標，紫色標的炸開，噴出一團顏色鮮豔的粉塵，撒得備選生滿身滿臉，整個人染成紫色，空氣中瀰漫著煙霧、色彩和喧囂。

難怪要穿白色的衣服。等考驗結束，將有一百五十個彩虹般的備選生勝出，另外一百五十個依然潔白的小孩則會徹底心碎。

那裡面不會有我，莫莉安堅決地想，俯身靠著芬，**我會是綠色**。

她們經過一大片紫色及藍色標的，有些掛在樹上或街道號誌上，有些固定在附近的建築上，有些直接安置在鵝卵石地面上。很快地，她們抵達碧藍區域，這裡的標的比較不容易找，但數量依然不少，散布在各個地點。

芬風馳電掣，半數備選生都落在後頭，陷入捲起的煙塵，不過仍有幾個人堅持不懈，幾乎是並駕齊驅。其中包括諾耶爾・狄弗洛（這讓莫莉安不太開心），在她們左手邊；右手邊是顯然被芬當成死敵的犀牛。諾耶爾駕著棕馬，速度迅如旋風。

芬不信任犀牛的直覺是對的，牠顯然是個麻煩。那隻犀牛狂野地衝刺，不時左右偏移，絲毫不顧會撞到誰，還甩動那顆頭，完全不在乎那根危險的角會戳到誰身上。牠不光是要搶奪金色標的，還要在抵達英勇廣場之前，把所有競爭對手撞得稀爛。

這招聰明，莫莉安暗想。雖然卑鄙，但很聰明。東門、北門跟南門也會湧入大批備選生，爭奪那五個金色標的，眾人估計會在相近的時間到達英勇廣場，總不可能所有人都搶到金色標的，屆時，廣場勢必陷入一場大混戰。莫莉安不禁慶幸，還好她跟芬的目標是綠色。

然而，到了綠色區域時，芬並未停下腳步。她並未按照朱比特的指示轉進梅休街，反倒閃電似地掠了過去，進入黃色區域。標的愈漸稀少，相隔的距離越來越遠，假如她們不趕快選擇一個標的，很可能就會錯失機會。芬卻不斷往前，繼續穿越黃色標的區，然後穿越橘色標的區，速度不曾稍減。

「芬！」莫莉安終於大叫：「芬，停下來！妳要去哪裡？」

「英勇廣場，」芬喊回來：「我要幫妳搶到金色標的！」

莫莉安登時大驚失色。芬涅絲特拉在想什麼？她瘋了，鐵定是被職業格鬥選手的競爭意識給沖昏頭了。

「不行——芬，朱比特說——」

「朱比特說了一堆，我可懶得聽。**抓好囉！**」

芬爆發全力，在其他備選生之間穿梭、閃躲，展現莫莉安從未見過的優雅從容。她縱身一躍，一口氣越過三、四顆頭，翩然降落在一小塊空隙中，緊接著毫不停蹄地再度奔馳。她無疑符合朱比特心目中「能適應各種地形的坐騎」，一時從地面躍上樹梢，一時又藉助建築物的外牆向前飛躍，莫莉安只能死命抓住她，免得被甩下去。

她回頭張望，心頭一陣竊喜。諾耶爾跟她的棕馬不見了，影蹤全無，不知是被人群淹沒，還是被擠進旁邊的小巷子。

一朵微小的希望之花在莫莉安胸中綻放。或許芬說得沒錯，或許她們有辦法搶到金色標的！

但是，那隻橫衝直撞的犀牛追了上來，這時莫莉安看清犀牛背上的人影，驚愕地發現她認得那張臉孔：是諾耶爾那個討人厭的朋友。

只不過，這次她不像幻奇歡迎會時笑得像隻鬣狗，也不像書之考驗時自視甚高、充滿優越感，反而看起來……極度驚恐。她的黑色長辮鬆了一半，凌亂地垂落，而且她正一面大叫，一面使勁拉扯韁繩，卻徒勞無功——她已經完全無法掌控坐騎了（莫莉安頗能體會這種感覺）。

那隻犀牛倒是神色暴戾，堅定不移。牠判斷情勢，找出最大的競爭對手，用角瞄準，直撞過去。

莫莉安用力拉扯芬的毛，湊近芬的耳畔，喊出此刻她所能擠出的幾個字：「**芬！犀牛！**」

第十四章　上乘的坐騎

「他們衝過來了！」

芬頭也不回，開始加速，左鑽右穿，想辦法甩掉犀牛。那隻粗魯的龐大獨角犀牛緊跟在後，只是遠不如芬輕盈，不停撞翻其他備選生，留下撞擊聲和動物嘶鳴聲。莫莉安越過肩膀回頭望，看見諾耶爾的朋友雙眼圓睜，無能為力地瞪著前方，既無法操控方向，也無法減緩速度，唯有拚死抓緊韁繩以求保命。

芬越跑越快，拉開跟人群的距離，剩下獨角犀牛緊追不捨。

「就讓他跑贏我們好了！」莫莉安叫道，可是芬涅絲特拉沒聽見，也或許是她不肯聽。此刻她一腔熱血，孤注一擲，內心只有一個目標……可是，她正劇烈喘息，耐力逐漸耗竭。

轉眼之間，犀牛搶到她們身邊，踩著隆隆的步伐，甩動一顆大頭。

「芬，小心！」莫莉安大喊，就在這時，犀牛猛力從側面撞上她們。犀牛背上的女孩發出尖叫，莫莉安連忙壓低身體，伏在芬毛茸茸的脖子上，緊緊抱住。魁貓一時失去平衡，但迅即恢復，自我防衛地朝犀牛揮爪，長而尖銳的指甲劃過犀牛的臉，犀牛發出痛號。

背後又傳出淒厲的慘叫，莫莉安抬起頭往後看，恰好目擊犀牛一個踉蹌，把背上的女孩給甩脫，女孩墜落在地，發出可怕的「砰」一聲。犀牛磕磕絆絆地搖晃幾步，接著挺直身軀，把搶奪金色目標的野心一下子拋在腦後，立刻奔向最近的一條小路，一面逃竄一面哀鳴，粗厚臉皮上那幾道深深的傷痕持續淌血，本來張狂的暴戾凶悍之氣，被芬強而有力的爪子一掌打跑。總算擺脫對手，芬繼續狂奔。

諾耶爾的朋友被扔在雄偉大道的中央，她搖了搖頭，顯得暈頭轉向。其他備選生逐漸逼近，眼看再過不久就會踩過她。遠處，不時有標的在不同方向炸開，噴出鮮亮的粉色或紅色塵霧，越來越靠近那女孩呆坐之處。

莫莉安轉頭看著前方，再過幾百公尺，她們就會從雄偉大道進入寬闊的英勇廣場。在鵝卵石鋪成的地面中央，有一座精緻的噴泉，她可以看見噴泉周圍插了四個標的，彼此之間距離相等；第五個標的位於噴泉中心，在雕像最上方，由一隻水泥魚兒銜住，高舉在空中，在陽光底下閃爍澄澄金光。

目標就在眼前，離她們如此之近。大概沒有人跑贏她們，英勇廣場空無一人，她真的能贏，她真的能搶到金色標的——

可是莫莉安又回過頭。

那女生還在原地，彷彿整個人凍結，愣愣凝視著眼前那片由動物蹄與七彩煙霧組成的浩大陣仗。那些備選生急奔過來，毫無減緩之勢。

莫莉安的心一沉。

「我們要回去，」她喊道：「不然她會被踩死。」

芬要不是沒聽到，就是不想理她。莫莉安狠狠拉她耳朵，「芬！她會死掉的！」

芬發出低吼：「妳知道這是比賽吧？」不過她還是掉頭往回跑。那女孩無助地坐在地上，緊抓著腿。

「快一點，芬！」

芬一個加速，趕到犀牛女孩身邊，用牙齒拎起她，在千鈞一髮之際跳進雄偉大道旁邊的一條小巷，避開直衝過來的人陣，其他備選生紛紛踩過女孩幾秒前所坐的位置。

芬用力甩頭，把女孩扔到背上，落在莫莉安前面。她仍不住哭泣，瑟瑟發抖。魁貓怒聲說：「好了啦，少在那哭哭啼啼的。」

莫莉安引導犀牛女孩用發抖的手，牢牢抓住芬後頸的厚毛。最後幾名備選生駕著坐騎奔過，捲起一陣煙塵，女孩縮了一下。這下，莫莉安、芬跟女孩在比賽中真的成了吊車尾。沒救了，金色標的幾秒之內就會被搶光。

「搞不好，」莫莉安不顧一切，急促地說：「搞不好可以回去找綠色標的，或是……或是黃色……」

「別廢話了。」芬說。

「芬，我不能就這樣放棄！說不定在哪裡會有——」

「不是，笨蛋，我的意思是**別廢話了**，**趕快抓住我**。記得抓緊。」莫莉安依言照做，芬稍稍後退，「我們還是要奪金！」

英勇廣場噴泉的景象，宛如末世戰爭。噴泉周圍的四個標的已被捷足先登，但最後一個標的還在，依然完好無缺，由魚嘴銜住，高高豎在空中，反射著光。幾十個——說不定有幾百個備選生，拋下坐騎，獨自涉過及腰的深水，把池水攪得翻騰不已，有人大吼大叫，有人喝進了水，在水下相互推擠，放手一搏，只想搶到標的。有幾個已經順利抵達雕像，爬上魚鰭跟魚尾，上面的想把下面的踢下去，下面的想把上面的扯下來。眼前的情景儼然是惡夢一場，莫莉安根本不想加入戰局。

然而芬毫無打退堂鼓的意思，她後退幾步，助跑之後躍起，把被留在噴泉旁的動物當成跳板，一一跳過馬、鴕鳥、斑馬等坐騎，接著用強壯有力的後腿一踢，飛向空中，越過其他備選生，直落在雕像頂端，兩隻貓掌抱住魚頭，用爪子牢牢掐住。

「**打！**」芬吼道。

莫莉安盡可能伸長手臂，手指眼看就要碰到了……**快碰到了……**

可是諾耶爾的朋友更近，她似乎從剛才那一摔回過神來，膝蓋抵住芬涅絲特拉肩胛骨之間的位置，爬上巨貓的頸子。她伸手，莫莉安也在她背後伸出手，就在同一分、同一秒，兩人一起打中標的。

砰！

標的爆出一團金色粉塵，覆上那女孩的臉、白衣與晃動的長辮，將她染成代表勝利的顏色……

……卻連一丁點也沒落在莫莉安身上。

「一個一個來，好嗎？**一個一個來！**」一臉困擾的學會工作人員大叫，「好了，是誰打中標的？騎那隻大貓的是誰？」

「是我。」莫莉安跟那女孩異口同聲說，她們轉頭怒瞪對方。

「是我！」莫莉安重複，「騎大貓的是我。」

「妳叫什麼名字？」

「詩律，」女孩插嘴：「我叫詩律・布雷克本，騎大貓的**是我**，打中的人也是我。」

「哪是，打中的人明明就是我！我是莫莉安・黑鴉，那隻魁貓是我的坐騎，詩律從她的坐騎上跌下來，她本來騎的是犀牛，然後我們又回去——」

「我坐在前面。」詩律打岔，「我坐在前面，用推論的也知道，一定是我打中標的。你看，我身上都是金色！」

比賽工作人員看著莫莉安，再看著詩律，又看著莫莉安。「這是真的嗎？她坐在前面？」

莫莉安震驚至極。她沒辦法否認，詩律確實坐在她前面，所以她才會全身沾滿金粉。可是這太扯了！這種技術問題根本不代表什麼，就是不行，這樣不公平。

「是沒錯，但是……那是因為我們回頭去載她啊，不然她會被踩死！」

工作人員嗤了一聲。「妳以為這樣就可以進幻奇學會，是不是？」他搖搖頭，「為什麼大家都以為只要表現得英勇無私、有運動家風度，就會比較討喜？我們測驗的是韌性跟野心，又不是妳到底人好不好。」

「但那又不是重點，」莫莉安絕望地說：「魁貓是我的坐騎，她是為了我才爬雕像的，不是為了詩律。我打中標的了！這樣根本——」

「胡說八道。」詩律開口，嗓音低沉，有如黃蜂振翅聲。她向前一踏，靠近工作人員，抬頭看著他。「那隻貓是我的坐騎，是我打中金色標的，我會進入下一階段的考驗。」

工作人員交給她一個金色小信封，詩律面露得意之色，將信封收進口袋，快步離開。

這不公平到極點，莫莉安很想尖叫，卻發不出聲音，只能用飽含控訴的冰冷目光，狠狠瞪著工作人員。

「那隻貓是她的坐騎。」他聳肩，「是她打中金色標的，她會進入下一階段的考驗。」

莫莉安頓時洩了氣，宛如被刺穿的單車輪胎。她出局了，遊戲結束。

就在此時，眾多朋友簇擁的諾耶爾悠然經過，她同樣渾身覆滿閃爍的金粉，拿著金色信封，當成戰利品似地炫耀。「我在羅德里克街的角落看到粉紅色標的，忽然決定就打它。我也不知道為什麼，大概是因為我最喜歡粉紅色吧。」她輕快地說：「結果它竟然就是隱藏的金色標的！想想看我有多驚訝！我想我就是運氣好。」她回頭，看見仍然一身白的莫莉安，露出燦笑。

羅德里克街，莫莉安酸酸地思忖，想起諾耶爾的贊助人在起跑線時說的悄悄話。**羅德里克！**那不是人名，而是在指引諾耶爾金色標的在哪裡，她根本不是運氣好，是巴茲·查爾頓幫她作弊！是巴茲**告訴她**那裡有隱藏的金色標的！

難怪在那麼多備選生之中，唯獨她知道會舉辦祕密晚宴！巴茲告訴了她關於考驗的機密，讓她不費吹灰之力就能過關斬將，贏得考驗。

莫莉安癱坐在噴泉邊緣，因為詩律與諾耶爾作弊而滿腔怒火，也因為自己一敗塗地而煎熬不已。她覺得自己好傻，更慘的是，一想到接下來會發生什麼，她簡直要嚇壞了。她會被趕出永無境，這是當然的，然後……然後……

她腦海中浮現煙影獵手的模樣，宛如一片廣大黑雲，眼看就要遮住太陽，使世界墮入黑暗。

聽完來龍去脈，朱比特驚愕得啞口無言，芬涅絲特拉則怒不可遏。

「那個工作人員在哪？」她氣得七竅生煙，來回踱步，咧嘴露出黃牙：「我要拿他的寫字板捅進他屁──」

「我們快走。」朱比特忽然說，回頭張望。「我們現在就走，他來了。」

「誰──噢。」莫莉安的心一下子墜到膝蓋以下。在備選生跟贊助人的人潮中，一小隊身穿褐色制服的警察正擠過人群，領頭者正是她在永無境第三討厭的人（前兩名分別是詩律·布雷克本和諾耶爾·狄弗洛）。

朱比特抓住莫莉安的手臂，拉著她快步往反方向走，卻發現前方也被褐色制服的警察給擋住。他們被臭架子團團包圍了。

「諾斯隊長，請立即出示相關證件。」燧發槍探長伸出手，滿面春風，顯然自居正義之士。「把那幾張紙交出來。」

莫莉安屏住呼吸。她暗想，在她被驅逐出境以前，有沒有機會再回杜卡利翁一趟？她能不能跟杜卡利翁的住客道別？收拾行李？還有……霍桑！他們總不會連讓她跟朋友說聲再見都不允許，就要她走人吧？她忙亂地搜尋英勇廣場，希望臨走之前能再見到他一眼。他有沒有打中標的？

還有煙影獵手，內心有個驚慌失措的小聲音說，**他們會不會在邊境等著抓我？**

「燧發槍探長，你指的是哪方面的紙？」朱比特和顏悅色地說：「今天早上的報紙？早就被拿去墊貓砂盆或是包炸魚薯條了。小槍，你這麼關心時事新聞，實在是非常棒的習慣，真為你高興。如果遇到什麼字不會念，我隨時樂意幫忙。」

燧發槍探長的下巴一個抽動，不過臉上依然掛著笑容。「很機智，諾斯，真是機智得很。我指的，自然就是你……『前』備選生的自由邦護照、第七域居留證，以及永無境留學居住簽證。只要交出這些文件，讓我看一眼，我就會相信你的『前』備選生絕對有權居住在自由邦第七域，絕對不是什麼卑賤的偷渡客，趁著夜黑風高，從下流共和國非法入境。」

「喔，**那種文件**呀，」朱比特說：「你怎麼不早講？」

他誇張地嘆了口氣，裝模作樣地上上下下拍打身上的大衣，把口袋一一拉出來，甚至仔細摸遍臉上那把濃密的鬍子，假裝尋找不存在的證明文件。要不是今天簡直是莫莉安人生中最難笑的一天，她應該會被朱比特逗得大聲笑出來。

「我的耐心快用完了，諾斯。」

「是，抱歉，就在這——不，抱歉，那是手帕，再等我一下。」

莫莉安暗自思量，是不是該想辦法脫逃。如果她可以趁臭架子分心時偷偷溜掉，說不定有辦法跑到最近的幻鐵車站。

為了測試，她故作沒事地往旁踏了一步。沒人抓住她。她環顧四周，臭架子全聚精會神盯著朱比特，看他用馬戲團般的手法表演找文件。她又踏一步，然後再一步。霍桑那次扔完蟾蜍，就是這麼從犯罪現場逃走的，只要再幾步，她就會被人群遮住，然後她就能撒腿狂奔了。

「莫莉安・黑鴉！」某個聲音吼道，莫莉安凍結在原地。這下完了，她要被逮捕了，再見，永無境。「**莫莉安・黑鴉！那個騎貓的女生！她在哪裡？有沒有人看見騎貓的莫莉安・黑鴉？**」

是那個工作人員，他看見莫莉安，邊揮動手上的白色信封，邊搖搖晃晃地走來。「妳在這！還好找到妳了，來，這給妳。」

她接過信封，「這是什麼？」

「看起來像什麼？當然是妳參加下一場考驗的許可。」

莫莉安猛地轉頭看朱比特，朱比特的表情和她的內心感受一樣驚愕。燧發槍探長張開嘴，再來又閉上，一句話也說不出，有如一隻跳出魚缸的金魚，躺在地毯上，魚嘴開開闔闔。她不敢讓自己燃起希望，覺得鐵定是聽錯了。「可是……可是你說……可是詩律……」

「噢，是啊，不過剛才出了……一個意外。說起來有點丟臉，有隻該死的獨角獸其實是飛馬，只是把翅膀收起來，頭上倒插一個冰淇淋甜筒。當然，這對那隻可憐的動物來說實在是太殘忍了，也違反規定，即便牠沒用翅膀飛翔，比賽規章也清楚寫明，競逐考驗中不允許騎乘任何會飛的生物。總而言之，那位備選生被取消資格，因此多了一個名額，然後，嗯……」他看起來有些不好意思，「因為妳的狀況比較……特殊，我們認為這樣處理比較公平。恭喜妳。」

那男人拖著步子走開，莫莉安站在原地，欣喜若狂，凝視手中的信封，彷彿它是用鑽石雕成的。這個信封不是金色，沒辦法讓她參加長老的祕密晚宴，但她一點也不在乎。「我通過了。」她低喃，接著更大聲：「我可以參加下一階段的考驗了！」

她撕開信封，朗讀信紙。

親愛的備選生，恭喜。

你證明了自己的堅韌與野心，有資格參與九一九梯第三輪試驗。試膽考驗將於首年之秋舉行，確切日期、時間與地點不定。

朱比特大聲笑起來，喜悅洋溢，在莫莉安耳際迴盪，連芬涅絲特拉也發出微帶沙啞的輕笑。莫莉安只想亂跳亂叫，她從來沒這麼開心、這麼感到解脫過。

「棒透了，莫兒，棒透了。抱歉，探長，你想看文件只能再等一陣子了，目前莫莉安．黑鴉的居留權仍屬於幻奇學會會內事務，哈！」

燧發槍探長氣得嘴角溢出白沫。「我跟你們還沒完，」他恐嚇道，用力拿警棍往自己腿上一砸，以示強調。莫莉安瑟縮一下，那一定很痛。「莫莉安．黑鴉，我的眼線遍布各地，我會好好注意你們兩個，絕對嚴密注意。」

探長轉過身，大步走遠，他那群穿褐色制服的弟兄緊跟在後。

「有病！」芬涅絲特拉朝他背影喊。

第十五章　黑色遊行

首年之秋

「我要一張女王，謝謝。」

「為什麼？」

「就是要。給我。」

霍桑悠悠嘆了一口長氣，道盡無奈，在牌堆中翻找，抽出方塊女王。「我覺得應該不是這樣玩的。」

他們順利通過競逐考驗之後（霍桑打中橘色標的，他騎的是駱駝，總之不是獵豹），朱比特答應萬鬼節讓霍桑來杜卡利翁住一晚，條件是他們要保證會無視就寢時間、吃很多點心、盡情搗蛋。他們遵守約定，消滅了好幾堆糖果餅乾，目前待在音樂沙龍，一面自學撲克牌，一面等芬帶他們參加午夜的黑色遊行。

為了慶祝萬鬼節，沙龍只用蠟燭和南瓜燈點亮。吸血鬼矮人法蘭克正在唱一首惹人厭的歌，歌詞寫著要是他遇到那些令人聞風喪膽的敵人，就要砍他們的頭、飲他們的血，賓客跟著旋律鼓掌打拍子，覺得這個矮小傢伙要砍別人頭的想法太有意思了，砍的對象厲不厲害倒不重要。

莫莉安將手上的牌鋪在桌上，排成扇形：「撲克！」

霍桑仔細審視那些牌。「這才不是撲克。」

「就是撲克，你看，方塊女王有一天去公園，遛她的狗方塊騎士，結果遇見了紅心國王，兩個人墜入愛河，六個星期之後結婚（紅心六），生了三個小孩（方塊三），從此過著幸福快樂的日子。」她勝利地露齒一笑，「撲克。」

霍桑哀叫，把手上的牌扔到桌上。「真的是撲克，又是妳贏。」他將桌上那一大堆點心推給莫莉安。

「謝謝，謝謝，各位朋友。」吸血鬼矮人朗聲說：「在這個萬鬼節之夜，在這個我們與亡者最為靠近的夜晚，我想唱一首歌紀念已逝的母親，這是她最愛的歌。」聽眾充滿同情地嘆息，法蘭克向鋼琴伴奏示意：「威爾伯，請準備《我的寶貝是勒頸狂魔》，D小調。」

「芬在哪啊？」霍桑無力地洗牌，「已經快十點半了耶！要是再不出發，就搶不到好位子了。」

「我的寶貝是勒頸狂魔，掐得人沒了絲毫魂魄。她用手捏住我的喉嚨，可是我為愛沖昏了頭……」

進入秋季，霍桑整天把黑色遊行掛在嘴上。朱比特要跟幻奇學會一起遊行，所以說服芬涅絲特拉替他陪莫莉安與霍桑，芬激烈抗議，後來好不容易妥協，但是逼朱比特答應她的條件：要是他們不聽話，在接下來一個月，芬可以每晚都在莫莉安床上撒癢癢粉。

「芬涅絲特拉過的是她自己的時區。」莫莉安說，咬了一口酸骷髏頭糖果。「**她粗壯的臂膀抓住我，夜空的星辰開始閃爍，我細瘦的脖子只屬於她，她粗暴的心只屬於我！**」

法蘭克以花俏的唱腔唱完最後一段，整首歌結束在一個高音，莫莉安和霍桑都抖了一下。其他賓客大力鼓掌，法蘭克深深一鞠躬。

「有人要點歌嗎？」

「唱點恐怖的！」有個年輕男人叫道。

「啊，砍頭跟勒頸還嚇不倒你，是吧？」法蘭克眼神熠熠，「那說不定你會喜歡……關於幻奇師的歌？」

客人全倒抽一口氣，然後發出緊張的笑聲。牌桌對面的霍桑整個人僵住，「我們去前廳等，好不好？」

「芬叫我們在這裡等。」莫莉安說，「如果我們跑掉，她會生氣的。怎麼了？」

「我只是……」霍桑嚥了口口水，壓低聲音：「我不想聽他唱幻奇師的歌。」

「**幻奇師**。」莫莉安翻了個白眼，「幻奇師到底是什麼？為什麼大家都這麼怕他？」

霍桑瞪圓一雙眼睛：「**妳不知道幻奇師？**」

在房間另一端，鋼琴發出鏗鏘雜音，倏然收住。「此話當真？」法蘭克高聲說，目光直射向莫莉安：「這孩子當真從未聽聞幻奇師的傳言？」

聽眾全轉頭注視莫莉安，面露驚詫。「我是說，」莫莉安開口：「我聽過他，可是……」她聳聳肩，咬掉鬼怪軟糖的頭。

「此話當真？」法蘭克越說越大聲，「這孩子當真從未聽聞過永無境屠殺狂？從未聽聞過首都的詛咒？從未聽聞過那邪惡的妖魔，有著一張黑洞般的嘴，與沒有靈魂的雙眼？」

霍桑從喉嚨發出像被掐住的聲音，莫莉安嘆了口氣，受不了地問：「所以他到底是什麼人物？」

「孩子呀，我親愛的、擁有一雙烏亮雙眼的孩子，」吸血鬼矮人浮誇地扯動斗篷，包住身軀。「也許妳不知道會比較好……」

聽眾通通上了鉤。「快告訴她，法蘭克，」他們拍手喊道，帶著不懷好意的喜悅：「快告訴她幻奇師的故事！」

「那只好恭敬不如從命了。」他故作不甘不願地說，鋼琴伴奏響亮地敲下一個戲劇化的音，逗得莫莉安格格笑，心想：這實在有點滑稽。

「幻奇師是誰——應該說，幻奇師是什麼？」法蘭克起頭道。「他是人，抑或怪物？他是只活在人們的想像之中，抑或躲在陰影裡，隨時……等著……**狩獵**？」法蘭克撲向一群女子，她們尖叫出聲，剛開始充滿驚惶，隨後化為笑聲。「他是人，抑或已經成了禽獸，只想用尖牙利爪殺遍全界，將我們盡數**生吞入腹**？」他停頓，露出自己駭人的銳牙，沙龍四處響起抽氣聲和竊笑聲。

「幻奇師可說是以上皆是。他是活在黑暗中的幻影，凝視著我們，永遠凝視著，耐心等待時機，直到我們放下警戒，毫無防備，幾乎遺忘他的存在。」法蘭克從燭臺上抓起一根蠟燭，湊近下巴，讓燭光照亮他的臉，製造詭譎的效果。「屆時，他將歸來。」

「瞎扯一通。」角落有人低聲說。莫莉安轉過頭，只見香妲女爵正在跟禮賓部經理米范・焦對弈，兩人緊盯棋盤，全神貫注，絲毫不理會沙龍另一頭的音樂演出。

米范嗯了一聲，表達贊同。「是啊，全是胡說。」

「真的嗎？」莫莉安說：「所以幻奇師是虛構的？」

香妲女爵嘆氣。「哦，幻奇師是真有其人，但妳要是跑去問那個尖牙利齒的愛現鬼，可就問錯人了。」她一面嘀咕，一面朝法蘭克點了個頭，此時法蘭克配著一段樂曲，跳起踢躂舞。「妳叫他分辨哪個是百子蓮盆栽，哪個是真正的幻奇師，他根本分不清，他只不過覺得嚇人很好玩。」

莫莉安皺起眉頭。「可是，為什麼每個人都那麼怕幻奇師？幻奇師到底是誰？」

「這是很好的問題。」香妲女爵說。米范警告地搖了搖頭，不過香妲女爵對他揮了揮手：「哎呀，米米，她遲早要知道的。讓我們告訴她事實，總比不知哪個傻蛋灌輸她一堆胡言亂語要好，你不覺得嗎？」

米范舉手投降。「好吧，但我想諾斯一定會不高興。」

「那諾斯早該親自告訴她才對。」香妲女爵暫時打住話頭，吃掉米范的騎士，啜了一口白蘭地。「這麼說吧，法蘭克的確是在胡謅，不過他也提出了很有意思的問題：幻奇師是人，還是怪物？可以確定的是，他曾經是人……他曾經**看起來**人模人樣，雖然他年少時期的照片跟畫像都被銷毀了。有些人說，他整個人變得裡外顛倒，原本埋藏在體內的黑暗全數外露，所有人都看得見；有人說，他面貌畸形，極為可怖，牙齒、嘴巴和眼白通通化為蜘蛛般的黑色，皮膚變灰，日漸衰敗，一如他愈趨朽壞的靈魂。」

「聽說他被驅逐出永無境了，是真的嗎？」霍桑問。

「是的。」香妲女爵神色嚴肅。「一百多個冬天以前，他受到驅逐，不得再進入永無境，也不得再進入自由邦的七大區。迄今，這座古老而偉大的城市依然傾全力防止他入侵，既有皇家巫術協會與超自然聯盟攜手協防，也有不少單位固守邊界：陸軍駐紮，空軍監控，梟架子巡邏，潛伏者暗中偵察，估計還有十幾個祕密組織為了防堵幻奇師而成立。超過一百年以來，一週七天，每天二十四小時，數千名男女日以繼夜、努力不懈，只為防範此人回歸。」

莫莉安吞了吞口水。數千人出動……就為了阻止一個人？為什麼？「他做了什麼？」

「他捨棄人性，淪為禽獸，就是這樣，小姑娘。」米范說：「他化身為怪物，又製造了聽命於他的怪物。那些怪物是如此強大，如此天賦異稟、扭曲、黑暗，所以他決定自封為神。他創造許多駭人可怖的魔物，組成一支軍隊，計畫攻占永無境，奴役這個城市的人民。」

「為什麼？」

米范詫異地眨了眨眼，「我想是為了權力吧。他企圖主宰這座城市，下一步就是要主宰全界。」

「有些人挺身而出，想要阻止他。」香妲女爵接著說：「可是，他們都被殺害了。幻奇師率領魔物大軍，屠殺那些勇敢無私的男男女女，這場事件的發生地點離這裡不遠，就在舊城。後來，為了紀念這些英勇人士，我們重新命名了他們壯烈犧牲的地方，叫做英勇廣場。」

「我們去過，那是競逐考驗的終點站。」莫莉安說，霍桑跟著肅穆地點頭。那個陽光照耀的鵝卵石廣場曾遭一場大屠殺血洗，實在令人難以想像。「還有……噢！書上有寫到英勇廣場大屠殺，我們讀過，對不對，霍桑？就在我們準備書之考驗的時候。可是，《永無境殘虐百科》完全沒有提到幻奇師。」

「書上不會寫的，」米范意有所指地對香妲女爵抬起一邊眉毛，「幻奇師的事連歷史書都不想提。」

「沒人知道那天幻奇師到底怎麼了。」香妲女爵不理會米范的話，繼續說道：「有人說，那一戰削弱了他的力量；有人說，他的魔物棄他而去，因為它們嘗到了死亡，愛上了那個滋味，於是融入永無境最黑暗的角落，埋伏至今，殺掉一個又一個市民，等候主人回來征服永無境的那一天。」

「香妲……」米范使了個眼色。

「怎麼了？是有人這麼說呀。」

「但並非事實，孩子們。」米范說：「不過是個可怕的傳言。」

「我又沒說那是事實，米米，我只說那是別人講的嘛。」香妲女爵不太開心地說。「總歸一句，從那天起，永無境從此向他關上大門。當然，巫師、法師、臭架子、潛伏者等人協助強化了這道防線，不過大家都知道，真正將幻奇師阻絕在外的，其實還是永無境自身的力量。」

「真的嗎？」莫莉安瞥了霍桑一眼，霍桑用力嚥下口水，似乎有些冒汗。「要是幻奇師找到方法進來怎麼辦？」

「孩子們，這座城市既古老又充滿力量，」米范說：「更受到既古老又充滿力量的魔法所保護，比幻奇師更強大，別瞎擔心──」

「芬來了！」霍桑忽然大叫，抓住莫莉安的手臂，衝去門邊迎接魁貓，顯然只想拋開關於幻奇師的一切。

永無境充斥鬼魂。

也有吸血鬼、狼人、公主、鼻子長滿疣的女巫；小仙女還不少，偶爾會看到幾顆南瓜。上千名市民扮了裝，站在大街旁，等待永無境萬鬼節慶祝活動開始。

莫莉安搓著手取暖，把脖子上的圍巾拉緊一些，跟霍桑交換了一個興奮的笑容，兩人的呼吸在秋天乾冷的空氣中化為白霧。他們順利擠過密集的人潮，抵達執事街跟麥克拉斯基大道交會的轉角，朱比特保證這裡是遊行路線中視野最好的地方。

幻奇學會遊行的傳統始於幾百年前，這是朱比特說的。最初，只是學會成員為了紀念前一年的逝者，身穿正式的黑色制服，領口別著「W」字小別針，排成九列，沉默地走過街道。他們選在萬鬼夜進行，因為阻隔生死兩界的牆在這一夜最為單薄。

隨著時間流逝，永無境居民開始聚集，靜靜觀看這場遊行，向學會致意。這場活動逐漸成為永無境最神聖的傳統，稱之為「黑色遊行」。經過好幾個世代，整場遊行變得更熱鬧繽紛，不過仍維持著幻奇學會走在最前方的慣例。

人群靜謐得出奇，注視九個一排的學會成員肅穆走過，只聽得見落在鵝卵石地面上的腳步聲。莫莉安似乎看見了朱比特那頭醒目的紅髮，不過幻奇學會成員實在太多，又走得太快，所以她不敢確定。他們神色莊重，直視前方，偶爾隊伍裡會出現空位，有時也會看到一些成員手持蠟燭，朱比特說過，每根蠟燭代表一位離世的成員。最年輕的學會成員走在第一排，年紀看起來只比莫莉安大一點，她猜想這一定是第九一八梯。

莫莉安思忖，到了明年，她跟霍桑會不會身在遊行隊伍之中？好難想像霍桑要繃著一張正經的臉那麼久。

她腦中浮現另一個不討喜的畫面：霍桑跟諾耶爾肩併著肩，走在遊行隊伍之中。**這大概比較有可能**，她難受地想。一個是龍騎士，一個是擁有天籟美聲的少女，加入由天賦異稟之人組成的幻奇學會，一同走過永無境的街道。想到這裡，她興奮的心情略略減弱。

幻奇學會抵達終點之後，霍桑所謂的「真遊行」於焉展開。樂聲響起，一陣期待之情頓時席捲人群。

「我從來沒這麼靠近遊行過！」霍桑說。

「以前沒有芬幫你嚇走別人。」莫莉安說著，瞄了一眼魁貓。芬站在他們後面，經過的行人紛紛面露警戒。

雖然芬不喜歡照顧小孩，但她非常認真地執行這項任務。每當有人走太近，她會立刻發出嘶聲，露出牙齒，直到對方瞪大雙眼往後退，結果莫莉安與霍桑身邊神奇地留了一圈空地。芬簡直就像一座防護罩，只不過全身毛茸茸，而且脾氣很壞。

這次率領遊行隊伍的，是一支打扮成惡魔造型的行進樂隊，由一個明滅不定的鬼影所指揮。其後是一組花園樹籬，修剪成動物的形狀，以某種神祕的傀儡技法，配合機工技術，讓這些動物宛如有了生命。一隻樹籬猛獁象來回揮動巨大的象牙，還有一隻枝葉茂密的綠獅子對沿路的小孩一下低鳴，一下怒吼，嚇得他們驚聲尖叫。

莫莉安和霍桑觀看遊行花車依序經過，有時大叫，有時大笑，喉嚨都啞了。其中有一隻極為可怕的狼人傀儡，足足三層樓高，由一組人在下方以長棍操控，甚至能讓它喀喀咬動牙齒，或是眨動黃色眼睛。

不過，莫莉安最喜歡的是「永無境女巫團大串聯」。

「她們今年決定擁抱俗套了，是吧？」芬有些不情願地表示讚賞。那些女巫頭戴黑色尖帽，鼻子黏上假疣，有些人抱著黑貓，還有人騎著機動式掃帚在天上飛，淒厲的笑聲響徹四周。「她們本來老是說，『喔，不要把刻板印象套在我們身上，我們也只是普通人。』但這樣更讚。上啊，女巫！」

觀眾群中的大人小孩都同樣興奮，對每一組花車和傀儡喝采，唯有一組例外。伴隨著尖細的小提琴聲、毛骨悚然的風琴演奏聲，一個巨大的披風老人傀儡進入眾人的視野，不少人倒抽一口氣，報以責難的眼神。這個傀儡的尺寸不如狼人龐大，在莫莉安看來，也遠不及狼人來得恐怖，可是在它經過時，不少家長露出不滿的表情，小孩則把臉遮住。連芬都皺起眉頭，儘管莫莉安分不出來那是她平時的不悅皺眉，還是因為特殊狀況而不爽的皺眉。

「他們為什麼要這樣子掃興？」附近有個婦人說，她替年紀尚小的兒子遮住雙眼。「就算是黑色遊行，也是有嚇人的底限呀！竟然搬幻奇師出來！搞什麼？」

「那就是幻奇師？」莫莉安笑出來，轉頭去看霍桑，霍桑充滿戒心地盯著那個傀儡。

其實它看起來並不嚇人，不過是個駝背老頭，披著飄動的披風，滿口銳利的黑牙，臉上有雙黑洞洞的眼睛，十指帶有長長的尖爪，雙手雙眼不時射出火花，嘴裡的擴音器發出搞笑的瘋狂笑聲。莫莉安不禁疑惑，怎麼會有人怕這種傻不隆咚的東西？但她隨即想起英勇廣場大屠殺的歷史，腦中響起香妲女爵他們說的話：**他捨棄人性，淪為禽獸**。

「來了！」霍桑大喊，目光直射向幻奇師傀儡的後方。「墨登墓園花車，最棒的就是它了！」

那輛花車打造得活像一座真實墓園，周遭瀰漫白霧，車上擠滿殭屍。即使莫莉安心知殭屍都是人扮的（從綠色的妝容就看得出來），依舊打了個寒顫。那些殭屍發出呻吟，雙手亂抓，從剛挖好的墓穴中爬出來，伸手穿過花車四周的熟鐵欄杆，企圖撲向小孩，孩子們一時開心大笑，一時驚聲尖叫。

霍桑說得沒錯，最棒的就是它了。大家似乎都這麼認為，全部擠上前去，踮起腳尖看。前面有個男人抱起兒子，坐在他肩膀上，徹底擋住莫莉安跟霍桑的視線。

霍桑哀號。「走吧，後面巷子有個大垃圾箱，爬上去就看得到了。」

莫莉安遲疑：「可是芬……」

「我們一下子就回來了，快點，趁她不注意！」霍桑對著芬點頭，芬正揮動貓掌，拍那些穿過欄杆的殭屍手。

「好吧，」莫莉安嘀咕。「但要是我的床單被撒癢癢粉，你就完蛋了……」

巷子髒亂不堪，垃圾箱奇臭無比。霍桑勉力爬上去，伸手要拉莫莉安。

「救命。」巷底傳來一個聲音，可是那裡沒人。

「拜託，誰來救救我，我掉下來了。」那嗓音聽起來像位老婦人，似乎既無力又擔驚受怕。莫莉安與霍桑互看彼此，霍桑渴望地向墨登墓園花車投去最後一眼，接著跳下垃圾箱。

「哈囉？是誰在那裡？」莫莉安問。

「喔，謝天謝地！拜託，我需要幫忙，我掉到這下面來……這裡好黑好溼，而且我的腳受傷了。」

他們謹慎地朝巷底走去。

「妳在哪裡？」霍桑問，「我們看不到妳。」

「這下面。」

聲音是從腳下傳出的，莫莉安後退一步。

「霍桑，這是下水道人孔。」她內心緩緩升起一股不安。真的會有人困在這底下嗎？

他們合力用手指撬起人孔蓋，推到一旁。莫莉安低頭朝洞內望，眼前一片漆黑。「哈囉？妳在這下面嗎？」

「噢！還好有人聽見了。我不小心絆倒，掉到這下面，而且……我的腳踝骨折了，我沒辦法自己爬上去。」

「好，不要……不要慌！」莫莉安喊道：「我們下去幫妳！」

霍桑把她拉到一旁，緊張地低語：「我不是這方面的專家，不過呢，如果妳從下水道聽見一個聲音叫妳下去，妳是不是應該考慮……**不要**下去？」

「她只是個老太太，」莫莉安這句話既是要說服霍桑，也是在說服自己。總覺得有哪裡怪怪的。「你什麼時候開始怕老太太了？」

「從她躲在下水道叫我下去開始。」

「她需要看醫生。」

「也許我們應該去找芬來——」

「喔對啊，回去跟芬說我們撇下她，自己偷溜到黑漆漆的小巷子裡，」莫莉安沒好氣地說：「真是好點子。」

霍桑不悅地低哼一聲。「好啦。**好啦**。但要是我們被大老鼠吃掉，或是被永無境下水道的爬蟲怪撕爛，我媽會超級火大。」

他們決定，最好讓莫莉安先下去，協助老太太爬上梯子，然後由霍桑從上面拉她，因為霍桑受過龍騎士訓練，上半身比較有力。

莫莉安惶恐不安地踩上梯子，等到她往下兩、三階，已經嚇得魂飛魄散。她抬起頭，想確認霍桑還在。

「妳真的要下去？」他問。

底下傳來哀叫：「拜託快點，我幾乎站不起來了。」

莫莉安嚥下口水，頸上的脈搏猛力跳動。她再往下一階，然後又一階，全神貫注於兩隻腳輪流往下踩的動作，總算來到堅實的地面。

這裡比她想像的還要暗，她眨了眨眼，等候雙眼適應。

「哈——哈囉？我看不到妳，妳在哪裡？」

毫無回應，莫莉安心跳加速。「哈囉？」她的聲音不斷迴響：「妳還好嗎？」

她抬頭往上看，不料巷子的光線消失無蹤，霍桑也是。她倒抽一口涼氣，伸手去找梯子，摸黑尋遍四周，卻發現梯子憑空不見了。

「怎麼回事？」莫莉安質問，努力裝出強悍的樣子，發出來的聲音卻又尖又高。「這一點也不好笑！」

老太太咯咯大笑。

莫莉安聽見一個聲響，立刻分辨出是打亮火柴的聲音。閃耀的黃光逼退黑暗，莫莉安眨著眼，凝視刺目的光源，待雙眼適應，她才發現她跟老太太並不是在下水道裡。

而且，旁邊還有別人。

第十六章　遵從光之指引

她們圍繞在莫莉安身邊，形成一個小圈，燭光映在她們臉上，氣氛詭譎。

莫莉安想尖叫，想逃跑，想大喊霍桑，卻因為恐懼而動彈不得。

「吾等乃十三號女巫團，能視他人不可視之物，能說沉默無語者之言。此番將辨明何人懦弱畏縮，何人勇往直前。」

她們總共有七個人，說話卻整齊如一。她們有的年輕，有的蒼老，沒人戴著黑色尖帽，也沒人鼻子上有疣，反而都穿著黑色長袖洋裝，釦子一路扣到頸部，頭髮向後緊緊束起，冰冷無情的臉孔罩著網狀黑面紗，在臉上投下陰影。莫莉安恍然大悟，這一定才是女巫真實的樣貌，她覺得自己沒那麼喜歡女巫了。

「妳們想幹麼？」她轉了個圈注視女巫，不敢讓目光離開任何一人太久。

「在這萬鬼之夜，汝須接受二次考驗。」她們齊聲說：「一次眼見為憑，一次堅信不移。若欲放棄，儘管逃離；若有勇氣，不妨前進；若遵從光之指引，汝之祈禱或將受到應允。」

一名女巫遞給莫莉安一個白色小信封，裡頭的小卡寫道：

歡迎來到試膽考驗。

若你無意參與，可就此掉頭，退出幻奇學會入學測驗。

若你決定繼續，無論後果為何，本會不負任何責任。

請做出明智的選擇。

「試膽考驗。」莫莉安低喃，一時不知該放心還是該驚慌。一方面，這些女巫顯然不打算把她丟進大釜裡燉，也不會把她變成蠑螈；另一方面……朱比特當初是怎麼說的？應該改名叫精神崩潰考驗？**有些備選生的創傷到現在還沒恢復**。假如他知道長老理事會重啟試膽考驗，想必會大驚失色。

莫莉安吞了口口水，十三號女巫團以冷酷幽暗的眼眸，居高臨下凝視著她。

「吾等將決定汝之命運。」她們吟詠道：「繼續向前，勢必承擔懼憂。若汝明智，趁早回頭；若汝膽大，考驗之門在此守候。」

燭火猶如被風吹過，猛地熄滅，女巫團就此消失。

昏天暗地之中，出現了兩道光。在莫莉安的右手邊，梯子再度出現，街道的光亮自上方開啟的人孔投下，她往上看，聽見遠處傳來黑色遊行的慶祝聲，不禁渴望回到那裡。

「霍桑！」她有些猶豫地喊：「你在嗎？」

可是霍桑不見了。莫莉安的胃一揪，他是回去找芬了嗎？還是他也跑到某個不知名的地方，接受為他準備的試膽考驗？

莫莉安的左手邊，在黑暗的更深處，立著一扇木製拱門，籠罩在陰影中，門上有根融了一半的蠟燭，發出微弱的光，呼喚她過去。**若遵從光之指引，汝之祈禱或將受到應允**。

莫莉安滿心只想爬上梯子。

可是，她怎麼能在這個關頭放棄考驗？她想到朱比特，想到燧發槍探長，想到霍桑及杜卡利翁飯店，更想到她一旦被驅逐出境，就必須面對煙影獵手。試膽考驗再怎麼恐怖，想必不如煙影獵手恐怖吧。

莫莉安握緊拳頭，趁著還沒改變心意，逼迫自己推開木門。

夜晚的空氣讓她起了一陣雞皮疙瘩。她離開了下水道。

不過，她並不是回到小巷中。

滿月在天空高掛，眼前是一片平緩起伏的山坡，散布著凹凸不平的墓碑、水泥製天使雕像、高大的陵墓。莫莉安頭上是座石拱門，刻著**墨登墓園**四個字。

這不是遊行花車，沒有硬紙板做的墓碑，也沒有皺紋紙做的樹木……這是貨真價實的墨登墓園，天知道這地方位於哪裡。

這可不是好消息。

更糟的消息是，這一次，莫莉安也不是獨自一人。

腳下的地面傳出呻吟。她站在一座墳上，墳裡有具屍體，屍體有頭，那顆頭正從溼土中探出來，發出詭異、帶著氣音的呻吟。

莫莉安失聲驚叫，那具屍體掙扎著想鑽出地面，用腐壞的骷髏手掌抓住她的腳踝。她跌坐在地，試著手腳並用地爬開，可是那隻手牢牢抓住她。

像這樣的死屍還有許多，莫莉安聽見四面八方傳來聲響，死屍紛紛站起。她拚命亂踢，猛力抓著雜草想要脫身，使勁一踹，踹斷殭屍的手，殭屍頭直飛到墓園另一頭。她手忙腳亂地站起，扯掉仍握著她腳踝、已經跟軀幹分家的手，忍住湧上的噁心感。

「喔，好噁。」她自言自語，抹掉手上反射著光澤的灰敗肉屑。

十幾具殭屍湧向莫莉安，速度飛快，飢渴的白眼珠盯著她，皮肉鬆垮垮地掛在骨架上，壽衣殘破不堪，因年代久遠而褪色。黑色遊行花車上那些扮裝的殭屍是刻意扯壞服裝，臉上還塗了厚厚的綠色濃妝；這些殭屍卻是貨真價實的活死人，眼看就要抓到她了。

「喝啊啊啊啊啊啊啊！」

一個捲髮、四肢瘦長的身影衝過來，宛如一陣風暴，揮舞著拳頭和火把突破重圍，嗓子喊得都啞了。殭屍踉蹌後退，雖然看不出它們害不害怕，至少稱得上是有些提防。

「看招，臭死人！」

霍桑的衣服破了幾塊，頭髮黏了幾片樹葉跟一些小樹枝，雙手拿著熊熊燃燒的火把，雜亂無章地朝殭屍猛揮。莫莉安被迫往旁一閃，免得吃上滿嘴火焰，不過這陣火攻似乎讓殭屍不敢靠近。

「你跑去哪了？」她這輩子從沒這麼高興看到一個人。

「我？」霍桑說：「妳才是跑去哪了！我一直喊妳，然後我想下去，結果整個巷子突然變黑，那些女巫憑空冒出來——」

「十三號女巫團！」莫莉安說，「我也遇到她們，她們好可怕，她們說要——」

「接受兩次考驗，我知道。」霍桑的雙眼瞪得比盤子還大，撲向前方，舞劍似地來回揮動火把，**呼咻**、**呼咻**。不斷有死人從墳墓爬出，有如從下水道蔓延湧上的老鼠。

莫莉安打了個顫，「要怎麼離開這裡？」

「不知道。」**呼咻**。

「那你怎麼到這裡的？」

「不知道。感覺很像在一個隧道裡面，一邊可以看見黑色遊行，另一邊有根蠟燭，我知道要是回到遊行……」**呼咻**、**呼咻**、**呼咻**。「我就會被踢出考驗，所以我……」

「**遵從光之指引？**」莫莉安倒抽一口氣，抓住他的肩膀。「霍桑，是蠟燭！女巫說要遵從光之指引，我跟著蠟燭穿越了一道門，然後……」

「他們越來越近了！」霍桑上氣不接下氣地喊道，持續揮舞，**呼咻**、**呼咻**。「我們快逃。」**呼咻**。

「那要怎麼……**你小心一點！**」莫莉安再次一閃，差點被火把敲到頭。「你怎麼會有這個？」

「它掛在一個地下墓室外面，是在那個方向，就在……」霍桑停了下來，雙眼突然一亮。莫莉安順著他的視線望去，看見一道平緩坡地的最高處，有座大理石製成的墳墓，是整個墓園當中最大的。「……在那個天使底下。墓室上面有個天使雕像，它……它拿著一根蠟燭，我很確定。」

兩人全速奔過墓園，莫莉安心臟狂跳，希望和恐懼交織，令她激動不已。**若遵從光之指引，汝之祈禱或將受到應允**……天使……祈禱……這是線索！她暗想，要是有路可以離開這裡，一定就是從墓室走。他們要不是即將逃離這場夢魘，就是會把自己困在華麗的大理石密室內，眼睜睜看外頭的活死人大軍撞破大門。

霍桑在前引領方向，用火把在殭屍中開路，宛如用開山刀在密林砍出一條路的冒險家。殭屍紛紛躲避，步伐踉蹌，害怕地遠離火焰。

山坡頂端，有一道搖曳的光芒，像一座閃耀的小小燈塔，拉著兩人向前。他們快到了！墓室就在前方，越來越近，墓室——

「鎖住了。」霍桑喘著氣說，拋下火把，用盡力氣扯動鐵門。莫莉安過去一起拉，但即使兩個人同時用力，墓室門依然文風不動。

背後再度傳來此起彼落的呻吟，以及皮肉、骨骼拖過碎石地面的沙沙聲，墨登墓園的悲慘居民逐漸逼近。霍桑重新拿起火把，驚慌之下不小心揮得太猛，隨著最後一聲呼咻劃過空中，火焰熄滅。

結束了，莫莉安心想，**我們完了**。

她絕望地抬起頭，看著立在墓室上方的雕像。天使嘲諷地俯視她，圓潤的手中端著一截融化的蠟燭。

可是……等等。

莫莉安眨了眨眼。天使另一隻手指著他們左邊的地面，那裡有個剛挖好不久的新墳，裡頭沒有東西，尚未封起，是個六呎深的地洞。

莫莉安內心慢慢升起另一種驚恐。

霍桑繼續對殭屍大軍亂揮熄滅的火把，然而少了火焰的威脅，殭屍看起來毫無懼怕。走投無路之下，他將火把對準一個華服殭屍扔去，結果只打掉它的高帽。「妳有沒有什麼點子？」

「只有一個。」莫莉安抓住霍桑的手臂，慢慢退向新墳，眼睛仍盯著殭屍。

「是好點子嗎？」

「是。」她撒謊。這是糟到極點的點子，簡直爛透了，卻是她唯一的點子。

「妳要不要告訴我到底是什麼？」

「不要。」

莫莉安跳進墳中，拖著霍桑一起下來，準備好迎向落地的衝擊，迎向掉在泥土上的那個瞬間，到時她會恍然明白自己鑄下大錯，即將被殭屍生吞活剝。

但那個瞬間沒有來臨。莫莉安與霍桑不斷墜落，一路驚聲大喊，彷彿永不停止地穿越冰寒刺骨的黑暗。最後，他們終於掉在柔軟潮溼的草地上，兩人足足在原地坐了一分鐘，平復呼吸，彼此都鬆了一大口氣，咧嘴笑開。

「妳怎麼……」霍桑氣喘吁吁地說，「知道要從那裡出來？」

「我不知道，用猜的。」

「猜得好。」

莫莉安坐起身，拍掉身上的泥沙。他們在一座種滿花草的庭院中，周圍是二十呎高的樹籬，庭院一頭有個池塘，發出悅耳的啵啵水聲；另一端是棵蘋果樹，帶有斑點的熟透紅果實落了滿地。在左手邊，是一座由樹籬組成的天然拱門，通往一條霧氣瀰漫的幽暗小徑；右手邊，是一扇半掩半開的木門，在庭院投下一道輕淺的銀光。

「這是哪裡？」霍桑問。

空氣中充滿濃濃的秋天氣味，味道中混雜了雨水、煙囪冒出的煙霧、正在分解的樹葉、蘋果香與蜂蠟，天上的圓月看似更亮、更黃。這感覺就像有人剪下一小片秋夜，把所有的事物強化好幾倍，一切都顯得有點……**過頭**。

「幻學天氣。」莫莉安悄聲說：「霍桑，我想這裡是幻奇學會的花園。」

「哦！」他詫異地說，「所以結束了？我們通過了嗎？」

「不曉得，這次不是應該要有兩場考驗嗎？」

霍桑皺起整張臉，「我本來希望女巫算一場。」

莫莉安蹙起眉頭。試膽考驗真的這麼簡單？那群女巫的確令人寒毛直豎，況且如果不必再踏進墨登墓園，她會很高興，但這樣的話……她不明白為什麼要把試膽考驗稱作精神崩潰考驗。或許，對於嚇人的東西，她的容忍度比一般人來得高些。

庭院給人平和、安全的感覺，莫莉安一點也不急著走。說不定會有人過來向他們道賀，通知他們已晉級到最後一個考驗。**說不定**，莫莉安暗忖，**只要在這裡等一下下……**

她半夢半醒似地移動步伐，受到池塘悅耳的水聲所吸引，走了過去。那一池水彷彿召喚著她，用一條看不見的線把她向前扯。

然後，她看見了。流動的水面上立著一根蠟燭。池塘中央有顆石頭，蠟燭就豎在石上，融化的蠟油形成細細的小溪，滴進水中。她張口，正要叫霍桑的名字——

「莫莉安！妳看！」他從庭院的反方向喊道：「我找到了！我找到下一根蠟燭了！」

莫莉安奔過去，他站在樹下，指著頭上的枝葉。確實，就在最頂端的枝枒上，有根燒了一半的蠟燭，立在一灘融掉的蠟油上。他們迅速搜索一番，發現木門的把手黏了第三根融化的蠟燭，第四根蠟燭則位於陰影籠罩的拱門底下，在草地上滴著蠟油。

「那我們要跟著哪道光？」莫莉安問。

「很明顯吧？」霍桑滿臉不解地說。

「是池塘。」莫莉安說，就在同一剎那，霍桑說：「是蘋果樹。」

「不對，是**池塘**，」她重申：「你看不出來嗎？我們應該要跳進去！蠟燭在樹上的話，我們要怎麼遵從光之指引？」

「爬上去啊！這還用說。」

「然後呢？跳下來摔斷腿？」

他怎麼會覺得要跟著蘋果樹的蠟燭走？池塘的蠟燭顯然才是對的，莫莉安感覺得到，那是從靈魂深處傳來的預感，那根蠟燭呼喚著她。

「總不能一整晚都耗在這裡，」霍桑說：「來抽籤好了。」

「我們又沒有籤。」

「那剪刀石頭布。」

莫莉安受不了地呻吟一聲：「好啦。」

「你們兩個是超級大白痴嗎？」陰影中傳來一個嗓音。

他們循聲望去，看見一個女孩坐在地上，背靠樹籬，雙腿平伸。她那頭濃密的長髮編成兩根長辮，身上穿著法蘭絨睡衣，外罩一件睡袍，腳上套著條紋羊毛襪。十三號女巫團想必是把她直接從床上挖起來的。

莫莉安一下子認出她，心中一陣不快。

「妳怎麼會在這裡？」

「妳覺得呢？」詩律・布雷克本翻了個白眼，「參加試膽考驗啊，跟你們一樣。」

莫莉安怒目回瞪，「妳這個作弊的騙子，詩律。」

「妳……」原先沉著臉的女孩頓時動搖，臉上閃過一抹詫異：「妳記得我？」

「當然記得妳，」莫莉安的怒氣湧上，「妳在競逐考驗搶走我的名額跟參加祕密晚宴的資格。」

詩律啞然盯著她，嘴巴微張。莫莉安正猜想她是不是要道歉，可惜詩律隨即恢復鎮定：「那又怎樣？妳還不是晉級了？」

「希望祕密晚宴值得妳作弊，」莫莉安滿心怨恨地說：「妳現在應該跟長老感情超好的吧？」

「其實沒有。」詩律站起身，拉緊睡袍。她的衣服沾滿泥土，頭髮也黏著小樹枝跟葉片。莫莉安好奇，不知道她的第一場試膽考驗是什麼？她是不是也被殭屍追？但她開不了口詢問。「如果妳真的很想知道，晚宴爛透了。諾耶爾一直在講她自己的事，其他人都插不上話，長老根本沒注意到我。」詩律猛然打住。她居然用這種口氣談論朋友，讓莫莉安有些訝異。詩律走向池塘：「總之，你們這兩個笨蛋搞清楚了沒？」

「搞清楚什麼？」霍桑問。

「你們本來就不該選同一個，」詩律撇嘴，彷彿這件事再明顯不過。「其他人都立刻走過拱門或是爬那棵笨樹之類的，只有你們兩個笨蛋決定抽籤。」

「其他人？」霍桑說，「有多少人來過了？」

「很多。大家全部被丟到這裡，每個人都會迷上其中一根蠟燭。這是考驗的一部分，你應該要選你有感覺的那一根。至少，」她漠然地聳肩，「我是這麼想的。」

「既然妳這麼聰明，那妳怎麼不繼續走？」霍桑問：「妳怕嗎？」

詩律對他露出不悅之色，「我哪有怕，我只是──還沒有人跳進池塘過，他們都走了其他三條路，我在等……」

莫莉安佛然道：「喔，我想也是，妳想要看會發生什麼事嘛！妳不想自己先跳下去，免得遇到什麼不好的事。原來妳不但喜歡作弊，還膽小得要命。我呢，我才不在乎，我不怕。」她違心地說，走向池塘邊緣，死死抓著裙襬，免得雙手不住發顫。「霍桑，」她用力閉上眼，希望她的聲調聽起來比她真實的感受更有自信，「你去爬那棵樹，我要跳進池塘。」

「妳確定不要──」

「數到三，」她繼續說，以免霍桑成功說服她。「一……」

「三！」詩律吼道，從背後猛推莫莉安一把。

莫莉安臉朝下栽進水中，水花四濺。她不斷下沉、下沉、下沉，直到肺部的空氣用罄，她踢起雙腿，掙扎向上，在幽暗的水中睜開雙眼，但上頭沒有燭光，四周一片漆黑。肺火辣辣地疼，她快溺死了，她就要死了，然後——

一切歸於靜止。

一片昏黑。

乾燥。

地面。

莫莉安大口喘氣，將寒冷甜美的空氣吸入空蕩蕩的肺。

地面的觸感很堅硬，凹凸不平。她掙扎著跪坐起來，接著站起身，踉蹌了一下才取回平衡。

周圍一陣靜謐，微涼的風拂過她的後頸。

莫莉安看見路牌，她回到了執事街和麥克拉斯基大道交會的轉角。她頭上有盞金黃色的路燈，在空曠的石子路上灑落一個光圈，包圍住她。之前——已經過多久了？幾個小時？還是幾天？那時候，這裡明明到處都是扮裝出來狂歡的人，還有滑稽的遊行花車。

她疑惑：芬去哪了？霍桑又去哪了？

路上杳無人跡。

「哈囉？」她柔聲說道，有些害怕自己會聽見什麼回答，也有些害怕她什麼也不會聽到。

不過，某處傳來聲響——是一陣細微的翻飛聲。

莫莉安抬起頭，看見一抹黑影，像一隻小蝙蝠或大蛾，翩然向下，穿透路燈照耀的黃光，在微風中輕顫，最後恰恰落在她腳邊。

是個黑色信封，上頭寫著她的名字。

她彎下身，拾起信封。

裡頭，是一紙信箋。

妳被淘汰了。

它們即將來臨。

快離開。

莫莉安感到雙腿每束肌肉倏地緊繃，可是不知怎麼搞的，她就是動不了。它們即將來臨，這句話在她腦中迴盪。

全完了。她沒通過試膽考驗。過去一年來，她千方百計逃離詛咒，如今詛咒終於追上了她。

獵人的號角聲打碎寂靜，伴隨馬蹄敲擊石子路的噠噠聲。信箋從莫莉安手中滑落，慢動作越飄越低，落地時反面朝上，這面只寫了兩個字：

快逃。

但她無處可逃，煙影獵手陡然包圍住她，從黑夜中緩緩向前，逐漸吞噬她所站的光圈，光圈逐漸變小，愈趨黯淡……

她腦中忽地冒出一個出乎意料的嗓音。

陰影就是陰影，黑鴉小姐。

趨向黑暗是它們的天性。

「光，」莫莉安顫抖地低語：「待在光底下。」她強迫自己把目光從獵手的炯炯紅眼撇開，轉而向上望，凝視頭頂的金黃色路燈，伸手抓住金屬燈桿，開始往上爬。就算她沒能通過考驗，就算她會被趕出永無境，她也不要被煙影獵手帶走，絕對不要。

「待在光底下。」她再度輕聲說，自覺變堅強了點，雙手輪流向上攀。其中一隻腳不小心一滑，然而她死命抓緊，雙腿勾住燈桿，全身蠕動著往上，靠近光源，不去看在下方低吼的狼，不去聽槍枝關保險的聲音。再靠近光源一點，再靠近，再靠近，一手接著另一手，一個橫桿接著另一個橫桿向上踩，前往梯子頂端……沿著那道梯子……前往上方那個人孔投下的一圈光亮，離開下水道，往上，往上，再往上，回到小巷，然後終於……**終於**……安全了。

莫莉安靠著巷子旁邊的牆，呼吸急促，注視前方的街道。就在那裡，黑色遊行的喧鬧繽紛全然回歸，有如她從未離開。煙影獵手消失得無影無蹤，她的夢魘已然結束。她長吁一口氣，閉上眼睛。

一切都是試膽考驗的一部分。她萬般慶幸，慶幸得簡直快哭了。

「我不需要腿也能打你！」霍桑發狂似的怒吼傳來，莫莉安睜開眼，看見他只用上半身施力，從下水道爬了上來。「給我回來，你這個孬種！我沒有腿也能跟你拚了！」

「霍桑！」莫莉安喊道，跳起身，協助他爬出人孔。「霍桑，那不是真的，試膽考驗結束了，你的腿還在！」

霍桑停下胡亂揮舞的雙手，依舊氣喘吁吁，目光左右飄忽，搜尋敵人。過一陣子，他低頭瞧去，似乎回過神來，拍打雙腿，一路拍到腳板。「我的腿——我的腿還在！」他大叫，發出樂不可支的笑聲，跳了起來：「**哈**！我的腿還在！」

莫莉安也跟著笑，「你以為你的腿怎麼了？」

「被龍咬掉。」儘管他臉帶笑容，面色卻依然慘白，用仍在發顫的雙手梳過頭髮。「一隻醜死人的巨龍。」

「所以你是要……打龍？」莫莉安咧嘴一笑：「沒有腿也照打？」

霍桑還來不及回答，夜晚再度陷入凝寂的黑暗，彷彿黑色遊行的光亮與喧囂全數遭到吞沒，連月亮也隨之熄滅。

一片漆黑中，一根火柴劃亮，臉罩面紗的十三號女巫團驀然圍住莫莉安與霍桑，燭光映在每個人臉上。

霍桑的指甲陷進莫莉安的手臂，他悄聲道：「我以為結束了？」

「我也是。」她小聲回答。

七名女巫齊聲開口。

「吾等乃十三號女巫團：艾比蓋兒、艾密提、史黛拉、娜汀、佐伊、羅莎莉歐、好媽媽妮爾。」（假裝跌倒的老太婆就是她。）「年輕的史威夫特與黑鴉，兩位順利獲選，取得資格參加展現考驗。在這萬鬼之夜，兩位面對試膽考驗，表現出過人的膽識與勇敢。請收下吾等的祝福，靜靜離開，往後若光臨大釜女巫店，可享九折優惠。」

女巫遞給他們一人一張魔法用具專賣店的折價券，以及各一個白色信封。信中寫道，他們能夠參與最後一場考驗：展現考驗，地點位於山怪武鬥館競技場，時間定在首年之冬的第五個週六。

十三號女巫團吹熄蠟燭，就此消失。遊行的聲響與景象緩緩恢復，逐漸在他們身周升起，好似有人正慢慢轉動控制的旋鈕，然後終於——終於，試膽考驗正式告終。

莫莉安的雙腿差點一軟。她辦到了，她做到了朱比特的要求，通過了前三場考驗。現在，她只能相信贊助人會遵守承諾，設法讓她通過展現考驗，進入學會。在她腦海中，這一切聽起來是如此輕易。

回去時，遊行剛好結束，讓霍桑失望得很。他和莫莉安穿過慢慢散去的人潮，四處找芬涅絲特拉，可是怎麼找都沒找著。

「她會掐死我們，」莫莉安哀號：「走吧，我們去幻鐵車站看看，說不定她在那裡找我們。」

「可是我們又不是故意的，對不對？」霍桑加快腳步，「我等不及要跟我媽說殭屍的事，她一定會羨慕死。」

「不曉得詩律有沒有從庭院出來。」

「誰是詩律？」

「把我推進池塘的女生，她叫詩律・布雷克本。」莫莉安閃過一隻飛過她頭頂的蝙蝠，是萬鬼夜慶祝活動的餘波。「不曉得她到底有沒有跳進去，八成還坐在原本的地方吧，那個膽小鬼。」

霍桑滿臉迷惑，「妳在說什麼？」

「我走之後發生了什麼？你有看到她跳下去嗎？還是——」

「看誰跳下去？」

「很好笑嘛，霍——嗚！」一個身穿南瓜裝的女子撞上莫莉安，害她整個人撲倒在地，但那女子根本沒注意到，隨即匆匆走過。

「老天爺，可真是失禮。」上方傳來一道嗓音。「妳還好嗎？我扶妳。」莫莉安有些暈眩地抬頭，看見一名身穿灰大衣的男人，頸間圍著一條銀圍巾，遮住半張臉。他伸出一隻戴著手套的手，不過霍桑已經將她從石子路上扶了起來。

「我還好，謝謝。」

「噢，是妳。」男人說，拉下圍巾，露出熟悉的面孔，臉上的笑意微帶困惑。「又見面了，黑鴉小姐。」

「瓊斯先生！」莫莉安雙手往褲管上拍了拍，「你怎麼又回來永無境了？」

他眨了眨眼。「只是來找幾個老朋友，他們也參與遊行，我來幫忙。」

「我沒在杜卡利翁飯店看到你，你改住其他地方嗎？」

瓊斯先生微露訝異。「不，怎麼會呢，我一向住杜卡利翁，從沒住過其他旅館。可惜老闆這次不讓我請假太久，我只參加今天晚上的慶祝活動。」

「為了今天晚上特地大老遠跑這趟，你一定很喜歡黑色遊行。」他輕笑：「我想是吧。」

「那……萬鬼節快樂。」莫莉安越過他的肩膀，朝車站望去，隱約在人叢中瞧見芬豎起的毛茸茸灰耳朵。「我們該走了，很高興遇……」

「妳是跟贊助人一起來的？」

「不是，是跟朋友，他是霍桑。」

瓊斯先生轉向霍桑，友善地點了個頭，雙眼微瞇地打量他。「初次見面，你好。」霍桑心不在焉地抬頭瞥了他一眼，「謝謝。我是說，很好，不是，你好。莫莉安，我們該走了，芬會氣炸的。」

「好。瓊斯先生，很高興又遇到你。」

「等等，我先前就想問妳——學會的考驗進行得怎麼樣？」

「其實還不錯！」莫莉安說，語氣掩飾不住驚訝。「我們剛結束其中一場，是試膽考驗。」

「妳通過了？」

「幸運通過。」莫莉安露齒笑道。忽然，她想起在煙影獵手步步逼近時，有個奇異的瞬間，她腦中響起了瓊斯先生的聲音：**陰影就是陰影，黑鴉小姐**。要是把這件事告訴他，會不會很怪？

「恭喜！」他也報以微笑，「解決三個，只剩一個，妳真該以自己為榮。我想，妳應該知道妳的本領是什麼了吧？」

莫莉安的心臟漏跳一拍，臉上的笑意凝結。她正想坦白招供「不，其實我不知道」，就在這時——

「莫莉安，」霍桑語帶強硬：「**癢癢粉**。」

「妳先走吧，黑鴉小姐，我想妳朋友正在趕時間。祝妳展現考驗順利。」瓊斯先生脫帽向她致意，「妳朋友也是。」

令莫莉安錯愕的是，芬聽到他們慌忙的解釋與道歉，只是滿不在乎地甩甩尾巴，輕輕帶過。「我知道，我知道，試膽考驗，朱比特說了。」

「**妳知道？**」霍桑說。

「當然知道。」芬翻了個白眼。「不然，你們兩個小壞蛋偷偷溜掉的時候，我幹麼假裝沒注意到？好了，快走吧，要是錯過末班車，你們兩個要負責抬我回去。」

車站中空氣滯悶，芬領著他們穿過錯綜複雜、宛若迷宮的樓梯與地下道，這時霍桑才轉頭問莫莉安：「剛剛那個穿灰外套的怪人是誰啊？」

「瓊斯先生，」她邊說邊扯下圍巾，塞進口袋。「他不是怪人啦，他人滿好的。」

「他問了好幾百萬個問題，我還以為他不肯走了呢。妳怎麼認識他？」

「他在投標日那天說要找我當學徒。」

霍桑的兩條眉毛登時抬得老高，「妳拿到雙重投標？我光是拿到一個就高興死了。」

「我拿到四個，」莫莉安的臉漲得通紅，急匆匆往下說：「可是有兩個是假的，不知道是誰惡作劇。」

霍桑露出若有所思的神情，安靜下來，一路悶不吭聲，直到抵達月臺。三人用跑的追上末班車，在車門關上前跳了上去。

「那妳知道是什麼了嗎？」他們坐進最後一排的兩個位子時，霍桑問道。芬涅絲特拉以貓的坐姿坐在附近的地上，對其他乘客發出招牌低吼。

「什麼？」她明知故問。

「妳的本領。妳拿到四個投標，一定是很棒的本領。」

「是兩個，」她糾正，直勾勾盯著自己的鞋。「再說，如果連我自己都不知道是什麼，哪可能是多好的本領。」

莫莉安心知肚明，霍桑鐵定超級想問一堆問題，但他們隨後陷入緘默，就這樣坐完七站。等他們踏出車站，沁涼的夜風拂來，霍桑總算忍不住了。

「那，」他用手肘輕撞莫莉安，「穿灰衣的怪人是代表哪間學校？」

莫莉安皺眉。「他不是代表學校，是代表一間公司，叫做史奎爾企業。還有，不要叫人家怪人。」

「那，這個叫瓊斯的老兄要收妳當學徒？」

「不是，」莫莉安說：「投標的是他老闆，叫埃茲拉．史奎爾。」

「埃茲拉．史奎爾？」霍桑複述，眉間擠出深深的皺紋，「我在哪裡聽——」

「你們兩個，拜託不要拖拖拉拉的。」走在前面的芬大喊，他們已經相距將近一整個街區，莫莉安跟霍桑連忙跑步追上。「你們在後面咬什麼耳朵？」

「沒有啊。」莫莉安說，霍桑卻同時開口：「埃茲拉．史奎爾。」

「埃茲拉．史奎爾？」芬發出像噎到的聲音。「好久沒聽到這個名字了，你們兩個怎麼知道埃茲拉．史奎爾？」

「**妳**怎麼知道埃茲拉．史奎爾？」莫莉安問：「他是妳朋友嗎？」

芬看起來大受冒犯，斥道：「這是在開玩笑嗎？才不是，史上最邪惡的人並不是我朋友，謝謝妳的關心。」

「『史上最邪惡的人』？」莫莉安問：「妳在說什……」

「不要再說埃茲拉．史奎爾就對了，好不好？」芬壓低聲音，環顧四周。莫莉安頭一次看她這麼嚴正，這麼擔憂。「說什麼跟幻奇師是朋友，這種笑話一點也不好笑，要是被別人聽見──」

「幻……幻奇師？」莫莉安頓住腳步，「埃茲拉．史奎爾──是**幻奇師**？」

「就叫妳閉嘴了。」芬率先大步走進石竈蛾巷，留下愕然無言的莫莉安及霍桑。

等兩人回到莫莉安的房間，爬上床（今晚是兩個吊床，擺在一起，不停左搖右蕩），他們才開始講話。

「說不定是另一個史奎爾。」

莫莉安嗤之以鼻。「對啊，我敢說世界上有一堆埃茲拉．史奎爾。」

他們沉默幾分鐘，接著──

「我好笨，」莫莉安悄聲說，「瓊斯先生告訴我……他親口說過，埃茲拉．史奎爾是世上唯一能夠控制幻奇之力的人。所以他一定就是，對不對？他就是幻奇師。」

「大概吧。」

「當然是這樣，**我怎麼這麼笨**。」她坐起身，雙腿懸在吊床側邊。「史上最邪惡的人為什麼要收我當學徒？是不是因為他覺得……」她停下來，嚥了一口口水。「他覺得我也會變邪惡？」

「妳說這種話才笨呢。」霍桑跟著坐起來，「妳當壞人一定當得很爛，妳根本沒膽子當壞人。不過我可以，我的壞人笑聲超棒的，**哇哈哈哈哈！**」

「閉嘴啦。」

「**哇——哈哈哈——**」他嗆了一下，笑聲中斷。「喔，那樣笑其實喉嚨有點痛。**哇哈哈——**」

「霍桑，**閉嘴！**」莫莉安惱怒地說：「你覺得……你覺得我會不會……」

「怎樣，變邪惡？妳是認真的？」他傾身向前，在月光下注視莫莉安。「當然不會！莫莉安，妳當然不邪惡，不要開玩笑了。」

「一定是跟詛咒有關，我很確定。他們果然是對的。」

「誰？」

「大家。我爸，艾薇，詛咒之子登記處……每個人！整個共和國！我被詛咒了，說不定——」

「可是妳告訴過我，朱比特說詛咒不是——」

莫莉安無心聽他說話，「說不定詛咒代表我很邪惡。」

「妳才不邪惡！」

「那史上最邪惡的人為什麼想收我當學徒？」

霍桑咬住嘴脣，沉思一會，低聲說：「也許朱比特知道為什麼。」

「朱比特……」莫莉安心跳加快，「所以你覺得……你覺得我應該告訴他？」

霍桑對她擰起眉頭。「嗯，對。是啊，當然是告訴他最好，一定要告訴他！對方是**幻奇師**耶。」

「可是我連見都沒見過他！」莫莉安反駁，「我只見過他助理，你也聽香妲女爵跟米范說了，幻奇師本人絕對不可能回永無境，永無境不會放他進來。」

「萬一他找到方法了呢？」霍桑問，神色越顯憂懼。莫莉安不喜歡這副表情出現在他臉上，想到是自己害的，心中更是一陣難受。「萬一這就是瓊斯先生來永無境的原因呢？莫莉安，這是很嚴重的大事。」

「我知道很嚴重！」她猛地向前靠，一時用力過頭，差點被吊床甩下去。「你沒聽到芬說嗎？『跟幻奇師是朋友這種笑話一點也不好笑』，要是朱比特以為我跟幻奇師是朋友怎麼辦？要是他再也不想當我的贊助人怎麼辦？要是臭架子發現……」想起燧發槍探長，她打住話頭，這下探長又多了一個送她回共和國的理由。「霍桑，要是我沒進幻奇學會，我就會被趕出永無境。」**到時煙影獵手會等著我**，她心想，但沒有勇氣將這句話說出口。

霍桑看似如遭雷殛。「妳真的覺得他們……妳真的覺得朱比特會……」

「我不知道。」莫莉安坦承。即使她身負詛咒，朱比特依舊選擇了她，救出她，保護她；然而，假如他知道史上最邪惡的人也挑上她……這是否會成為令朱比特改變心意的最後一根稻草？莫莉安完全不想知道答案。

霍桑焦躁不已，站起身，開始來回踱步。「不能讓妳被趕出去，我不會讓他們趕妳走，不過，我們也需要一個應變計畫。

「這樣好了，如果妳又遇到瓊斯先生，我們就告訴朱比特全部的事，**全部**。如果沒有，就等最後一場試驗結束，我們兩個確定進入幻奇學會，沒人能把妳趕回共和國，到時我們再告訴朱比特。好不好？」

「好。」莫莉安說。要向朱比特隱瞞這個嚇人的天大祕密，還把霍桑也拖下水，令她滿懷內疚。可是，聽見霍桑說「我們」而不是「妳」，她不禁安心許多。她深吸一口氣：「好，就這樣做。在那之前……」

「我一個字都不會告訴別人。」霍桑伸出小指，表情憂慮卻堅決，莫莉安跟著伸出小指，和他打勾勾。「我保證。」

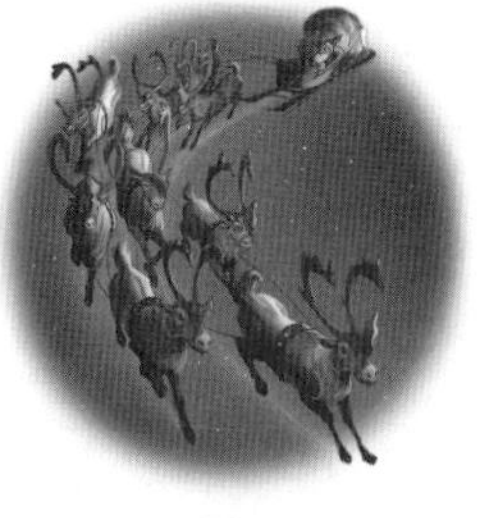

第十七章　聖誕夜大戰

首年之冬

十二月是杜卡利翁飯店最忙碌的月分，前廳登記住宿的旅客川流不息。這些客人專程從自由邦各地前來，體驗永無境這座大城中的聖誕佳節。

冬季之初，一個冷冽的早晨，莫莉安醒來時，發現她的新家一夜之間化為聖誕樂園。走廊各處飾有絲帶與常青樹枝，前廳擺了掛滿銀球、閃爍發光的杉樹；吸煙室早上發送帶有松木氣味的滾滾綠煙，下午改為紅白相間的拐杖糖煙，晚上則換成略帶辛香、充滿暖意的薑餅煙。

連水晶吊燈也配合季節變換樣貌。一整年來，吊燈緩緩生長，終於恢復原有尺寸，但在過去兩個月裡，它每隔幾天便改頭換面，彷彿杜卡利翁飯店尚未決定它的正式型態。光是這個月，吊燈就從閃耀的白色北極熊，變成巨型綠色聖誕花圈，再變成亮晶晶的藍色聖誕球，現在是光彩奪目的金色雪橇。

在豺狐鎮的聖誕節，頂多是裝飾一棵不大不小的聖誕樹，再掛上幾串小彩燈（前提是奶奶那一年特別有心過節，通常是沒有）。偶爾，柯維斯會抓她一起參加總理府每年舉辦的聖誕晚宴，任無聊的官員跟他們無聊的家人竊竊談論莫莉安。

不過在永無境，聖誕節是為期一整個月、毫不間斷的慶祝活動，幾乎每晚都有聖誕派對與主題晚宴可以參加，城中每個幻鐵車站都有合唱團或銅管樂團表演聖誕歌曲。朱若河徹底結凍，成了一條蜿蜒通過全城的天然快速道路，由於不須與車搶道，不少人索性用溜冰的方式上班上課。

四處洋溢著祝福與善意，然而，這個季節也在朋友與鄰居之間挑起競爭意識，許多人大費周章，只為了比別人更有佳節氣氛。幾乎每個社區、每間房子都張燈結綵，一間比一間更亮，每條街極盡鋪張之能事，浪費許多幻奇之力，妝點得俗不可耐，光芒四射、熠熠發亮，閃瞎方圓一哩之內的所有人，簡直俗豔荒誕到了極點，可是莫莉安愛死了。

然而，最激烈的競爭，依然非永無境聖誕節的兩名代表人物莫屬。

「我不懂。」莫莉安說。這天下午，她正和霍桑把爆米花跟蔓越莓穿在釣魚線上。「他怎麼有辦法在一個晚上飛遍全界？不可能啊。」

霍桑邀了莫莉安來他家，教她做聖誕樹傳統裝飾。外頭又溼又冷，不過在史威夫特家的客廳，既有熱巧克力可喝、有無線電廣播的聖誕歌可聽，爐子上還放了一整鍋玉米粒，正歡快地一顆顆爆成爆米花。

「才不是不可能——好痛。」霍桑不小心被魚鉤刺到，吸吮手指上的血。「他是用幻奇之力。」

「可是說真的，會飛的雪橇？而且還是用鹿來拉？」

「是馴鹿。」霍桑糾正。

「對不起，是馴鹿。馴鹿怎麼會飛？牠們又沒有翅膀，是他下了咒嗎？」

「不知道，妳幹麼這麼介意？」

莫莉安皺起整張臉，努力理清頭緒，好解釋她究竟為何覺得奇怪。「因為這很……邪門。而且，那隻鼻子是紅色、還會發亮的馴鹿呢？牠是怎麼了？」她做完第四條裝飾，伸手拿釣魚線捲，動手做新的一條。「該不會是活體實驗吧？太有病了。」

「我覺得牠是天生就長那樣。」

「那個耶魯女王（註4）呢？我連聽都沒聽過她。至少，聖誕老人聖尼古拉斯還會印在各種飲料跟巧克力的包裝上。」

霍桑又將一顆爆米花扔進嘴裡。他已經做完他分配到的裝飾，現在又決定把裝飾拆了，一顆一顆吃掉。「我爸覺得大家都太小看耶魯女王了，因為聖誕節戲劇之類的很少提到她。可是聖誕節沒下雪會很無聊，妳以為雪是哪裡來的？雪又不會自己從天上掉下來。」

「你是說，雪是耶魯女王製造的？」

註4 耶魯女王（Yule Queen），源於耶魯節的傳說。耶魯節（Yule）原是日耳曼人的宗教節日，後來受到基督教信仰的影響，改為慶祝耶魯節，因此有些人視耶魯節為聖誕節的前身，現今不少聖誕節傳統與習俗其實都是來自耶魯節。在英文中，耶魯節也可當成聖誕節的同義詞。

「當然不是，別傻了。」霍桑一副對傻子說話的語氣：「雪是雪之獵犬製造的，但要是耶魯女王沒叫他下雪，他哪會下。」

莫莉安徹底糊塗了。「所以……聖尼古拉斯跟耶魯女王，要殺掉對方？」

「什麼？不是啦，妳好黑暗。」霍桑笑出來。「他們會在聖誕夜比賽，看誰最有聖誕精神。如果耶魯女王贏了，她會在聖誕節早晨下厚厚的一層雪，還會祝福每一戶人家。」

「如果聖尼古拉斯贏呢？」

「每個聖誕襪裡都會有禮物，每個壁爐都會有火。妳最好選一邊來支持，我們家支持聖尼古拉斯，不過我爸其實暗自欣賞耶魯女王。隔壁鄰居坎貝爾一家是耶魯女王的死忠支持者，從他們家到處是綠色就看得出來。」他指向窗外，隔壁那棟屋子貼滿綠色布條，還裝飾了彎曲纏繞的綠藤，以及一閃一閃的綠色小彩燈。

「綠色是什麼意思？」

「耶魯女王支持者的代表色是綠色，聖尼古拉斯支持者的代表色是紅色。來，這給妳。」他從史威夫特家收納裝飾品的盒子中掏出一樣東西，扔給莫莉安，莫莉安手忙腳亂地接住。

「這要做什麼？」

「這樣妳就可以像我一樣，支持聖尼古拉斯。」他聳肩。「有禮物跟火爐，誰不喜歡？」

那是一條深紅色緞帶，莫莉安將之收進口袋。「我考慮一下。」

「你支持誰？」那天吃晚餐時，莫莉安問朱比特：「聖尼古拉斯，還是耶魯女王？」

「耶魯女王。」傑克一面說，一面往盤子裡舀馬鈴薯泥。「這是當然的吧。」

莫莉安怒目而視，「我又不是問你。」

稍早，傑克回到飯店過幾天聖誕假期，他一回來就盡其所能，不停地激怒莫莉安。

「是，妳是問朱舅舅，但妳要是看不出他支持耶魯女王，就代表妳笨得可以。妳一點腦袋都沒有嗎？」

「傑克，不要這麼沒禮貌。」朱比特瞪傑克一眼。

「為什麼？」莫莉安不悅地說：「他身上又沒有綠色的東西，一整個星期都沒穿綠色衣服，你是兩隻眼睛都瞎了嗎？」

「莫兒，這樣太傷人了。」朱比特說，嗓音滿是詫異和失望，令莫莉安心頭一緊，內疚擰絞著五臟六腑。她正想開口對傑克道歉，傑克卻迅速反擊，顯然絲毫沒有因為莫莉安的不客氣而動搖。

「他當然不能讓人看見他穿綠色衣服，」傑克說：「重要公眾人物在聖誕節必須保持中立，這是身為公眾人物的品德。不過妳要是夠聰明，就知道相較於消費主義那種高調的排場，朱舅舅和我更偏好高尚與優雅。聖尼古拉斯只不過是一個受惠於資本主義、很會自我宣傳的闊佬，但耶魯女王是**有格調**的。」

莫莉安完全聽不懂他在說什麼，然而在那一刻，她下定了選邊站的決心。她從口袋掏出紅緞帶，緊緊綁在馬尾上，打了個蝴蝶結，挑釁地瞪傑克。

「這是想要嚇我嗎？」傑克笑出聲：「妳是要在餐桌上對我下決鬥戰書？在黎明時分用湯匙打一架？」

「夠了，你們兩個……」

莫莉安考慮要將湯匙往他得意洋洋的臉上扔。「既然耶魯女王這麼棒，為什麼一齣介紹她的戲也沒有？為什麼她從來沒出現在廣告上？聖尼古拉斯的臉印在歡樂聖誕太妃糖上，在布林可麗博士佳節氣泡飲上，還有崔斯坦・拉法葉冬季系列羊毛襪上，但我從來沒在廣告看板上看到耶魯女王，要是她站在我面前，我也認不得她。」

朱比特癱坐在椅子上。「為什麼我們不能好好相處呢？」

「那是因為她有品格，」傑克不理會他舅舅，拿叉子指著莫莉安。「妳最愛的胖老頭聖尼古拉斯，還有他那一夥會飛的蠢鹿，根本不曉得『品格』兩個字怎麼寫。」

「聖尼古拉斯是慷慨、仁慈跟……跟歡樂的象徵！」

「妳只是在重複廣播電臺上講的東西。」傑克嘀咕。（他猜得八九不離十，這句話是莫莉安在報紙上看到的，來源是早餐甜麥片的廣告，麥片盒上印有聖尼古拉斯的照片。）「妳接下來八成會跟我說，他那個讓生物人工發光的病態實驗也沒什麼不好，而且讓馴鹿變得更魔幻了。」

莫莉安雙手用力往桌上一拍：「那些馴鹿本來就很魔幻，紅鼻子那隻也是！」她把盤子推開，弄得鏗鏘作響，然後大步走出餐廳，回頭大喊：「還有，**牠天生就長那樣！**」

在走廊，莫莉安聽見朱比特嘆氣。「我說傑克，你跟莫兒為什麼老是針鋒相對？我最討厭擺平別人吵架，讓我覺得自己很像大人。」他說出最後兩個字的口氣，猶如吞了什麼難吃的東西。「為什麼你們不能當朋友？」

「朋……朋友？」傑克嗆了一下，發出像是噎到晚餐的聲音，莫莉安幻想那副情景，內心一樂。「跟她？付我錢也不要。」

朱比特的嗓音忽然變得很輕。「傑克，她離鄉背井，你很清楚那種感受。」

莫莉安皺起眉頭，暗忖：傑克的家鄉在哪裡？他爸媽又在哪裡？她從來沒想到要問……話又說回來，傑克也不喜歡別人打探隱私。

「可是朱舅舅，她真的很討人厭，而且坦白說，我不懂你怎麼覺得她能進幻奇學會，她到底有沒有——」

莫莉安不想再聽下去，掩住雙耳，跑過走廊，順著螺旋梯一路往上，回到自己的房間，往床上一撲（這週是豪華的四柱床，層層裝飾著銀蔥彩帶），把頭埋進枕頭底下。

莫莉安猛地驚醒。她再度夢到展現考驗，這次她站在長老面前，試著唱歌，偏偏口中只發出鸚鵡般的嘎嘎叫聲，觀眾朝她丟馬鈴薯泥，如雨落下。

她清醒地躺著，聆聽杜卡利翁飯店內的聲音。她能聽見樓上傳來法蘭克輕柔的鼾聲，走廊對面傳來芬涅絲特拉呼應似的氣音，以及樓下傳來管線的雜音。房內的壁爐劈啪燒著，一定是瑪莎在莫莉安睡著後進來點了火。

她變得如此依賴這些事物，變得如此習慣這樣的生活，真是不可思議。想到萬一沒通過展現考驗會有什麼下場，想到再過短短幾週說不定就要離開永無境，她便胸口發疼，疼得令她訝異。

可是，比起當眾受到難堪，比起離開杜卡利翁飯店，最讓她難受的，是不知道回共和國以後會面對什麼。煙影獵手是不是還在那裡等候？如果家人知道她還活著，會歡迎她回家嗎？如果煙影獵手回來要她的命，家人會保護她嗎？

走廊傳來聲響，打斷莫莉安的沉思──不知是誰在樓梯最後一級絆倒的砰咚聲，一陣液體潑灑聲，一個低低的咒罵聲。她掀開棉被，輕手輕腳走過去開門。

在走廊微弱的燈光下，她看見地上有個空杯，以及一灘打翻的牛奶。傑克跪在地上，徒勞無功地試著用睡衣下襬把地板擦乾淨。莫莉安不吭一聲，從浴室拿來毛巾，跪下來幫忙。

「沒關係，」他喃喃說：「我來就好，妳會把毛巾弄髒。」

「你會把衣服弄髒。」莫莉安反駁，拍掉他的手，他往回靠，坐在腳踝上，讓莫莉安來擦。

「好了。」擦乾淨之後，她小聲說：「你可以把它拿去洗衣籃──怎麼了？你在看什麼？」

傑克臉上的表情很眼熟，她過去在豺狐鎮見得多了，那種表情混合了恐懼、懷疑、不情願的好奇，還有一絲深沉的恐懼。然而，這些都不是她覺得最不對勁的地方。

「你的眼睛好得很！」她大聲說，倏地站起，徹底忘了要壓低音量。傑克跟著起身，有些踉蹌，差點又跌倒，一邊張著嘴繼續盯著她。他沒戴眼罩，兩顆棕色眼珠牢牢瞪著莫莉安。「你這個騙子，你那隻眼睛根本沒瞎，你為什麼要一直裝瞎？朱比特知道嗎？」

傑克一言不發。

「不要再看了，傑克，回答我！」

忽然，樓梯傳來腳步聲，朱比特惺忪的臉隨後出現。「在吵什麼？客人還要睡……」他看到傑克仍注視著莫莉安。「傑克？」他輕聲喚道。

「你知道嗎？」莫莉安質問：「你知道他不用戴眼罩嗎？」

朱比特沒回答，輕輕搖了一下傑克的肩膀，傑克總算回神，顫抖地指著莫莉安，朱比特握住那隻手。

「喝杯茶吧，來。」他引導傑克走下樓梯，「莫兒，回去睡覺。」

莫莉安目瞪口呆。「我？為什麼是我要回去睡覺？是他假裝瞎了一隻眼睛耶。」

朱比特猛地吸進一口氣，臉色突然變得嚴厲。「莫莉安！」他沙啞地低聲說，「回去睡覺，我不想再聽妳說這些話，懂了嗎？一個字也不准。」

莫莉安一縮，這是朱比特頭一次對她這麼疾言厲色。她有點想爭辯，想要求他解釋傑克的行為，但看到朱比特嚴峻的神色，到嘴邊的話又嚥了回去。

傑克走樓梯走到一半，回過頭來，目光中充滿困惑不解。

我也不懂，莫莉安沮喪地想，輕輕關上房門，將浸透牛奶的毛巾丟進浴缸，爬回床上。

聖誕夜，空氣乾燥冷冽，到處洋溢著興奮的氣氛。杜卡利翁飯店上上下下情緒高昂，住客及員工都準備動身，前往舊城中央的英勇廣場觀賞大戰。

「聖誕歡樂，米范。」莫莉安經過禮賓櫃檯時按了兩下鈴。

「莫莉安小姐，您也聖誕歡樂，還有耶魯節愉快！」

前廳十分溫暖，人聲喧騰。客人一邊享用蘭姆酒球與蛋酒，一邊等候朱比特宣告出發。

「莫莉安小姐，妳只綁一條緞帶？」香妲・凱麗女爵問，她的頭髮用許多綠色髮圈綁起，兩耳晃蕩著祖母綠耳環，頸間配戴相襯的祖母綠頸鍊，身披一件森林綠斗篷。看見莫莉安的黑裙、黑外套、黑繫帶皮靴，香妲女爵咬住下唇。「我有一頂緋紅色的帽子，妳說不定能戴，還是要紅寶石項鍊呢？我有十二條，妳可以留一條。」

「不用了，謝謝妳，香妲女爵。」莫莉安說，她覺得這條緞帶夠有聖誕氣息了。

數不清是今天第幾次，她暗自希望霍桑也能來看大戰。史威夫特家每隔一年就會去高地過節，所以霍桑昨天已經啟程，臨走前再次保證會對埃茲拉・史奎爾的事守口如瓶。莫莉安本來下定決心，不要多想史奎爾想收她當學徒這個令人煩憂的謎團，好好享受聖誕節；不過在她內心深處，仍抱著一線希望，但願在展現考驗前不會碰上瓊斯先生。

她站在樓梯上，俯視底下的飯店員工，不得不承認他們有聖誕味得多。吸血鬼矮人法蘭克將指甲塗紅，搭配披風的紅色內襯；米范全身上下都是紅色格紋，飾有紅色金蔥絲；瑪莎穿了一件俐落的綠外套，配上同色圍巾，表示自己與耶魯女王站在同一陣線；司機查理雖然今天晚上休假，還是戴了豆青色的司機帽，以及同色軟呢外套。

時鐘敲響，朱比特招呼大家走出大門，來到前庭，一列華麗的馬車在此等候，預備載眾人參與盛會。莫莉安經過朱比特時，朱比特對她眨了個眼，還友善地輕推她一下。自從傑克那件事以來，已經過了三天，可是朱比特隻字不提，於是莫莉安也閉口不談，雖然她想問清楚傑克的眼罩想得要命。

今晚不行。她不想毀掉聖誕夜。

莫莉安本來以為英勇廣場會是一片紅綠交雜的人海，結果兩方人馬各自集結成一大群、一大群，形成好幾個涇渭分明的紅色團體和綠色團體，有的吶喊口號，有的唱起聖誕歌，互相試著壓過敵對陣營。每當紅色人群高聲合唱《歡樂胖老人頌》或《給自己一個歡樂聖誕》，附近的綠色人群就會報以《耶魯節之詩》或《綠之喝采》。朱比特在兩個團體之間找到空位，讓莫莉安站在紅色支持者旁邊，傑克站在綠色支持者旁邊，朱比特則擋在他倆之間，以便及時阻止兩人大打出手。

「你看起來好像綠花菜。」莫莉安告訴傑克，對他頭上的綠帽做了個鬼臉，那頂繁複的帽子聳立在他頭上，宛若一小團精心設計的爆炸雲。為了更清楚地表達意思，她補上一句：「一朵超蠢的綠花菜。」

「至少我很大方地表現對耶魯女王的支持。」傑克左眼上又戴了眼罩，他伸出手調整了一下，莫莉安咬住舌頭，以免自己忍不住脫口：明明兩隻眼睛都好好的，到底為什麼要戴眼罩。在走廊事件之後，莫莉安很少見到傑克，她不確定究竟是傑克有意躲她，還是朱比特刻意不讓他們兩個碰頭。「我看妳只綁了一條小得可憐的緞帶，是不是妳覺得很丟臉，不敢承認妳支持一個病態發胖、擅闖民宅、奴役妖精的人？」

「我唯一覺得丟臉的事，就是站在那頂噁心的帽子旁邊。」

「噹噹噹！」朱比特雙手打出暫停的T字手勢，意味深長地看著傑克。「時間到，拜託，算我求——喔！開始了！」

群眾陷入沉寂，紛紛指著北邊的天空，只見一個龐然身影從黑暗中浮現。莫莉安屏住呼吸，終於真正感受到興奮之情。紅色區域傳出歡呼，聖尼古拉斯自高空飛向英勇廣場，九隻馴鹿演出精采的繞圈飛行，隨後靈巧地降落在廣場中央的平臺。兩隻妖精從閃爍光澤的桃花心木雪橇跳下來，狂熱地對群眾揮手，就像山怪競技的啦啦隊一樣，鼓動大家歡呼得越來越大聲。在喝采聲中，喜氣洋洋的白鬍子老人踏出了鋪著紅色天鵝絨的雪橇。

莫莉安露齒一笑。她得承認，她很高興自己選擇支持聖尼古拉斯。俊美的馴鹿踩著四蹄，來回甩動巨大的鹿角，自鼻孔噴出白霧。妖精跳上跳下，觀眾鼓足全力為聖尼古拉斯加油，聖尼古拉斯朝大家揮手，不時隨意地指向幾個人當作招呼，彷彿他和那些初見面的人是多年老友，有個被他指到的男人還當場暈厥。莫莉安覺得，聖尼古拉斯根本是搖滾巨星。

她心滿意足，轉頭看傑克，但傑克只是聳了聳肩。

「等著看。」他露出不懷好意的笑，望著廣場的南邊。

沒等多久，人潮散開，讓路給一座結霜的小山。仔細一看，小山原來是十呎高的雪之獵犬，牠穿過看得入迷的群眾，一名美麗的女子立在牠背上，她昂首挺胸，注視陷入寂靜的廣場。

莫莉安拚命忍住「哇——」的驚嘆。傑克對耶魯女王的描述全是真的，她是莫莉安見過最高雅的女子，她很有**格調**。

女王身穿一襲纖細精緻的淺綠禮服，裙襬在她身後飄飛，宛如水中流動的絲綢。她柔美的長捲髮閃耀光澤，直瀉到腰際，顏色一如那隻颯爽的獵犬，白得像剛落下的雪。她的雙唇蒼白而無血色，微笑時露出亮白的牙齒，雙眼璀璨，那副神態有如聚光燈，令身邊的一切籠上陰影。她看似一路飄向平臺，人群不約而同發出心醉的嘆息。

莫莉安用不著看傑克，就感覺到身邊傳來濃濃的得意。

耶魯女王踏上平臺，向聖尼古拉斯點頭致意，聖尼古拉斯則鞠躬回禮。一時之間，什麼也沒有發生。接著，耶魯女王仰頭面向天空，姿態靜止。

「來了。」朱比特低喃。

一開始很微弱，只是遙遠的叮噹聲，就像風鈴或玻璃敲擊的聲音。莫莉安驚異地望著永無境夜空，只見每顆閃耀的星星越來越亮，逐漸變化，緩緩移動，直到滿天星斗不可思議地化為千萬個銀色小鈴鐺，反射整座城的光芒，空中迴盪著繁複的交響曲。莫莉安目不轉睛，屏氣凝神，入迷地凝視星星化成的鈴鐺，直到每顆鈴鐺敲出最後一個音，再度變回遙遠的星辰。

這場非凡的演出結束後，眾人震懾地靜了三秒，之後，廣場上所有綠色支持者爆出熱情的掌聲，連一些紅色支持者也不太甘願地拍手。莫莉安太喜歡耶魯女王的魔法，簡直想要大聲叫好，可是她不想讓傑克太得意，於是保持沉默。

所有人都將目光轉向聖尼古拉斯，他搓著雙手，原地轉圈，審視整個英勇廣場。然後，他開始隨手亂指，莫莉安本來以為他又在像搖滾巨星一樣對觀眾打招呼，不料一些人發出尖叫，踉蹌退開，撞到旁邊的人。他手指之處，都從地面飛速長出一棵杉樹，把旁邊的人給擠開，愈長愈高，先是六呎，又變成十二呎，再拔高到二十呎，然後衝到四十呎，最終，廣場上散布了十幾棵常綠樹。

莫莉安咧嘴笑開，開始拍手，不過聖尼古拉斯這一手還沒露完。他用圓潤的手指打了個響指，杉樹上陡地彈出閃亮亮的大裝飾球，顏色有金有紅，針葉間也變出許多彩燈。紅色支持者全都為之瘋狂。

傑克毫無反應，雙眼緊盯耶魯女王，等著看她怎麼接招。

耶魯女王對聖尼古拉斯的手筆露出沉穩的微笑，隨即伸手對聖誕樹一揮。伴隨著她的號令，數十隻雪白的鴿子從枝葉中冒出，成群飛起，聚集成一朵龐大、不斷撲翅的雲，神奇地組成各種形狀，頭一個是雪花，再來是星星，再來是鈴鐺，再來是一棵樹，最後是和平符號，最後飛向遠方。人群報以如雷的掌聲。

聖尼古拉斯對妖精示意，妖精跳上雪橇，雪橇上有兩座看起來頗為危險的巨砲，分別朝著不同方向，對準觀眾。莫莉安瞥了朱比特一眼，暗忖這樣難道沒問題嗎？不料朱比特看似毫不在意，甚至露出有些無聊的表情。

「這個他去年不是做過了？」朱比特輕推一下他外甥。

傑克用鼻子一哼：「了無新意。只會迎合貪婪的大眾。」

「噓！」莫莉安說，為了強調，還用手肘撞傑克的胸口。他們看是看過了，可是莫莉安一秒也不想錯過。

大砲擊發，炸出轟然巨響，又一響，再一響。妖精一次次擊發大砲，在英勇廣場灑落五彩繽紛的糖果，大人小孩全忙著在地上四處撿拾，或是跳起來在半空接住，不久，所有人都塞了滿嘴太妃糖，含混不清地大聲喝采，莫莉安也是。

耶魯女王轉頭望向雪之獵犬，獵犬抬頭挺胸，莊重地步向平臺，明亮的藍眼牢牢注視牠的女主人。女王伸手搔搔牠的耳後，牠昂起頭，對著月亮發出長嗥，叫聲悠長而奇異，很快地，永無境的每一隻狗接連加入應和，有如脫離俗世的狼之合唱。莫莉安感到有什麼東西落上她的頭髮。

「下雪了。」她悄聲說。

細小的白色雪花四處飛舞，在空中打轉，輕柔地落在她鼻子上、肩膀上、攤開的掌心上。莫莉安從沒見過真正的雪，喜悅在她胸中綻開，氣球似地發漲，她差點伸手抓住朱比特的大衣，生怕這股快樂會帶著她飄走。

好一陣子，群眾陷入靜默，只聽得見微弱的抽氣聲和低語聲。然後，廣場上爆出歡呼及鼓掌，支持者不分紅綠，齊聲叫好，徹底忘了彼此屬於不同陣營。

聖尼古拉斯跟著拍手，一邊笑，一邊伸出舌頭接住一片雪花，耶魯女王發出笑聲。

「壓軸好戲要上場了，」朱比特說：「你們兩個，把蠟燭拿出來。」

莫莉安和傑克各自探進口袋，掏出朱比特稍早給的白蠟燭。她模仿朱比特的動作，高高舉起蠟燭，周遭的人也都這麼做，一陣激動期待的氣氛漫過整個廣場。

大家似乎都知道接下來會發生什麼。聖尼古拉斯搔著鬍子，用誇張的演技，假裝他徹底被打敗了，想不出來該怎麼辦，逗得年紀較小的孩子們嘻嘻竊笑，互相推來搡去。

再來，聖尼古拉斯看似靈光一現，喜孜孜地將手一拍，雙手朝眾人一揮，一面不停轉圈。蠟燭一根根點亮，逐一向外擴散，速度越來越快，火花連續不斷地迸發，直到廣場充滿笑聲與金黃的燭光。

聖尼古拉斯與耶魯女王臉上都帶著笑意，像老友一樣擁抱，親吻對方臉頰。馴鹿靠在雪之獵犬身邊，用脖頸摩娑著牠，獵犬則玩鬧地作勢要咬鹿角，又舔舔那些馴鹿的臉。兩隻妖精撲向耶魯女王，抱住她的大腿。

眾人也紛紛動了起來，一陣眼花撩亂後，紅區跟綠區彼此相融，合而為一。兩方支持者交換身上的配件，暗紅手套換草綠圍巾，桃紅花朵換翠綠毛帽，直到沒人看得出誰支持誰。瑪莎跪了下來，把圍巾遞給法蘭克，法蘭克則將一條紅色金蔥彩帶圍在她肩上；香妲女爵拿了米范的紅色格紋領結，再替他戴上祖母綠頸鍊，惹得米范臉都紅了。

傑克摘下他那頂可笑的帽子，往莫莉安一遞，聳了聳肩。「我想蠟燭那招是滿厲害的。」

「對啊。」她同意道：「不過下雪是最棒的部分。」她拉下頭髮上的紅緞帶，綁在傑克的手腕，打了個蝴蝶結，他低頭看著，露齒一笑。「等一下，」莫莉安說：「那誰勝誰贏？」

「是『誰輸誰贏』。而且沒有人輸。」朱比特說，領著他們走出廣場。「他們就跟往年一樣，決議休戰，現在要回去忙他們的正事，挨家挨戶分發禮物、在全自由邦下雪，皆大歡喜。誰要吃糖梅？」他跑向前方的糖梅攤子，買了兩打，裝在褐色紙袋裡。

「所以沒有人贏？」莫莉安問，不禁有點被騙的感覺。

「妳在開玩笑吧，又有禮物，又下雪？」傑克說，邊笑邊朝朱比特背後扔了一顆雪球。「大家都贏！」

他們三人決定徒步走回家，揮手要馬車先走，一路互砸雪球，直到三個人渾身溼透，精疲力盡。接下來的路上，朱比特背著莫莉安，傑克在結冰的路面上半滑半溜，滑得不亦樂乎。三人把甜中帶酸的糖梅分食得乾乾淨淨，等到他們四十分鐘之後抵達杜卡利翁，每個人的手指都凍僵了，舌頭也被染成紫色。

「你覺得聖尼古拉斯來過了沒？」走上樓時，莫莉安一面問傑克，一面舔掉嘴角的紫色糖粉。

「還沒，他只會在妳睡著之後過來，因為他太忙了，沒時間聊天。所以，趕快去睡覺。」他壞笑著將莫莉安往走廊另一端推：「晚安。」

「晚安，綠花菜頭。」

傑克笑著進了房間。

第十八章　不太歡樂的聖誕節

聖誕節早晨，莫莉安醒來，聞到肉桂、柑橘與煙燻的香味。壁爐中的火焰雀躍地燒著，床頭板掛著一隻肥肥的襪子，裡頭塞滿糖果點心。

她倒轉襪子，各種零食禮物傾瀉在她腿上：巧克力、紅橘薑餅水果蛋糕、一顆閃著光澤的粉紅色石榴、一條形狀像隻狐狸的編織圍巾、一雙紅手套、一罐金紫相間的帕可斯基醃糖梅、一本叫做《芬尼根童話故事》的精裝書、一疊背面是銀色的牌、一柄握把上畫了芭蕾女伶的梳子。這麼多東西，全都是給她一個人的！聖尼古拉斯太不可思議了。

莫莉安戴上柔軟的羊毛手套，湊近臉旁，想起以往沒那麼高興的聖誕節。黑鴉家族一向不來送禮這套，很久以前有一年，她鼓起勇氣問柯維斯，她這次聖誕節會不會收到驚喜，柯維斯的答案是會，讓她開心不已。莫莉安期待了好幾週，在聖誕節一早跳下床，激動地想看看前一夜柯維斯留下什麼禮物，結果發現床腳有個信封，裡頭是一份帳單，列明柯維斯那一年因為她而付給詛咒之子登記處的賠償金，一毛不少。

他倒是沒騙人，至少在「驚」這個方面。

莫莉安用牙齒咬掉巧克力金幣的金箔，這時她的房門猛然打開，傑克大步走進，一手拿著一張字條，另一手拿著他的聖誕襪。

「聖誕歡樂！」莫莉安說，本來想補上一句「好了，給我回到門口敲門」，但她太為聖誕節高興了，所以決定不要計較。

「耶魯節好。」傑克一屁股坐上她的床，將字條遞給她，接著調整一個舒服的坐姿，倒出聖誕襪中的東西，從那堆禮物中挑了一片薑餅狗，掰掉它的頭。「其實沒有很好，因為朱舅舅又臨時有事出門了。」

「在聖誕節早上？」莫莉安問，讀起字條。

有急事要去瑪威辦，午餐時間回來。替我帶莫兒去滑雪橇。

——J.

「瑪威是什麼？」

「一個中間界，八成又有冒險家錯過使用通道回鄉的時間了，每次聖誕節都會有人找他去救一些白痴。嗯——來，這給妳。」他帶著嫌惡的表情，將聖誕襪中的石榴拿給莫莉安，她則回送幾顆紅橘。

「你不用帶我去滑雪橇。」她咬著另一片巧克力金幣，聳聳肩。「我連雪橇都沒有。」

「妳以為那個是什麼，一隻小馬？」傑克的頭朝壁爐一歪。

莫莉安越過床沿往底下瞧，看見一架反射光澤的綠色雪橇，上頭綁著金色緞帶，附上一張紙條：**莫兒，有個歡樂的聖誕**。

「哇。」她驚嘆，高興得反應不過來。她這輩子從沒收過這麼多禮物。

「我的是紅色，」傑克邊說邊翻了個白眼：「他真是自以為好笑。」

朱比特沒在午餐時間趕回來，派了一位信差過來替他道歉。少了他在，莫莉安本來會很失望，好在她忙著歡度人生中最棒的聖誕節。

多虧耶魯女王，今天下了一場紛飛的大雪。一整個早上，傑克與莫莉安在附近的加爾巴利山丘滑一遍又一遍的雪橇，還跟鄰居小孩打了一場驚心動魄的雪球大戰。

中午，他們走回杜卡利翁飯店，剛好趕上在宴會廳的午餐，食物豐盛到壓得長桌吱呀作響，有烤火腿、燻山雞、烤鵝，有一盤盤培根炒甘藍菜及栗子、金黃色的烤馬鈴薯、淋上蜂蜜的防風草根，有一盆盆濃稠的醬汁、鬆軟的起司、辮子麵包，還有鮮紅的蟹爪、躺在碎冰中閃著水光的牡蠣。

莫莉安跟傑克打定主意每種都要吃一點（牡蠣除外），不過兩人只吃了一半的菜色就放棄，跑去躺在吸煙室（今天是薄荷煙霧，幫助消化），宣告他們這輩子連一口食物都不想再吃了。然而，十五分鐘後，傑克便盡心盡力掃光一碗裝得高高的水果蛋糕、兩個百果餡餅，莫莉安則解決掉一個蓬鬆的鮮奶油黑莓蛋白霜。

傑克第三次折回宴會廳時，莫莉安躺在角落的沙發上，呼吸著安撫心神的薄荷綠煙霧。這時，她聽見有人走進吸煙室。

「我也不是不相信他，」一個男人的聲音說：「他一定很清楚自己在做什麼，這小夥子可聰明得很。」

莫莉安睜開惺忪的睡眼。透過牆壁送出的濃煙，她隱約看見兩個人影。一個是優雅的香妲女爵，身穿紅綠相間的飄逸絲綢禮服；另一個是已經滿頭白髮卻仍精神奕奕的米范・焦，穿著聖誕節蘇格蘭裙。

「就是太聰明了，遲早惹麻煩。」香妲女爵說：「米米，他不是不會犯錯，他也只是個人。」

莫莉安迷濛地思索，是不是要讓他們知道她也在，正打算清清喉嚨——

「為什麼是莫莉安？」米范說：「有那麼多備選生可以挑，為什麼要挑她？她的本領是什麼？」

「她是個很惹人愛的女孩——」

「當然，當然。非常討喜的孩子，棒得不得了的女孩兒，但朱比特到底覺得她憑哪點能進幻奇學會？」

「哦，你也懂朱比特的個性。」香妲女爵說：「他一向把不可能的事情當成挑戰。你還記得吧，他是頭一個攀登莫名其妙峰的人，然後又殺進那個山怪肆虐的蠻荒界，那可是整個探險者聯盟都敬而遠之的地方。」

禮賓部經理輕笑幾聲。「是啊，再看看這裡。他發現這間飯店的時候，這裡根本是廢墟，他把這個地方當成興趣來經營，結果成了全永無境最高檔的飯店。」他的聲調轉為嚴肅：「但你可不能把孩子當成興趣來養。」

「確實。」香妲女爵表示同意。「要是他搞砸杜卡利翁，事態還算不上多嚴重，起碼飯店不像人一樣會受到傷害。」

隨後一陣沉默。莫莉安不敢動彈，屏住呼吸，一時以為他們在重重薄荷煙霧中看見了她。

半晌，米范深深嘆了口氣。「香妲，我知道這不關我們的事，只是我擔心那孩子。我覺得他會害那孩子大失所望。」

「不只如此。」香妲女爵用不祥的語氣說：「萬一臭架子發現她是非法入境的，想想看朱比特會賠上什麼。這可是**叛國罪**，米范，他會鋃鐺入獄，他的名聲、他的事業……全部葬送。除此之外，還有——」

「杜卡利翁。」米范肅穆地接話：「一個不小心，他就會賠上杜卡利翁。到時我們該如何是好？」

不出莫莉安所料，當天深夜，她在杜卡利翁飯店的走廊上遊蕩，努力趕走胃中的糾結感與惡夢。

時間已過午夜，她注意到朱比特辦公室的門半開半掩。她從門縫往內偷窺，見到朱比特坐在火爐邊的皮製扶手椅中，一旁的桌上擺了冒著蒸汽的銀茶壺，以及兩個飾有花樣的小玻璃杯。他連眼睛都沒抬：「進來吧，莫兒。」

朱比特倒茶出來，是薄荷茶，綠色茶葉在裡頭迴旋，又替莫莉安那杯加了一顆糖。莫莉安在他對面坐下之際，他的目光短暫掃過莫莉安的臉。莫莉安覺得他看起來很疲憊。

「又作惡夢了，」他的語氣不帶疑問：「妳還在擔心展現考驗。」

莫莉安啜著茶，什麼也沒說。朱比特總是知道這些事，如今她已經習慣了。

她又一次夢見自己在展現考驗上一敗塗地，不過這次，夢境沒有在觀眾奚落她時結束，反而繼續進行：一批滴著口水的凶殘山怪手持棍棒，闖進山怪武鬥館，顯然是要把莫莉安亂棍打死，了結她可悲的小命。

「考驗就在下週六。」她意有所指地說，暗自期望朱比特聽了這句話，會終於告訴她到底該做什麼、到底要表演什麼。

朱比特嘆氣。「不要擔心這麼多。」

「你一直這樣講。」

「一切都會沒事的。」

「這句話你也一直講。」

「因為這是真話。」

「可是我沒有本領！」她不小心把茶潑出來，濺到睡衣前襟。「反正我不可能進入學會，那我為什麼要接受考驗？我又不會騎龍，也沒有……也沒有天使般的歌聲，我什麼都不會。」開始吐露內心的擔憂之後，莫莉安就停不下來：「要是臭架子發現我非法入境怎麼辦？他們會把我趕出去，然後把你關進大牢，把杜卡利翁從你手中搶走，你……你的名聲……你的事業……」莫莉安的聲音一哽。「你不能為我冒這麼大的險！到時候飯店的工作人員怎麼辦？**傑克**怎麼辦？要是你被關，你就沒辦法照顧傑克了，而且還有……」她一時接不下去，打住話頭。

朱比特端著茶，掛著有禮的微笑，等她說完，這副樣子令莫莉安更加惱火。他到底擔不擔心莫莉安能不能進學會？還是他做這件事純粹是出於好玩？莫莉安該不會只是他的……一個興趣？

這念頭讓她內心湧出一種難以言喻的感覺，彷彿體內有隻被逼入絕境的困獸，壓低身體，準備強行突破她的胸腔。

她放下茶杯，玻璃哐啷敲在茶盤上。

「我要回家。」

她壓根沒意識到自己起了這個念頭便脫口而出，聲音低微，語氣抑鬱。這四個字懸在空氣中，無比沉重。

「回家？」

「回豺狐鎮。」她澄清，雖然她知道朱比特很清楚她的意思。一聽莫莉安說要回家，他整個人陡然靜止。「我要回家，馬上回去，今天晚上就回去。我想跟我家人說我還活著，我不想加入幻奇學會，我不……」要說出這些話並不容易，每一字都必須奮戰不已：「我不想住在杜卡利翁飯店了。」

最後一句並不是實話，但她覺得如果朱比特相信，會更有可能答應她。

莫莉安深愛杜卡利翁，然而，無論這間飯店有多少房間、多少走廊、多少樓層，都裝不下她對展現考驗日漸高漲的恐懼。

她的憂慮如同一隻怪獸，如同在杜卡利翁不斷作祟的鬼魂，也如同逐漸滲入骨髓的冬霜，令她永遠無法真正感到暖和。

她等待朱比特回答。朱比特的臉孔斂去情緒，紋絲不動，莫莉安差點以為那張臉會像陶瓷面具一樣起裂紋。他凝視火焰良久。

「好吧，」他終於開口，嗓音輕柔：「我們即刻出發。」

第十九章　絲網

「還要走多遠？」

「再一段路，跟上。」朱比特大步走在又暗又髒的隧道中，地上鋪著灰白的瓷磚，天花板的燈光時明時滅。他照舊走得很快，莫莉安小跑步努力跟上，不時抬頭看朱比特的表情，卻絲毫看不透他的心思。

途中他幾乎沒說話，只在出門時告訴芬涅絲特拉他們要去哪裡。魁貓聞言，臉色一變，讓莫莉安吃驚的是，她的神情中也摻雜了憂傷。芬一句話也沒說，但莫莉安跟在朱比特身後走出前門時，芬用那顆灰色大頭輕柔地蹭了她一下，發出微弱、傷感的聲音。莫莉安用力眨眼，死命攥住手中的油布雨傘，頭也不回地走出去。

他們經過漸暗的街道，搭乘傘鐵到達最近的幻鐵車站，走進迷宮般的隧道和樓梯，一路向下，穿過幾扇隱蔽的密門，來到昏暗汙穢的走廊。莫莉安從沒走過這條路，不過朱比特似乎對這個路線爛熟於胸。

轉過無數個看不見前路的轉角，經過二十分鐘，他們又拐過一個急彎，來到一個空曠的月臺。牆上貼的一張張海報早已褪色，邊角綻裂，風格過時，上面打廣告的商品全是莫莉安沒聽過的東西。

他們頭頂上有個標誌，宣告此處是「絲網軌道」的出發點。

「妳確定要走？」朱比特的目光牢牢釘在地磚上，儘管他說得很輕，話音卻在寬廣的空間中迴盪。「不回去也可以。」

「我知道。」莫莉安說，想到霍桑，想到自己再也沒機會和最要好的朋友道別，也想到傑克，他還在杜卡利翁熟睡，醒來就會發現她不見了——驀然間，一陣難過湧上。她壓下情緒，緊緊關上內心的蓋子。她不能留下來，看著朱比特因為她失去所有。「我確定。」

朱比特點點頭，伸手要取走她手中的雨傘。莫莉安抓著傘不放，「我可不可以……」

「傘要留下來，對不起。」

莫莉安鬆手，注視朱比特將傘的銀柄勾在月臺旁的欄杆上，內心隱隱浮現一股失望與怨氣。畢竟，那把傘本來是她的生日禮物，也為她留下了許許多多美好的回憶：從杜卡利翁的屋頂一躍而下；搭乘傘鐵呼嘯穿越舊城；還有開啟陰影室……（過了很久，莫莉安才問朱比特這件事，他招認說他覺得這樣挺好玩的，他老早在等莫莉安發現自己手上有個通往密室的祕密鑰匙。他還說，要是莫莉安更愛刺探隱私一點，她早就發現密室了。）

「準備好了嗎？」朱比特牽起她的手，兩人跨越黃線，來到月臺邊緣。「閉上眼睛，不要睜開。」

莫莉安閉上眼。空氣彷彿凝結，靜默良久。

再來，她聽見遠處傳來聲響，越來越大，是一班火車猛然加速的聲音。她感到隧道呼地噴出一陣涼風，聽見火車停在他們正前方，車門開啟。

「大膽前行，莫莉安．黑鴉。」朱比特捏捏她的手，領她走上火車。

「可以睜開眼睛了嗎？」

「還不行。」

「我們要去哪裡？絲網是什麼？它會直達豺狐鎮嗎？還是我們要換車？」

「噓。」他又捏了一下莫莉安的手。

車程很短，不出幾分鐘，可是車廂左搖右晃，莫莉安開始發暈，暗自希望可以張開眼。

火車停下，車門打開。莫莉安與朱比特走出去，迎面撲來冰寒刺骨的空氣，有雨水和泥巴的味道。

「睜開眼睛。」

莫莉安懷著發自內心深處的強烈恐懼，發現自己站在黑鴉宅邸的前門外。她到家了。

這是妳自己想要的，她提醒自己。

短短幾分鐘之內，絲網便將她從永無境帶來豺狐鎮。莫莉安轉過身，可是火車已然消失無蹤，身後只見一座高聳的鐵門，將黑鴉宅邸與外頭那片森林區隔開來。

她搖了搖頭，這怎麼可能？

熟悉的銀色烏鴉門環睥睨著她。她抬手想拉門環，朱比特卻直接穿過堅實的木門，沒了蹤影。

「不可能。」她悄聲說。

朱比特的手又從木門穿回來，將她拉進光線昏暗的走廊，回到她兒時的家。

「怎麼會……怎麼……剛剛是怎麼回事？」

朱比特斜斜瞥她一眼。「嚴格說來，我們還在永無境，至少應該說，我們的身體還在那裡。本來絲網已經除役了，不過我是能夠來往各界的探險者，擁有九級權限，所以我……有一些特權。」

莫莉安暗忖，不知道他這次所謂的「特權」會不會害他被抓。「我們怎麼可能還在永無境？我們明明在我奶奶家裡。」

「不算是，我們正在絲網上通行。」

「絲網是什麼？」

「絲網是萬事萬物，是……該怎麼說呢？」他停下話頭，深吸一口氣，抬眼往上看。莫莉安想起，他曾經試著解釋，卻根本說不清。「我們都是『絲網』的一部分，絲網就在我們周遭。那些我看得見的東西，譬如妳的惡夢，還有那只綠色茶壺的歷史，這些都存在於絲網上，就像一條條看不見的細線，編織成一張隱形的廣大蜘蛛網，把一切事物相互串聯在一起。至於『絲網軌道』，只是讓我們能夠在這些絲線上通行，前往我們想去的地方，這算是界際探險的副產品，是大約十三、十四個世代以前，探險者聯盟創造出來的。妳的軀殼還安全地留在永無境，但妳的意識已經來到共和國，誰也偵測不到。這是非常厲害的系統，而且是天大的祕密，所以求妳不要告訴任何人。這不能給大眾使用，它太不穩定了，現在，連最高階的軍官也受到禁止，不得使用絲網軌道。」

「為什麼？」

朱比特臉色變得不太好看。「不是每個人都適合這種交通方式，有些人搭了絲網軌道回來以後就……怪怪的了。他們的身體和心智一旦分離，就再也無法完好無缺地合而為一，從此無法同步，結果被逼得陷入瘋狂。假如不明白自己在做什麼，使用絲網是非常危險的事。」

「我不明白我在做什麼啊！」莫莉安有些驚慌：「你為什麼要讓我用？」

他嗤之以鼻。「要是有誰能夠搭乘絲網軌道，那就是妳了。」

「為什麼是我？」

「因為妳是……」他打住，似乎意識到自己差點說溜嘴什麼。「因為妳……是跟我一起的。」他轉開視線，「我們不能留太久，懂了嗎？」

莫莉安說不清自己是失望還是鬆了一口氣。「但我不是要回來玩，我是想要永遠回到共和國。」

「我知道這跟妳想要的不一樣，我只是希望妳真的拿定主意，再——」

「聖誕歡樂！」艾薇從走廊另一端快步奔來，臉上掛著燦爛的笑容，莫莉安上前一步，正想解釋，她繼母卻直接和她擦身而過，只聽見緞面布料的摩擦聲，所經之處留下甜膩的香水味。「各位，聖誕歡樂！」

莫莉安跟在她後面，走進客廳。客廳裡擠滿了人，紛紛舉起酒杯，向光彩照人的女主人致意。艾薇向坐在鋼琴前的年輕人打了個手勢，他立刻彈起活潑的聖誕歌曲。柯維斯身穿晚禮服，下領片夾著一朵玫瑰，站在客廳另一頭，高興地對妻子微笑。

「他們在辦宴會。」莫莉安說：「他們從來沒辦過宴會。」

朱比特一言不發。

她注視艾薇跟她父親在賓客拍手鼓譟下，興之所至地跳了支舞，有個男人在柯維斯踩著舞步經過時，不知說了什麼，惹得柯維斯仰頭大笑。莫莉安聽她父親這樣笑的次數，一隻手就數得出來。其實，她一根手指就數得出來。而且是包括這一次。

「他們看不見我嗎？」

朱比特在後頭徘徊，靠著牆邊。「妳希望他們看見，他們才會看見。」

莫莉安擰起眉頭，「我希望他們看見。」

「妳顯然不希望。」

艾薇把家裡重新布置過一番，換了新窗簾、新椅套（是長春花藍），還貼了花朵圖樣的壁紙。家中每一吋可見的平面上，滿滿的全是相框，每個相框中都是柯維斯、艾薇跟新生兒——確切說來，是新生的雙胞胎，一對長相幾乎相同的男孩，雙頰嫩紅，頭髮跟媽媽一樣是淺金色。一個雙相框底下，用花俏的字體刻了兩個名字：「沃夫朗」和「貢特朗」。

所以，莫莉安有兩個弟弟。宴會的人群在她四周流動來去，她試著消化這個消息，腦袋卻始終轉不過來。**我有兩個弟弟**，她思量，翻來覆去地想，**我有兩個弟弟**……可是這個念頭輕如鴻毛，毫無重量，毫無意義，最後，莫莉安任它隨風而逝。

她心想，不知道奶奶在哪裡，接著恍然明白，其實她知道。

「掛點黑鴉紀念廳」漆黑而肅靜。這裡與莫莉安記憶中的樣子如出一轍，陰冷、空曠、有股霉味，唯一的變化是，如今掛上了她自己的肖像。

這個地方其實不是叫「掛點黑鴉紀念廳」，只有莫莉安會這樣稱呼。正式的名稱很無聊，就叫「肖像廳」，不過，能掛在這裡的肖像只有黑鴉家族的人，而且要等死掉才會掛上。不知是什麼緣故，奶奶最喜歡這裡，她有時候會接連好幾小時不見蹤影，如果要找她，來這裡找就對了。你會看見她站在這個房間，凝視壯觀一字排開的畫像，最前頭是凱里恩・黑鴉（莫莉安的曾曾曾祖父，在一次打獵出遊時，遭隨從誤射致死），最尾端是乾酪・黑鴉（莫莉安的父親珍愛的格雷伊獵犬，不慎誤食一盒肥皂水，口吐白沫而死）。

讓莫莉安詫異的是，奶奶給了她一個特等席。在她的肖像兩側，一邊是德高望重的弗羅娜姑婆，死因是從賽馬摔下來；另一邊是貝特罕叔叔，他年紀輕輕就發高燒過世了。奶奶極度講究這些死掉的黑鴉誰該掛在哪裡，她這份計較是出了名的。莫莉安的已故生母掛在遙遠的一頭，旁邊要不是比較不得人疼的寵物，就是差了兩個輩分的第三代堂兄弟姊妹。

受託替莫莉安繪製肖像的畫家已經替黑鴉家族服務超過六十年，這也代表他年紀一大把，動作慢得要命。當時，莫莉安被迫動也不動地站上好幾個小時，看畫家用顫巍巍的手擺弄畫筆，不時吼幾句：「不要動！」或「那個陰影是哪來的？」或「不要抓鼻子，沒家教！」

那天是夕暮日，他們臨時叫莫莉安畫肖像，畫到一半，艾薇走進來，手上拿著捲尺，耳朵和肩膀之間夾著話筒，替莫莉安量尺寸。「一百二十公分長……對，我想是這樣，至少……喔不，比那更寬，她的肩膀挺寬的……桃花心木多少錢？那我想就松木吧。不——算了，柯維斯會想要桃花心木，我們絕對不能顯得太寒酸。內襯當然要粉紅色的，再加一個有荷葉邊的枕頭，下面要綁一條粉紅色緞帶。你們會直接送來宅邸吧？什麼叫『哪時送』？明天一大早啊，這還用說！」

隨後，她一陣旋風似地走出房間，一句話也沒對莫莉安跟畫家說。等莫莉安想通這通電話是在談什麼，她整個下午都暗自氣惱，自己的棺材居然會有這麼多粉紅。這也造成此刻掛在肖像廳的畫中，莫莉安不僅面色不悅，雙手還挑釁地交叉在胸前。

這是莫莉安首次看到肖像的成品，她很滿意。

「是誰？」

奶奶站在窗邊，室內昏暗，只有一盞走廊的燈光充作照明。她像往常一樣，身穿正式的黑色禮服，頸間掛著首飾，深灰色頭髮高高盤起，空氣中飄著熟悉的木質調香水味。

莫莉安謹慎地走近她。「奶奶，是我。」

奶奶瞇起眼，掃視幽暗的房間。「那裡有人嗎？回答我！」

「為什麼她看不見我？我希望她看見我！」莫莉安著急地用氣音對朱比特說。

「繼續試試看。」朱比特回答，溫柔地推她向前。

她深呼吸一口氣，捏緊拳頭，全神貫注地想著——**看見我，拜託看見我**。「奶奶？是我，我就在這。」

「莫莉安？」奶奶沙啞地低語，睜大雙眼，一面走向孫女，一面搖著頭，彷彿想甩掉迷霧。「是妳嗎……真的是……？」

「妳看得見我？」

奧涅拉・黑鴉的淺藍雙眸聚焦在孫女身上。有生以來，莫莉安第一次見到那雙眼睛飽含驚恐。「不。**不**。」

「沒事的，」莫莉安伸出雙手，有如在安撫受驚的動物，「我不是鬼，真的是我，我還活著，我沒有——」

奶奶不斷搖頭：「莫莉安，**不行**，妳為什麼在這裡？妳為什麼要回共和國？妳不應該回來，它們會來找妳，**煙影獵手會來找妳！**」

莫莉安猶如被一盆冰水當頭澆下。她回頭看朱比特，他站在後頭，雙手插在口袋中，視線黏在地板上。「她怎麼知道煙影……」

但奶奶隨即轉頭瞪朱比特，突然變得怒氣沖沖：「你！你這蠢貨！為什麼要帶她回來？你保證過要讓她留在永無境，你保證過她永遠不會離開自由邦，**你們不應該回來的！**」

「黑鴉夫人，我們不是真的在這裡。」朱比特連忙說，伸出一隻手，直接穿透奶奶的身體。奶奶打了個顫，退後一步。「我們是利用絲網軌道過來的，我們的身體不在……說來話長。莫莉安想來，我覺得也該讓她……」

「你保證過不會讓她回來，」奶奶重複道，眼神狂亂：「你對我發過誓。這裡不安全，這裡不……莫莉安，**妳快走**——」

「**莫莉安？**」門口傳來一個嗓音。有人打開電燈開關，掛點黑鴉紀念廳霎時大亮。柯維斯邁步走進房間，藍眼含著慍怒，莫莉安張口想說話，可是他徑直走過莫莉安，握住奶奶的肩膀，一陣搖晃。「母親，這是發什麼瘋？您是怎麼了？偏偏在這個時候，今晚可是聖誕晚宴呀，老天爺。」

奧涅拉·黑鴉越過兒子的肩膀望去，目光緊張地飄向孫女。「這……沒什麼事，柯維斯，只是我恍神聽錯了。」

「您說了那個名字，」柯維斯輕聲說，語氣壓抑著憤怒：「我在走廊聽到了。萬一經過的是我同事，剛好聽見了怎麼辦？」

「沒有——沒事，親愛的，沒人會聽見，我只是……想起……」

「我們發過誓，絕對不提那個名字。**我們發過誓了**，母親。」

莫莉安宛如被人抽走了空氣。

「我現在最不需要的，就是在我鋪路進入聯邦政府的緊要關頭，讓大家想起**以前那些事**。萬一冬海共和國有人……」柯維斯打住話頭，抿緊雙脣。「母親，今晚對我來說非常重要，請不要用那個名字毀了一切。」

「柯維斯——」

「那個名字已經不存在了。」

柯維斯·黑鴉轉過身，直直穿越他女兒的所在位置，絲毫看不見她站在那裡，就此離去。

莫莉安衝出屋子，直奔到大門，才感覺到冷空氣弄得她胸口發疼。她傾身向前，試著平撫喘不過來的呼吸。

她暗想，為什麼她感覺得到？為什麼她感受到刺骨寒風吹在臉上，腳下踩著堅硬的地面，鼻子聞到雨的味道和奶奶的香水，她父親卻完全看不到她就站在面前？

她聽見朱比特踩在碎石路上的腳步聲。他佇立良久，耐心等待莫莉安宣告下一步，沒有一句建言，沒有一句安慰，沒有一句「我就說吧」。他只是在原地等候，直到莫莉安終於站起身，挺直背脊，顫抖地深吸一口氣。

「她知道。奶奶知道我沒死。」

「對。」

「她知道煙影獵手。」

「對。」

「怎麼會？」

「我告訴她的。」

「什麼時候？」

「在夕暮日前。我必須找人簽妳的契約。」

噢。所以契約上那個認不出來的簽名是奶奶的，在投標日那天，把信封偷偷塞進來的人也是奶奶。「為什麼是她？」

「她似乎喜歡妳。」

莫莉安發出哽咽的笑聲，用衣袖抹鼻子，掩飾抽泣聲。還好朱比特很有禮，假裝一時被自己的鞋子吸引了注意力。

「跟我回去吧，」他終於開口，輕輕地說：「好嗎？妳奶奶說得沒錯，這裡對妳不安全。回去杜卡利翁吧，那裡已經是妳的家了，我們是妳的家人，有我、有傑克、有芬，還有大家。那裡是妳的歸宿。」

「直到我在展現考驗被淘汰，被驅逐出境，」她又吸吸鼻子，「然後你會因為叛國罪被逮捕。」

「像我之前說的，到時總有別的辦法。」

莫莉安把臉擦乾。「要去哪裡搭絲網軌道？」

「不用去哪。」朱比特說，眼眸因為喜悅與安心而亮起來，拍拍莫莉安的背，莫莉安回以淚眼汪汪的笑容。「絲網軌道會來到我們所在的地方，所以才需要一個錨點。搭乘絲網軌道之前，一定要先下錨。」

「什麼意思……什麼錨？」

「就是我留在月臺的東西。」他露齒而笑，「出發前，我留下一件珍貴的私人物品，用一條隱形的絲線將妳和永無境聯繫起來，等著拉妳回去。妳能不能回想它的樣貌？」

莫莉安想了一下。「你是說……我的傘？」

他點點頭。「閉上眼睛，盡可能清晰地回想它的樣子，回想它掛在欄杆上的景象，還有每一個細節。保持住那個影像，莫兒，妳想好了嗎？」

莫莉安閉上眼，在內心看見那幅影像：帶著光澤的油布傘面，銀色雕花手柄，小巧的蛋白石小鳥。「想好了。」

「不要讓它淡掉。」

「不會的。」

她感到朱比特溫暖的手指牽起她，遠處傳來火車汽笛聲。

杜卡利翁飯店的走廊溫暖而熟悉，莫莉安渾身疲憊，拖著腳步走回房間，嚮往地想著床上的許多枕頭跟厚棉被，暗自期望壁爐還生著火焰。不知為何，她知道爐子裡還會有火。

正要打開房門時，一隻骨節嶙峋的冰涼手掌抓住她的手臂，她倒抽一口氣，往後跳開。

「噢！是妳啊，香妲女爵。」

「親愛的孩子，我不是有意嚇妳。」歌劇女高音說：「我正打算就寢，我們可真是一對夜貓子！妳也是因為聖誕節大餐太豐盛，吃多了睡不著，是不是？」

莫莉安勉強露出微笑，她還記得米范跟香妲女爵那段尷尬的對話，腦中閃過片段：**要是他搞砸杜卡利翁，事態還算不上多嚴重**。「喔，對啊。」

「嗯，因為我睡不著，所以我在自己的舊書跟唱片盒裡找了一下。」香妲女爵抽出一張揉皺的紙，將之攤開，輕柔地撫平。「我想或許妳有興趣瞧瞧。之前我就在想，我似乎有張畫像，不確定收去哪裡。當然，這有點年代了，上面的他想必才二十幾或三十幾歲，現在他的年紀早就破百了。妳看，這個臭名昭彰的埃茲拉·史奎爾，年輕時長得倒很端正，不過我這句話鐵定會惹人不快，老天，千萬別告訴別人我說一個殺人魔長得帥，他們會拿著火把跟耙子來追殺我。」她挑起一邊眉毛，露出跟莫莉安共謀似的微笑。「給妳留著，這張只是翻印原始的油畫。我很高興妳有興趣了解永無境的歷史，雖然這段時期的歷史極為慘烈。晚安了，莫莉安小姐，也祝妳耶魯節安好，親愛的。」她臨走前輕捏莫莉安的手，眼神中流露親切之情，像是她知道莫莉安毫無希望進入學會，所以想善待這個可憐的女孩。

不過，莫莉安難得沒想著她通過考驗的可能性。

她說不出話來，彷彿喉嚨鎖住了。

畫中的男人沉靜地微笑，偏灰的棕髮向後梳起，老式西裝一絲不苟，無疑極為昂貴。那雙深色眼眸，那身淺到幾近透明的皮膚，那副彎起的粉紅色薄唇，以及帶有稜角的輪廓……全都和她上次見到的一模一樣。還有那道傷疤，像條白色細線，乾淨俐落地將一邊眉毛一分為二……她認得這道疤，認得這個男人。

這是瓊斯先生。

第二十章　失蹤記

聖誕節過後幾天，覆蓋永無境的白雪融成淒涼的灰色雪水，大雨打在杜卡利翁飯店的窗戶上，歡樂的佳節氣氛迅速轉變為過完節的陰鬱。每過一小時，莫莉安就越靠近她害怕了一整年的日子——展現考驗。

令人不敢置信的是，展現考驗竟然不是她此刻最大的煩惱。

自從聖誕節以來，莫莉安度過極其難捱的兩天，努力提起勇氣，想要告訴朱比特關於埃茲拉·史奎爾和瓊斯先生的事。每一次，她來到朱比特的辦公室，手裡拿著史奎爾的畫像，捏得指節泛白，最終依然沒有膽子敲門。

她迫切想要告訴朱比特。可是，該怎麼說明？她能說什麼？**我告訴你喔，朱比特，史上最邪惡的人覺得我很適合當他的邪惡學徒。噢，還有，他這幾個月一直跑來永無境找我。噢，還有，我害整個城市陷入危機，因為我一直不想告訴你。**

莫莉安無比渴望和霍桑談談。就在她覺得這樁可怕的真相呼之欲出，即將像奔流的岩漿一樣衝出口時，霍桑總算從高地回來了。

「妳確定嗎？」他微瞇著眼睛看那張圖，口氣中帶著一絲殘存的希望。「搞不好是他爺爺啊？」

莫莉安惱怒地哀號一聲，估計是今天下午第一百次翻白眼。她幾乎未曾闔眼，正來回踱步，快要在臥室地板磨出一條溝了（房間似乎覺得她這樣很好笑，不斷拉長兩道牆之間的距離，讓她每回都要走更遠）。

「我告訴你，這就是他，絕對是同一個人。他的疤痕一樣，嘴唇上方的雀斑一樣，鼻子一樣，整個長相全部一樣，如果這不是瓊斯先生，那我也不是莫莉安・黑鴉。」

「但他為什麼要裝成自己的助理？」

「也許是因為他畫了這張肖像以後根本沒變老，這已經過一**百年**了。」莫莉安把書從霍桑手中抽走，將那張翻印的紙湊到他面前，離他的鼻子只有一吋。「你看，你在萬鬼節也見過他，你自己看。」

霍桑噘起嘴脣，把那張圖拉遠，瞇眼細看。他長長地深吸一口氣，終於不情願地點頭。「是他。一定是，那道疤……」

「沒錯。」

他皺起眉頭，「可是香妲女爵說——」

「——他無法進入自由邦，我知道。」莫莉安打斷他：「米范也說，永無境有古老的魔法，會防止他進入。」

「對啊，再說，那麼多人在邊界守衛，空軍、皇家巫術協會、法師聯盟……這麼多單位，沒人能突破這些防線的，連幻奇師也不可能。」

莫莉安跌坐在扶手椅中，抓起一個靠枕抱在胸前。「可是瓊斯先生——史奎爾——他來過這裡，霍桑，我看見他了，我們兩個都見過他呀，這一點道理也沒有。」

他們默然半晌，就這樣坐著，聆聽大雨潑在窗玻璃上的聲音。時間已經接近黃昏。

霍桑嘆氣。「我該走了，我答應我爸要在天黑前回家。明天就是展現考驗——可別忘了。」他半開玩笑地補上一句。他們怎麼可能忘記學會的最後一場考驗，莫莉安又怎麼可能忘記這個日子，她連續作了好幾個月的惡夢，全是因為這一天。

霍桑鄭重地凝視莫莉安良久。「莫莉安，我覺得差不多該……」

「我知道，」她悄聲說，轉頭望著窗外的陰雨。「我必須告訴朱比特。」

莫莉安遲疑不決地敲敲朱比特的書房門。

「誰？」裡頭傳出惡聲惡氣的嗓音，這絕對不是她的贊助人。她推開門，只見芬涅絲特拉伸長身子，躺在火爐前的地毯上。這隻魁貓打了個大大的呵欠，惺忪的黃色睡眼轉向莫莉安。「妳來幹麼？」

「他去哪了？我要找他，有急事。」

「找誰？」

「**朱比特**。」莫莉安懶得掩飾煩躁。

「不在。」

「看得出來。」她往空蕩的書房一比。「他在哪？吸煙室？餐廳？芬，我有很重要的事。」

「他．不．在。他不在飯店裡。」

「他……什麼？」

「他走了。」

莫莉安的心臟猛地跳到喉間。「他去哪裡？」

芬一聳肩，一舔爪。「誰知道。」

「他什麼時候回來？」

「沒說。」

「可是……可是明天就是最後一場考驗了。」莫莉安的聲音越拔越高，「他應該會在那之前回來吧？會吧？」

芬翻過身，用爪子往地毯一陣抓撓，接著懶洋洋地搔耳朵。

忽然之間，莫莉安陷入極度驚懼。每當朱比特離開杜卡利翁飯店，有時過幾個小時就回來，有時過幾天才回來，有時甚至一去就是好幾週，莫莉安從來不知道他會離開多久，沒人知道。想到他可能趕不上展現考驗，莫莉安便如墮冰窖。

他答應過的。**他答應過的。**

他也答應過要帶妳去永無境市集呀，腦中有個小聲音說：**看看結果變成什麼樣子。**

可是這次不同，莫莉安告訴自己。這是她的考驗，而且是最重大的一次，朱比特說過會替她想辦法，朱比特說過她完全不需要煩惱。她的確盡量不去煩惱，但現在怎麼辦？她沒辦法獨力撐過展現考驗，她連自己的本領應該是什麼都不曉得。

「芬涅絲特拉，拜託！」她大喊，魁貓轉頭一瞪。「他去做什麼？他去哪裡了？」

「他說他有很重要的事要辦，我只知道這些。」

莫莉安的心一沉。那件事，比她這輩子最重要的日子還重要？比遵守諾言還重要？

莫莉安感覺被殺得措手不及。面對這個困境，她被突如其來的恐慌給淹沒，完全忘了一開始為什麼要找朱比特。

她只能靠自己了。朱比特不在，她必須憑一己之力應付展現考驗。**她只能靠自己了**。

莫莉安癱坐在火爐邊的皮製扶手椅上，全身沉重得宛如鉛塊。

芬涅絲特拉忽然站起，來到莫莉安的扶手椅前，毛茸茸的大扁臉跟莫莉安的視線高度齊平。「他有沒有說會參加妳的展現考驗？」

莫莉安的眼眶泛起淚水。「有，可是——」

「他有沒有說他會想辦法？」

「有，可是——」

「他有沒有保證過，一切都會沒事？」

幾滴滾燙的眼淚滾下莫莉安的臉頰。「**有**，可是——」

「那就沒問題了。」芬巨大的琥珀色眼睛平和地眨了一下，點點頭。「他會趕上考驗的，他會想辦法，一切都會沒事。」

莫莉安抽泣，用衣袖抹抹鼻子，用力閉上雙眼，搖了搖頭。「妳怎麼知道？」

「他是我的朋友，我了解我的朋友。」

芬涅絲特拉安靜半晌，莫莉安還以為她站著睡著了，結果某個暖暖溼溼、砂紙似的東西冷不防舔過她整張右臉。她又吸一下鼻子，芬的灰色大頭充滿憐愛地磨蹭她的肩膀。

「謝謝，芬。」莫莉安小聲說，聽見芬涅絲特拉腳步輕悄地走向門口。「芬？」

「嗯？」

「妳的口水有沙丁魚味。」

「喔，嗯，我是貓啊。」

「現在我臉上也都是沙丁魚味了。」

「我才不在乎，我是貓啊。」

「晚安，芬。」

「晚安，莫莉安。」

第二十一章 展現考驗

「哇，棉花糖！」霍桑說，揮手招來一名穿制服的山怪武鬥館點心銷售員。「要不要吃？我奶奶在聖誕節給了我一些零用錢。」

莫莉安搖頭。她胃裡的空間就這麼大，目前塞滿了焦慮、暈眩，以及一個越來越確信的念頭：今天將是她此生最丟人現眼的一天。「你不會緊張嗎？」

霍桑聳肩，用牙齒撕下一大條棉花糖絲。「我想是有一點吧。不過我今天不打算用什麼新招，阿南覺得我做最擅長的就好。我只希望可以選要騎哪頭龍。」

「你不能騎自己的嗎？」

霍桑發出短促、尖銳的笑聲。「我自己的？妳發神經呀？我沒有自己的龍，誰的爸媽有能力買一頭龍回來養？」他舔掉手指殘留的粉紅色黏膩糖絲。「我要進行花式騎龍術時，會騎少年龍騎士聯盟的羽量級龍，通常是騎『像被丟掉的點心包裝紙乘風而上那樣飛得毫不費力』，或是騎『像海面上的浮油那樣在陽光下閃閃發亮』。

『浮油』絕對是訓練得最好的，可是『點心包裝紙』勇敢多了，她很擅長要直直向下俯衝的招數。」

「為什麼不能騎牠們？」

「妳知道，學會就是這樣。」莫莉安懶得提醒他：不，她是從共和國來的，所以她不知道。「他們覺得學會的龍比聯盟的龍優秀，阿南說最好不要跟他們爭這件事。但願學會不至於給我高地龍，牠們體型太大，我老是沒辦法讓牠們好好轉向。喔，妳看——開始了。」

終於，莫莉安暗想，注視長老踏入山怪武鬥館。觀眾席發出歡呼，坤寧長老抬起一隻手，示意眾人安靜，接著對準一支麥克風開口。

「歡迎各位，」她說，宏亮的聲音從擴音器中傳出：「參與幻奇學會九一九梯的最終考驗。」

又是一陣歡呼，莫莉安的耳邊嗡嗡作響。這座體育場中，除了順利通關的備選生之外，還有他們的贊助人、來觀望新人有什麼能耐的學會成員，當然也有備選生的親朋好友。霍桑的爸媽就坐在觀眾席的某處，傑克也是，他這週末特地回來為莫莉安加油，這讓莫莉安吃了一驚，也頗受感動。山怪武鬥館中洋溢著歡慶的氣氛，彷彿今天是個稀鬆平常的假日，大家只不過是要觀賞兩隻山怪用頭互撞。

「在此歡迎各位親愛的學會成員，歡迎各位贊助人。最歡迎的，是各位備選生，總計七十五位勇敢的年輕人通過考驗，來到此地，我和兩位長老非常、非常以各位為榮。

「各位備選生，你們抵達會場時，都隨機分配了一個號碼，那就是今天的上場順序。一位工作人員將前往你們的座位，帶領各位下來等候，五人為一組。請做好準備，叫到號碼時迅速動身，跟隨工作人員前往門口，各位的贊助人會在那裡迎接，陪同各位上場。」

「是啊，如果我夠幸運的話。」莫莉安喃喃說，霍桑從鼻孔一哼，對她露出同情的微笑。在今天的考驗中，他是十一號，莫莉安則分配到七十三號⋯⋯剛開始她不太開心，畢竟這代表她必須捱過漫長、焦慮的等待時光，不過就像霍桑說的，她排得越後面，朱比特就有越充裕的時間趕到現場。

「接受考驗後，」坤寧長老繼續說：「假如各位獲得前九名的名次，你的名字將出現在排行榜上。假如你未能贏得前九名⋯⋯那麼，我們誠心祝福你，能在其他地方迎接光明燦爛的未來。孩子們，祝好運。考驗開始。」

率先上場的備選生是來自沙塵交會帶的黛娜・吉爾本，開始前，她的贊助人忙來忙去，拿出桌椅跟梯子，搭起雜亂無章的高塔，湊合成一座叢林健身場。

黛娜的身手好極了，靈活地爬上爬下，矯健地飛躍翻滾，莫莉安驚異地發現——

「她是**猴子**？」

霍桑笑出來，然後內疚地看了看四周。「莫莉安！不要這樣說她，她不是真的猴子，只是有條尾巴。」

黛娜行雲流水地從一座塔甩到另一座塔，一時在高處維持平衡，一時用尾巴倒掛在空中，最後完美落地，畫下句點。然而，長老只花一分鐘就達成共識，請她離場，沒讓她的名字登上排行榜。黛娜看起來備受打擊。

「噢，」霍桑縮了一下，「起頭就這麼不順。」

莫莉安如墜五里霧中。長老究竟在找什麼樣的人？他們覺得什麼樣的人有資格進入學會？她回想自己唯二認識的學會成員：朱比特，他的本領並不外顯，卻能看見他人所不能見之事；香妲・凱麗女爵，因歌劇女高音獲獎，歌聲還能吸引一小群森林動物聚集聆聽。擁有猴子尾巴的黛娜・吉爾本體操技巧如此卓越，朱比特跟香妲女爵十一歲的時候，難道比黛娜更加出色？還是說，長老想要的是其他東西？是不是需要具備某種無法定義的特質，才適合加入幻奇學會？

在那之後，備選生的表現沒有更好，只有更壞。

接下來四名備選生，一個是風景畫家，一個擅長跨欄，一個表演魔術，一個彈奏烏克麗麗，但其中沒有一個人擠進前九名。第二組備選生上場時，排行榜上依然沒有名字。

實際上，一直在輪到第九名備選生之前，都無人登上排行榜。第九名備選生名叫謝帕德・瓊斯，自稱能和狗溝通。他讓十幾隻大大小小的狗表演一連串厲害的雜技，對狗群發號施令，那些狗便跳過圓圈、用後腳倒退行走、一起跳舞，觀眾不禁喝采，不過長老仍心存疑慮。

「讓其中一隻狗過來。」坤寧長老要求。謝帕德對一隻藍色牧羊犬吠幾聲，牧羊犬奔上長老的座位，來到坤寧長老身邊，坤寧長老讓牠看了看手提包內部，又讓牠回去。「告訴我那隻狗看到什麼。」

謝帕德跪下來，跟那隻狗進行一場短暫的對話。「一個零錢包、一個豬肉派、一把傘、一條口紅、一份捲起來的報紙、老花眼鏡跟一枝筆。」牧羊犬又叫了一聲，

「噢，還有一塊乳酪。」

坤寧長老點點頭，觀眾鼓起掌來。

那隻狗叫了兩聲，謝帕德不好意思地抬頭看坤寧長老。「呃……牠說，牠可不可以吃那塊豬肉派？」

坤寧長老露出笑容，將派拋下去給謝帕德。「拿去吧，乳酪也可以給牠。」

牧羊犬微微哀叫，吠了三聲。謝帕德臉色漲紅，小聲說：「我才不要告訴他們。」

「孩子，牠說什麼？」翁長老問。

謝帕德‧瓊斯抓抓頭髮，低頭看地面。「牠說乳酪會害牠便祕。」

謝帕德‧瓊斯是首位登上排行榜的備選生，當他的名字出現在山怪武鬥館兩側的大螢幕上，觀眾報以掌聲。

第十個備選生名叫米拉朵‧西，她只花了十一分鐘，就完成三頂極為好看的帽子，獻給長老一人一頂，可是她並未登上排行榜。

再來就輪到了霍桑。莫莉安祝他好運，望著他跟下一組備選生一同被帶到競技場上。他全身上下穿著棕色軟皮服裝，在南希‧道森介紹他時（「來自永無境的霍桑‧史威夫特！」），霍桑束緊護腿、護腕與安全帽。一名隸屬幻奇學會的飼育員牽著一頭二十呎高的龍進場，觀眾紛紛倒抽一口氣，只見那頭龍全身覆著流光燦爛的綠鱗，一條長尾巴如珠玉般閃耀。

莫莉安自然見過龍的照片。（在共和國，龍被評定為「危險度一等之頂級掠食者」、「瘟疫級害獸」，在撲殺季節，危險野生動物殲滅部隊經常上報紙頭條，要不是報導他們成功消滅一個龍巢，就是報導他們的臉被燒爛了。）不過，照片根本比不上真正的活龍。霍桑沒辦法邀她去看龍騎士訓練，但他提議過好幾次，說可以趁著夜黑風高，偷偷帶她溜進龍舍，可惜朱比特不准，說他希望莫莉安四肢完好，不用裝義肢，謝謝。

那頭龍揮動頭顱，左顧右盼，狹長的鼻孔噴出大口大口的吐息，炙熱無比，觀眾全都向後靠。

霍桑近距離面對這頭打個噴嚏就能把他烤酥的古老爬生物，看似毫不畏懼，花了幾分鐘和這頭龍彼此熟悉，讓牠習慣自己的存在，溫和而堅定地撫摸牠的身側。龍用其中一隻烈焰般的橘色眼瞳，密切關注霍桑的一舉一動。

霍桑在龍身邊走完一圈，手掌始終放在龍粗糙的外皮上，讓龍知道他走到哪裡，以免龍感到焦慮不安。莫莉安還在黑鴉宅邸的時候，也見過一個馬夫對替她父親拉車的馬做一樣的動作。長老們湊向前去，仔細觀察這場互動，翁長老似乎特別驚豔，一直輕推坤寧長老，在她耳邊竊竊私語。

霍桑從幻奇學會飼育員手中接過一大塊生肉，餵給龍吃，此時他撫摸龍的動作變得更用力。接著，他助跑幾步，毫不猶豫地一躍，爬上安在龍背上的坐具，一甩轡繩，傾身向前，身形巨大的綠龍拍打翅膀，就此升上天空。

霍桑與龍先在競技場的上空兜了個圈子，才正式開始表演。霍桑大喊一句號令（莫莉安聽不太清楚他喊的是什麼），雙腿一夾，一人一龍便秀起了絕活：先是緊密地連翻幾個跟斗，低空掠過長老座席上方，又用陡峭的角度俯衝而下，最後一刻才及時拉起。那頭龍平伸雙翼，直線向前高速飛行，霍桑立在牠背上，同樣伸出雙手，模仿龍的動作，就像自己也在飛翔；然後，霍桑猛然回到坐具上，一聲叱喝，龍緊緊收起雙翅，三百六十度翻滾一圈，才再度展開翅膀，飛行高度絲毫沒有下降。

莫莉安從未見過霍桑這副模樣——充滿自信，駕馭一切，宛若本來就是為騎龍而生。他抬頭挺胸，雙目直視前方，以高超的技巧控制那隻龍，有如龍是他身體的一部分。阿南所言不假，霍桑確確實實是她口中的騎龍高手。

觀眾的反應也印證了這一點，眾人入迷地凝視霍桑，連長老也是。在他往地面直衝時抽氣、驚叫，在他拉起龍頭或繞著觀眾席滑翔時歡呼，看著他飛過離自己頭頂只有幾吋之遙的空中。

霍桑的才華令莫莉安很是詫異。確切地說，她不是不相信霍桑很強，只是她有點難接受眼前這個自信沉著、令人移不開目光的龍騎士，曾經花一整個下午，教她怎麼用腋下發出放屁聲。

霍桑拿來收尾的一招，是利用龍會噴火的特性，用煙在空中寫下自己的姓名縮寫，然後漂亮地在競技場降落。

他從龍背下來，鞠了個躬，全場觀眾和長老都跳起來喝采，其中喊最大聲的就數莫莉安。

長老短暫討論了一番，不過他們似乎毫無反對意見，霍桑的名字空降排行榜第一名。

然而，在此之後，表演的品質便陷入瓶頸，接下來三組備選生無人上榜。

終於，輪到莫莉安想看了一整年的備選生。只聽巴茲·查爾頓宣布「來自銀區的諾耶爾·狄弗洛」，諾耶爾宛如宮廷女王般登場，她稍稍打理了一下自己的外表，開口歌唱。剎那間，好似一群天使縱聲高歌，在山怪武鬥館灑下點點星塵。

她唱的歌沒有歌詞，純粹是一段裊裊旋律，這首清澈甜美的搖籃曲圍繞住莫莉安，猶如一個讓人心曠神怡的大泡泡。她迅速往左右一看，證實有這種感覺的不只她一人，到處都有人眼神迷離，笑容安寧，彷彿諾耶爾的歌聲施下一道使人忘憂的奇異魔法。莫莉安只願這首歌永遠不會結束，她承認，諾耶爾的本領的確出眾，悅耳得令人屏息。

真討厭。

諾耶爾鞠躬行禮時，全場狂熱地鼓掌（甚至包括莫莉安在內）。她朝觀眾拋出一個個飛吻，對長老露出燦爛笑容。霍桑輕推莫莉安一下，發出快要窒息的聲音，但已經來不及了，莫莉安剛才親眼看到霍桑在曲子結束時，偷偷擦掉一滴淚水。

坤寧長老揮動纖瘦的手，排行榜上的名字自動重新排列，美聲天使諾耶爾成為第二名，僅次於霍桑，會說狗語的謝帕德緊追在後。有一瞬間，諾耶爾垮下臉來，似乎很失望自己不是第一，但很快便調整好神態，趾高氣昂地步出競技場。

莫莉安的心直往下沉。諾耶爾要進入學會了，受歡迎又天賦異稟的諾耶爾會進入九一九梯，霍桑也會，他們兩個會變成超級好朋友，霍桑會忘掉莫莉安，莫莉安會離開永無境，離開朱比特，離開她所有的朋友與杜卡利翁飯店，她會再也見不到大家，一定是這樣。這個想法牢不可破，令她難以呼吸，像是她胸口坐著一隻憂鬱頹喪的巨象。

霍桑似乎猜到她在想什麼（雖然可能猜不到憂鬱大象的部分）。

「一開始比較容易拿到高名次，」他用手肘輕輕一撞莫莉安的肋骨，喝了一大口薄荷汽水。「之後還有很多人，會把諾耶爾擠掉的，八成也會擠掉我。」

莫莉安心知他不過是自謙，但還是很感激他的安慰。「你明知道你會入選，」她也用手肘撞回去，「你超厲害的。」

隨著下午的考驗繼續進行，霍桑的預測顯得越來越不可能實現。雖然謝帕德被擠出前九名的位置，可是諾耶爾只掉了兩名。霍桑在她前面，位列第二；第三名是個叫馬希爾・易卜拉欣的男生，他用三十七種不同語言表演了一段長長的獨白，坤寧長老認證他的腔調「無懈可擊」。

目前位居榜首的是埃娜，也就是那個金色捲髮、身材豐滿的漂亮女孩，莫莉安記得在幻奇歡迎會上見過她。今天，她身穿褪色黃洋裝、漆皮鞋，頭髮向後梳起，綁了個蝴蝶結，打扮得像要去上主日學校……也因此，莫莉安完全沒料到她居然有個極其特異的本領。

埃娜的贊助人是個名叫蘇馬緹・密敘拉的女子，她宣稱埃娜的本領是對人體的了解透徹入微。為了證明，她自願躺在一張醫院金屬病床上，讓埃娜用手術刀將她開腸剖肚，取出闌尾，最後以小巧俐落的針腳替她縫合。最了不起的是，埃娜全程矇住雙眼。

當埃娜的名字登上第一，將諾耶爾・狄弗洛擠到第四，莫莉安看見諾耶爾的臉色一陣難看，心中不由得無比痛快。

考驗持續下去，幾家歡樂幾家愁。一個接一個備選生心驚膽顫地走進場中央，有些人自信傲慢，有些人卻看似恨不得競技場的地面裂開，直接吞沒自己。

有個嚇壞的女孩簌簌抖個不停，彷彿光是強烈的上臺恐懼症便足以讓她失去形體，在空氣中消散。好在，這就是她的本領：消除形體。她在陽光之下閃爍，宛如一縷光暈流轉的淡白色幽魂，為了證明她不是實體，她直接穿過了長老的桌子。觀眾一陣驚嘆，女孩也慢慢建立自信。

可惜的是，她這項本領似乎源於恐懼，因為在她變得比較自在、開始享受眾人目光之後，她的身體就變回了實體。等她穿過桌子，想要原路穿回來時，她反而撞上桌子，導致一壺水飛過翁長老頭頂。結果，她並未登上排行榜。

與此同時，莫莉安竭力壓下心中越來越嚴重的焦慮。每當一名備選生表演完畢，下一名備選生上場之前，她都仔細審視贊助人的座位。

「他在哪？」她喃喃說道。

「他會趕到的。」霍桑把爆米花遞給她，她拒絕了。「朱比特絕對不會錯過妳最後一場考驗。」

「萬一他趕不上呢？」

「他會趕上的。」

「萬一他沒有呢？」莫莉安重複道。這時觀眾的喝采震天，場上的備選生林邁伶是個飛毛腿，僅花十二秒就繞山怪武鬥館跑完一圈。然而，長老溫和地揮手請她離場，她氣惱地用力跺腳，觀眾發出同情的哀嘆。「我連我的本領是什麼都不知道！他不在，我要怎麼接受考驗？」

「聽我說，他會來得及的，好嗎？但要是他來不及……」霍桑伸長脖子，環顧整個競技場。「要是他來不及，我陪妳一起下去，我們總會想到辦法。」

莫莉安揚起一邊眉毛，「例如什麼？」

他嚼著爆米花，認真思考一會。「妳會用腋下發出放屁聲嗎？」

日頭西沉，沒入觀眾席，戶外投光燈亮起。在莫莉安心目中，這些燈宛如巨型聚光燈，註定要用萬丈光芒打亮她當眾出醜的瞬間。

名次不斷變動，前九名備選生緊張地注視排行榜。每當新的備選生獲得名次，被擠出前九名的備選生就會發出哀叫、落淚哭泣，或是發上一頓脾氣。

莫莉安朝下方的諾耶爾一瞥，她坐在底下相隔兩排的位置，正在啃指甲，每隔五秒就看一眼排行榜。諾耶爾目前位居第七。

諾耶爾的上一名，是莫莉安在書之考驗見過的男生，叫做法蘭西斯・韮滋威廉。他為評審迅速準備了一頓晚餐，總共七道菜，每一道都會讓人經歷雲霄飛車般的強烈情緒，看在外人眼裡顯得頗為詭異——燒烤章魚令人產生嚴重的畏懼，藍莓舒芙蕾則讓人喜不自勝，笑不可抑。

排名第五的女孩名叫薩迪亞・麥高樂，她來自高地，一頭紅髮，身材結實，單打獨鬥擊敗一隻壯碩的成年山怪。

霍桑掉到第四。第三名是個有著天使容顏的嬌小男孩，叫做雅查安・泰特。雅查安是個小提琴手，他邊拉小提琴，邊靈巧地繞遍整間武鬥館，在觀眾席穿梭，一個音符也沒落下。

他拉琴的技巧非常高超，可惜長老看起來並不打算讓他上排行榜……但是，直到最後一刻，看似乖巧的雅查安才揭露他真正的本領。他露出有些不好意思的笑容，將口袋裡的東西全數拿出來：一大堆珠寶首飾、錢包、手錶、零錢，都是他一

面拉小提琴一面扒走的。莫莉安讚嘆極了，他甚至偷走坤寧長老的耳環，明明長老就戴在耳上！

眼見自己被一個扒手擠下去，霍桑好像一點也不氣餒，恰好相反，雅查安的本領讓他樂不可支，即使他發現連自己的龍騎士手套也被扒了。這時，雅查安正把他偷來的那堆戰利品逐一物歸原主。「他怎麼做到的？」霍桑反覆地說，大大咧開嘴，認真檢視手套，好像能看出什麼端倪似的。

莫莉安正打算重複第二十七次**不知道**，順便叫他**拜託不要再問了**，就在這個當下，她看見諾耶爾的跟班和巴茲．查爾頓一同走進場中。

「就是她。」莫莉安推了霍桑一下，「試膽考驗那時候，我們在庭院裡看到的女生就是她，記得嗎？噢，她叫什麼名字……」

她是查爾頓先生當天介紹的第八位備選生，在這批備選生之中，是由諾耶爾打頭陣。莫莉安瞥了諾耶爾一眼，她凝視著自己的朋友，表情空白，看似不感興趣，就好像那女生不過是隨便一個備選生。

霍桑搖搖頭。「妳在說什麼？」

「你真的不記得她啊？」

「記得誰？」

巴茲．查爾頓介紹那女孩是「來自永無境的詩律．布雷克本」，此時，觀眾席漫過一陣缺乏興致、心不在焉的窸窣耳語。已經有觀眾坐不住了，自顧自地交談，幾乎蓋過他的聲音。不過，莫莉安不像其他人，反倒專注聆聽。

「詩律！她叫詩律，我都忘了，我怎麼會忘記？」莫莉安對霍桑說，霍桑聳聳肩。

「請開始。」坤寧長老說，給自己倒了杯茶。長老們也顯露疲態，他們連續評審了好幾個小時，現在不時偷看手錶、用雙手支著下巴，偶爾還會張嘴打個長長的呵欠。

觀眾席最上方有個房間，裡頭有人，巴茲·查爾頓往那個房間的小窗比了個手勢示意，戶外投光燈黯淡下來，讓觀眾置身黑暗。隨後，一支影片投到大螢幕上，開始播放。

第二十二章 催眠師

螢幕上亮起的畫面，是個莫莉安認識的場景——傲步院的花園，看起來是幻奇歡迎會那天。鏡頭先是搖搖晃晃掃過燦爛陽光之下的草坪，喧囂的甜點自助吧排隊人潮，之後鎖定兩個人，拉近距離：諾耶爾與詩律。她們旁邊有座巨大的綠色果凍雕像，莫莉安也認得它。霍桑離她們只有幾步遠，毫不意外地正往盤子上堆起小山似的糕點。

「便宜貨，」螢幕上的諾耶爾說，戳戳果凍，嘴角一撇。「**嚇死人了**。誰會在宴會上準備這種東西？我們又不是幼稚園小朋友。」

「對啊。」詩律回答，她本來正要拿鮮綠色巨無霸旁邊的迷你果凍雕像，在最後一刻改變心意，改往盤子上舀奶油麵包布丁。「便宜貨，他們真是笨——」

「媽咪知道了鐵定發飆，」諾耶爾繼續說，蓋過詩律：「竟然要我們自己動手拿，這怎麼可以，詩黛西。」

「我是……詩律，」她回答，表情垮了下來。「記得吧？」

「妳知道幻奇學會雇了多少僕人嗎？」諾耶爾恍若未聞，逕自往下說：「而且他們竟然還準備**自助餐**？他們不知道自助餐是**窮人**吃的嗎？」

詩律的眼神中閃過一抹什麼，很快又恢復平常的神色。「對啊，就是這樣。」她的手懸在一個勺子上方，突然有些猶疑。

「不管了，走吧。」諾耶爾將自己的餐盤擱在桌面中央，劈手奪走詩律那盤布丁，一把翻過來，壓在一個看起來很美味的巧克力軟糖蛋糕上。她快步走出自助吧，顯然認定詩律會自動跟上。

詩律神往地看了毀掉的布丁最後一眼，深吸一口氣，猛然轉身，恰好跟霍桑面對面。霍桑聽見整段對話，正憋著笑。

詩律湊近霍桑，用略帶沙啞、缺乏起伏的聲音說話。莫莉安記得，她也曾經用同一招對付書之考驗的那對雙胞胎，以及競逐考驗的學會工作人員。

「你不覺得，該把那個又大又綠的東西砸在她頭上嗎？」

霍桑嚴肅地點頭。

莫莉安轉頭看坐在身邊的真霍桑，他露出困惑至極的表情，喃喃說道：「我不記得有這件事啊。」

場景切換，諾耶爾、詩律跟一群小孩聚在傲步院前方的階梯，其中也包括莫莉安，畫面有一部分被朦朧的綠葉擋住。莫莉安猜想，攝影機（以及拿攝影機的人）大概躲在樹後面。

「妳的本領是講成語嗎？」螢幕上，諾耶爾對莫莉安說。

詩律笑得無法自抑，但她笑的原因並非當初莫莉安以為的，是被諾耶爾傷人的言語給逗笑。她不斷往上偷瞄，原來霍桑正帶著果凍雕像，在窗戶邊就位。她真正在笑的，是諾耶爾即將遭受的下場。

「我還以為是穿俗到爆炸的衣服，或是長得跟老鼠一樣難看。」坐在山怪武鬥館的真莫莉安面紅耳赤，第一次在陌生人面前被這樣講就夠難堪了，還在數百人眾目睽睽之下聽到第二次，不啻於折磨。她順著座位往下滑，不想被別人看見。

後來的事態發展一如莫莉安的記憶，在霍桑華麗拋下果凍的瞬間，迎來盛大高潮。整間山怪武鬥館爆出笑聲，霍桑對莫莉安咧嘴一笑。

「就算不是我想到的點子，也還是很棒。」在前面幾排，諾耶爾瞪著螢幕，不住搖頭，雙眼瞇成細線。她看起來是真心感到震驚，顯然完全不知道她這位朋友的本領。

之後幾分鐘，影片描繪了一個驚人的場景。詩律拿著一罐鮮紅色噴漆，在一個高級地段隨意漫步，往沿路住宅的潔白正門上噴無禮的字眼和塗鴉。等她被一名穿褐色制服的臭架子攔下，整條街差不多都遭殃了。

「**給我站住！**死小鬼，妳以為妳在做什麼？」

「這是藝術。」她面無表情地說。

「是喔，藝術？」臭架子問，眉毛簡直快挑到髮際線。「我怎麼覺得像犯罪呢？我該給妳上手銬！」

「妳該給自己上手銬。」詩律建議道，那名女子果真照做，毫不遲疑地往自己手腕扣上手銬。

詩律將那罐噴漆交給女子：「十二號可以再紅一點。祝妳今天順心。」

「也祝妳順心，小姐。」臭架子眼神呆滯地說完這句話，目光如浮油漂過水面般掠過詩律，落在十二號亮白的前門上。沒過多久，那扇門就再也不白了。

詩律能力非凡，有辦法讓人去做各式各樣的事。莫莉安心想，她的行為不怎麼好，也稱不上正直或誠實——但她的的確確能力非凡。

令莫莉安很不自在的是，她再度看見自己出現在螢幕上。這次，影片完整重現了莫莉安在競逐考驗慘敗的過程，從犀牛橫衝直撞，芬英勇救人，一直到最後那個絕望時刻：詩律說服競逐考驗的工作人員，該晉級參加試膽考驗的人是她，而不是莫莉安。

然而，影片並未在此結束。螢幕上播放另一段對話，詩律一反先前的態度，讓那位工作人員相信，那些獨角獸其實是偽裝過的飛馬。她指著獨角獸發光的銀角（貨真價實、無可挑剔的獨角獸角），說：「你看吧，有人把冰淇淋甜筒倒插在牠頭上，你們竟然沒有發現，而且牠的翅膀被藏起來了。」她指著獨角獸潔白無瑕的身軀，那裡根本沒有翅膀。

莫莉安啞口無言。是詩律幫助她參加試膽考驗，她搶走莫莉安的名額，然後又這麼簡單地還她一個名額。為什麼？她內疚嗎？

一幕又一幕關於欺瞞、操縱的場景輪番上演。根據影片，當初在傲步院舉行第一場考驗時，是詩律說服那對喜歡擊掌的雙胞胎，在接受口試前就自動放棄；她自己接受書之考驗時，還讓翁長老模仿一隻雞（這一幕引來全場如雷的轟笑，唯獨翁長老沒笑）。

最終，儘管長老對此態度不一，更有不少觀眾露出不贊同的神情，但他們別無選擇。詩律擁有的不只是一項本領，而是天賦奇才。是很詭異、惡劣的天賦沒錯，然而依舊是天賦。

「第一名！」霍桑說，看著詩律的名字在排行榜上亮起，將埃娜往下擠到第二名，霍桑變成第五名，諾耶爾落到第八名。

只剩下三組備選生，共十五人。莫莉安已經放棄尋找朱比特，改而開始規劃逃脫路線。等她的展現考驗以失敗與丟臉告終，她就要全力逃跑。

她沒看見燧發槍探長，可是她有種肯定的預感，探長一定就在武鬥館中，靜待時機，等著她一敗塗地，好抓住機會逮捕她。

終於，輪到最後一組備選生。莫莉安跟另外四名備選生一同走下去，來到競技場上，霍桑本來想陪她，可是那些拿寫字板的幻奇學會工作人員隨時守在一旁，把霍桑叫回了觀眾席。

莫莉安只能靠自己了。

她默默站著，觀看前三位備選生表演才能。頭髮很長的女孩站在場中，一口氣剪斷那頭長髮，長度只留到耳朵上方，引起全場譁然。過一陣子，頭髮開始生長，不出幾分鐘便恢復原有的長度。莫莉安像所有觀眾一樣，驚異不已，可惜長老不吃這套。一如朱比特當初在幻奇歡迎會的預料，這個女孩並未登上前九名，她只好把兩團頭髮（地上一團，頭上一團）一併塞進小推車，沮喪地走出山怪武鬥館。

再來是個芭蕾舞者。無緣登上排行榜。

一個能在水下呼吸的男孩。無緣。

然後輪到莫莉安，幻奇學會工作人員替她打開門。

她可以現在就走。這個念頭如雷殛一般擊中她——她可以現在轉身，就此離去，這是她避免出醜的最後機會（出醜之後就是被趕出永無境，然後就是無可避免的死亡）。她可以離開，她可以不必面對那個註定是有生以來最慘烈的瞬間，她只需要**轉身走掉**。

就這樣做，她心想，**就走吧**。

「準備好了嗎？」

耳邊傳來悄聲細語，有人輕捏一下她的肩膀。她抬起頭來。

鮮亮過頭的紅髮，熠熠有神的藍眼，一邊眼睛朝她一眨。

「嗯，準備好了。」她一個遲疑，依然決定開口詢問，語調倉皇、迫切，想再試最後一次，想在山怪武鬥館所有人都知道之前，要到一個答案。「朱比特，到底是什麼？我的本領是什麼？」

「喔，那個呀。」他睜圓眼睛眨了眨，彷彿莫莉安問了一件全世界最不重要的事。「妳沒有本領。」

然後他果敢地踏進競技場，等著莫莉安跟上。

「朱比特·諾斯隊長在此介紹，來自永無境的莫莉安·黑鴉。」

第二十三章　作弊

朱比特踏入場中時，山怪武鬥館的氣氛變了，原先心不在焉的聊天交談轉為竊竊私語，甚至有觀眾坐直身體。他是幻奇學會最聲名遠播的成員之一，如今終於推派了備選生，大家都急得要命，想趕快看看這女孩有什麼本領，竟然讓大名鼎鼎的朱比特・諾斯甘心擔任贊助人。

莫莉安也急得要命，但不是因為好奇心。

她急得想逃跑，急得想躲，急得盼望競技場地面有如火山一般爆發，用一波岩漿吞沒這整個地方。她的心怦怦狂跳，劇烈得像是想要攻擊什麼。

不該說是「什麼」，應該說是「誰」。

朱比特怎麼可以這樣對她？一整年來，莫莉安全心信任朱比特，深信她這位贊助人一定知道她的神祕本領究竟是什麼。他告訴莫莉安不用擔心，說一切都在他的掌握之中……如今卻把莫莉安踢到馬路上，任車輾過。

她沒有本領，她一直是對的。

她的眼中盈滿憤怒的淚水，就要奪眶而出。朱比特怎麼可以這樣？

「我能過去嗎？」朱比特問長老。莫莉安看完超過七十位備選生的表演，很清楚這個要求非比尋常，不過坤寧長老揮手示意朱比特過去。

朱比特低聲和長老對話，莫莉安孤身立在靜謐無聲的競技場上，環顧四周，注視觀眾席上那些好奇的面孔，想像著當他們發現這是一場笑話，發現來自永無境的莫莉安·黑鴉沒有任何才能，他們會爆出怎樣的笑聲。也或許，他們不會笑，而會發怒，氣朱比特浪費他們的時間。

再氣也沒有我氣，莫莉安暗忖。

接著，朱比特做了一件很奇怪的事。

他對坤寧長老、翁長老、薩加長老陸續做出相同的動作，先是按住他們的肩膀，再將額頭貼著他們的額頭。做完這套動作，長老都不停眨著眼，一副頭暈目眩的樣子，好長一段時間只是盯著莫莉安，神色震撼，說不出話來。

隨後，莫莉安的名字登上第一。

山怪武鬥館轟然炸開，眾人紛紛跳起身來，朝長老咆哮，要求長老說明清楚這項瘋狂之舉，要求莫莉安·黑鴉展現本領，否則就是破壞考驗規則。

莫莉安自己徹底傻住，連要生朱比特的氣都忘了。她愣在原地，承受潮水般的憤怒。

武鬥館中迴盪著控訴偏袒、作弊的怒吼，莫莉安看見巴茲·查爾頓三步併成一步衝下觀眾席，口中喊著聽不懂的胡言亂語。莫莉安目光所及，全是狠瞪著她的人，她在人群中掃視，四處尋找霍桑，暗自想著他是不是也在生氣。她的好朋友會不會覺得她作弊？

朱比特走來，牽起她的手，帶著她飛快走進競技場後方的一扇門。

「走吧，莫兒，別理這些無理取鬧的傢伙，隨便他們發火去。」

萬幸，後臺的綠色房間空無一人。這裡有張單人沙發、一盤看起來有些寒酸的三明治、一壺檸檬汁，牆上貼著好幾張歷年山怪競技跟龍騎士大賽的海報，房內播放著柔和的排笛音樂。

房中只有一位服務生，是穿著山怪武鬥館制服的年輕男子，看起來有一半山怪血統（他雙手的指關節在地上拖行）。他們走進去時，服務生拿起盤子，含混地說：「桑敏治？」

「不用了，謝謝。」朱比特說，莫莉安也搖搖頭。山怪混血服務生見狀，一副無趣的樣子，走了出去。

莫莉安深吸一口氣，雙手捏成拳頭，正想著該如何描述自己的怒火，朱比特開口了。「我知道——我知道，對不起，拜託，莫兒，真的很對不起。我知道這一定讓妳很混亂。」他眼中滿是愧疚，語氣安撫，伸出雙手擋在面前，彷彿在說：**不要動手**，**不要開槍**。「聽好，等一下還會更混亂，現在沒時間好好解釋，但我發誓，**我真心發誓**，等這一切結束，我會**鉅細靡遺**回答妳的每一個問題。可是，我現在需要妳保持耐心，再多信任我一**下下**，就算妳可能覺得我不值得妳的信賴，好嗎？」

莫莉安想吼他，想拒絕，想說**不，當然不好，根本是好的相反**——但她沒有。相反地，她強迫朱比特跟她打勾勾，定睛直視他的雙眼。「每一個問題，都要鉅細靡遺回答我。打勾勾保證？」

「保證。」

幾秒後，房門猛地打開，長老快步走進，表情克制，絲毫不顯露情緒，斗篷在身後翻飛。三位長老的領口都別著金色的「W」字別針。

「你知道多久了？」坤寧長老質問：「很顯然是在夕暮日以前，問題是在夕暮日的多久以前？幾天前？幾週前？幾個月前？還是**好幾年前**？」

朱比特抬起雙手，「坤寧長老，我能理解您的驚訝，可是……」

「驚訝！**驚訝？**」這位身材嬌小的老婦人彷彿一下子竄高三吋，她正對著朱比特，指著他的臉。莫莉安好想替她加油助陣，**快教訓他一頓，這位老太太！**「朱比特・阿曼久斯・諾斯，你的贊助人是我教的，你贊助人的贊助人也是我教的！我從你十一歲就認識你，無數次力保你不被學會開除，我甚至舉薦你加入探險者聯盟，**你是這樣回報我的？**」

「恕我這樣說，但差別何在？」朱比特一手撥過頭髮，面對來回踱步、怒氣沖沖的老婦人，忍不住往後縮了一些。「您能做什麼呢？您有辦法改變任何事情嗎？」

坤寧長老一時說不出話，停下踱步，「這——不，當然不會改變，但有個**警告**也好啊！諾斯，我年紀大了，剛才在外面，你差點把我嚇出心臟病來。」

心臟病？莫莉安跟朱比特對上眼。他到底讓長老看了什麼，害他們嚇成這樣？他看起來很是歉疚。「對不起，坤寧長老。我只是不想要打草驚蛇，免得影響匯集過程，我不知道會不會……我是說，這種事其實……」他話音漸弱，束手無策地聳了聳肩。「我從來沒處理過這種事。」

「匯集是什麼時候開始的？」翁長老直盯著莫莉安。

「確切的時間點不好說。」朱比特說：「一兩年前？可能是十年之冬，或是十一年之春？我收買了幾個黑鴉宅邸的員工，家庭教師、打掃人員之類的，從他們身上收集情報，問題是他們太迷信了，很難分辨哪些是幻奇事件，哪些只是愚蠢的傳言。廚娘認定莫莉安光是往園丁身上打了個噴嚏，就害死了園丁，真是胡扯。」

「有其他的嗎？」坤寧長老問。

「其他的？」朱比特詫異地看她。

她揚起一邊眉毛。「諾斯，你很清楚我想問什麼。」

「對，其他的。」他清清喉嚨：「有，登記在冊的還有三名。」

「那他們……」

「沒有顯示任何跡象，」朱比特語氣堅決：「不值得追蹤。」莫莉安皺起眉頭。**登記在冊的還有三名……**他說的是詛咒之子登記名單上另外三個人？難道他救了莫莉安，卻任由其他三個小孩被煙影獵手奪去生命？她不願意相信。

「諾斯，除了你在那個宅邸收買的迷信員工，」翁長老問：「你有其他明確的證據嗎？」

「根據冬海新聞網，大約一年半前，南光邦和遠東歌邦開始出現幻奇之力短缺的現象。然而，從十年之冬一直到十一年之冬，莫莉安的家鄉不僅未曾發生共和國各地頻傳的能源危機，甚至創下能源最豐沛的紀錄。不過，這個情況只持續到夕暮日，在那一天，豺狐鎮的能源數值驟降。」他頓住，目光飄向莫莉安。「更精確地說，是在夕暮夜。大約九點左右。」

就是你救了我的時候，莫莉安思忖，**那時候，我們通過天色時鐘，逃離了豺狐鎮**。幻奇之力短缺，跟她有什麼關係？

「老天在上，你到底怎麼把她弄來自由邦的？」坤寧長老問，隨即又改變心意：「等等，算了，我不想知道。我敢說一定是非法的勾當。」

朱比特抿緊嘴脣，從鼻腔重重吐了口氣。「坤寧長老，很抱歉沒事先告訴妳，我真心感到抱歉。像我剛剛說的，我很怕不小心做錯什麼，干擾匯集過程——我知道這種想法很蠢，我知道這就像黑鴉宅邸的廚房員工一樣又傻又迷信，可是我很怕萬一說出口，說不定會……把它嚇跑。」

「嗯，或許那反而是最好的。」毛髮雜亂、身形魁梧的公牛薩加長老說，坤寧長老投去犀利的一瞥，打斷他的話。莫莉安咬住舌頭，壓下內心翻攪的幾千個問題，早在這段對話開始之際，她就想問得要命。

「所以我沒告訴任何人。」朱比特低頭看著地面，「我連莫莉安也沒說。」

長老全數一靜。坤寧長老大驚失色，目光從朱比特身上轉向莫莉安，又從莫莉安身上轉回朱比特。「難道你……你的意思是，這孩子甚至不知道……」

「說真的，諾斯，這根本不可接受，完全違反學會的規定。」薩加長老哼了一聲：「在孩子不了解背後原因的情況下，推孩子出來接受試驗——從來沒聽過這種事！假如你的贊助人在這——」

「那防護契約呢？」翁長老插口：「就在剛才，我們允許了一個危險人物進入學會，沒人想到要建立防護措施。」

「我才不危險。」莫莉安抗議，腦中卻有個細微的聲音說道：**錯了，妳很危險，妳受了詛咒**。長老在討論的是不是這個？好幾個月前，朱比特說過她沒有受到詛咒，說她身上從來就沒有詛咒，難道那也是謊言？

「喔，這太可笑了，格果利雅、阿留斯，我們是不是瘋了？我們幹了什麼好事？」翁長老雙手一揮，「全界不可能有任何人願意簽署防護契約，何況需要三個德高望重、誠信正直的——」

「三個？」薩加長老大聲道：「天哪，不行。假如這孩子是個普通一點的危險人物，純粹是會召來颶風、會催眠之類的，三人防護契約還說得過去。這次，我建議需要五人。」

危險人物。莫莉安暗自希望他們別再說這個詞了。

「九人。」坤寧長老說，薩加長老和翁長老詫異地看她。「諾斯隊長，這個條件不容妥協，我們不接受少於九人簽署的防護契約。尤其是這……」她打住話頭，憂慮地瞥了莫莉安一眼。「尤其是這件事。」

「那我們乾脆現在就把這孩子從排行榜除名好了，」翁長老說：「他絕對不可能湊到九個人。」

「我已經湊到七個人了。」

長老們看起來吃了一驚。朱比特從大衣掏出一個紙捲，交給他們，莫莉安想偷看一眼，可是他動作太快。

坤寧長老一面細看紙捲，一面挑起一邊眉毛。「銀背議員？喀里女王？你交了不少身居高位的朋友嘛。他們知不知道──？」

「他們知道的部分足夠讓他們明白危險性了，」朱比特說，莫莉安覺得他的嗓音流露一絲猶疑。「但……沒有，他們不知道。」

「他們起碼見過這孩子吧？」

「之後會的，」朱比特承諾：「很快就會，我保證。」

「他們還真信任你，看來也都合乎資格。」坤寧長老說，一隻手指一路畫到名單底部。

「合乎什麼的資格？」莫莉安出聲問，再也忍不住了。只不過，這些大人要不是沒聽見，就是沒心思搭理她。

薩加長老轉向朱比特：「諾斯，如果你找不到第八和第九個簽署人，這一切就沒有意義。」

朱比特嘆了口氣，揉著後頸。「相信我，我盡力了。所以我今天才會遲到，本來以為能得到第八個簽名，結果事情沒成。只要再給我幾天……」

「我簽。」坤寧長老說。聞言，另外兩名長老警覺地轉頭看她。「這不算違規。」

「格果利雅，這種做法極為罕見，」翁長老說：「妳確定嗎？」

「非常確定。」她從斗篷的皺褶處抽出一支筆，迅速在紙捲底端簽名。「這樣一來，至少有個人很清楚自己要承擔什麼後果。諾斯，今天晚上把文件送來給我。」

朱比特一時說不出話，嘴巴震驚地大張。「我……謝、謝謝您，坤寧長老，真的，**非常感謝您**，我保證，您不會後悔的。」

坤寧長老長嘆一口氣。「我十分懷疑，親愛的。然而，你必須在入學典禮前找到第九名簽署人，假如找不到，黑鴉小姐在九一九梯的名額就會取消。我只能幫你這麼多了。」

他們穿過迷宮般的走廊（兩旁牆上貼滿了著名山怪競技的舊海報與照片），離開山怪武鬥館，莫莉安努力跟上朱比特急匆匆的腳步。

「莫兒，我讓芬涅絲特拉先帶妳跟傑克回杜卡利翁。」他走在前頭，距離莫莉安大約三、四步。「我必須找到最後一個簽署人，可是所剩的選擇不多。是還有一個機會，但很渺茫，我得——」

「可是你答應要告訴我——」

「我知道，我會告訴妳，但是——」

「他們在那裡！找到了！」

巴茲・查爾頓踩著重重的步伐走來，身後是怒氣沖沖、快步趕上的諾耶爾・狄弗洛，看似缺乏興致的詩律・布雷克本，以及全永無境最得意洋洋的鬍子男：燧發槍探長。在他們後頭，還跟了少說十幾名身穿制服的臭架子。

「作弊！」查爾頓先生指著朱比特喝道，全身因忿忿不平而顫抖。「探長，快逮捕他們！這是作弊！剛剛那是什麼，啊？你對長老做了什麼？施了某種法術？」

朱比特試著硬擠過去，「晚點再說，巴茲，我沒空跟你瞎扯。」

「喔，這你就錯了，你絕對有時間跟我瞎扯！」查爾頓先生跟著移動，擋住他的去路。「諾斯，你可能唬得過長老，但你騙不了我。本該屬於我這位備選生諾耶爾的位置，居然被你們兩個給偷走了！」他激動地指著莫莉安。莫莉安嚇了一跳，在她走之前，諾耶爾還在排行榜第九名，想必最後兩名備選生的其中之一將她給擠下來了，她忍住笑意。「這個黑眼睛小混帳沒資格待在學會，我要立刻去找長老，告訴他們這女孩——」

「是個下流無恥的偷渡客。」燧發槍探長打斷，他拉高褲腰，挺起胸膛，回頭望了其他警員一眼，確保所有人的注意力都在他身上。他朝思暮想的光榮時刻就此來臨，他要好好享受這一刻。「她從共和國非法入境，藏匿在一個犯罪頭子的巢穴，受到非法庇護。」

朱比特面露喜色。「我第一次被說是犯罪頭子，真開心。」

「閉嘴！」燧發槍探長厲聲說，從外套抽出一張紙，湊到他們面前。「我手上可是有逮捕令的。好了，我要求你出示實實在在的文件，證明她的身分的確如你所說，是自由邦的居民，而不是從共和國來的小雜碎，濫用我們國家的善心，搞不好還替冬海黨刺探我們。」

「夠了沒，小槍，我都為你感到丟臉。」朱比特不耐煩地說：「我早說過，幻奇學會成員不歸你管，你再堅持下去就要丟徽章了，老兄。」

「確實如此，**老兄**，不過現在試驗已經結束。」燧發槍探長露出極度沾沾自喜的表情，抽出第二張紙，朗讀上面的文字。「諾斯，你最好複習一下《幻奇法》手冊。《幻奇法》九十七條第辛款：『獲選之備選生在該梯入學典禮結束並得到金色別針前，並非幻奇學會正式成員。在此期間，若經長老理事會認定為必要及適當措施，可取消該備選生之臨時成員身分，不須經正當法律程序。』」

朱比特嘆口氣，搖搖頭。「探長，這部分我們已經談過了。《幻奇法》九十七條第已款：『參與幻奇學會入學考驗之孩童，於考驗期間……』」

「『於考驗期間，至該童退出考驗程序為止，於所有法律範疇內，皆視為幻奇學會之一員。』」燧發槍探長複誦，壓過朱比特的聲音：「諾斯，**於考驗期間**。考驗結束了，排行榜名單出爐了，長老都回家了。」

「而且離入學典禮還有好幾個星期呢。」查爾頓掩飾不住欣喜。

「我相信，這代表你這個下作小偷渡客完完全全該歸我管。」燧發槍探長總結道，雙眼射出瘋狂的光采，鬍鬚微顫，伸出一隻手。「諾斯隊長，請立刻交出文件。」

朱比特無言以對。莫莉安看得出他正在衡量不同選項，默數圍繞在四周的警員，尋找逃脫路線。沉默持續，燧發槍探長依舊伸著手，耐心等待，那張討人厭的臉上閃現勝利的光輝。

莫莉安無力地靠在牆上，覺得徹底吃了敗仗。明明她就差一點，就差這麼一點點，現在全完了，她會死掉，內心的疑惑沒有一個會解開。她閉上眼，等著被扣上手銬拖走。

「在這。」

詩律·布雷克本的嗓音在走廊迴響。莫莉安將一隻眼睛睜開一條小縫，只見詩律拿出一張破損的紙（其中一角還被撕掉），遞到燧發槍探長眼前。

「這是什麼？」燧發槍探長困惑地問：「妳要給我看什麼？」

那是一張老舊的海報，宣傳一場「血沫四濺的史詩之戰」，對戰山怪是來自克勞福樓真的奧格，與來自賀真樓真福樂的茂洛。在這張手繪海報上，奧格和茂洛這兩隻奇醜無比的山怪相互嘶吼，五顏六色的字體寫著：啤酒買一送一，中場表演精采可期，任何可證明體內流著山怪之血的人皆可免費入場。

「這是她的文件。」詩律用平板的聲音低語：「看見了沒？就寫在這裡：莫莉安・黑鴉是自由邦的居民。」

燧發槍探長暈眩地搖搖頭，彷彿試著甩掉黏在頭上的東西。「這……什麼？在哪裡……」

「就在這裡，」詩律堅持，甚至懶得用手指給他看，語氣聽起來很無聊。「這上面寫說，『莫莉安・黑鴉是自由邦的居民，不是非法走私入境的，你不如放下執念吧，這樣大家就可以回去各過各的生活了。』上面還有政府戳記什麼的，全部都有。」

巴茲・查爾頓一把搶走她手上的紙，「讓我看看。」

諾耶爾跟燧發槍探長擠在他身邊，頭挨著頭，瞇眼細看奧格和茂洛坑坑疤疤、淌滿口水的面孔。

巴茲皺起眉，不停眨眼。「這不是……這些不是……這是山怪競技……」

「不對，」詩律說：「這是護照，是莫莉安・黑鴉的自由邦護照。」

「不是，這是——這是山怪——這是……莫莉安・黑鴉的自由邦護照。」他複述，目光迷離起來。

「這上面沒有什麼問題，」詩律說，嗓音宛如蜂巢的嗡鳴一般低吟。「所以你們可以走了。」

「這上面沒有什麼問題，」燧發槍探長重複道：「所以我們可以走了。」

他任由海報飄落地面，順著走廊走遠，巴茲與諾耶爾呆呆跟在後頭。永無境市警隊的警員猶疑不定地徘徊，顯然根本無法理解這個詭異的轉折，接著才服從地跟在指揮官身後離開。

詩律轉頭面對莫莉安，「妳欠我一次。」

「妳為什麼幫我？」

「因為……」詩律一陣遲疑。「因為我討厭諾耶爾。我也不是多喜歡妳，但我真的討厭死諾耶爾了。也因為……」她的話聲變小，「妳記得我。對吧？妳記得我在競逐考驗上做的事。」

「妳害我差點被踢出考驗。」

「還有萬鬼夜，妳也記得嗎？」

莫莉安氣憤地說：「妳把我推進池塘，我可不會那麼容易忘記——」

「從來沒有人記得我，」詩律打岔，語速飛快，注視莫莉安的眼神有些奇特。「每個人都會忘記催眠師，這跟催眠師的力量有關。可是妳記得。」她抬頭往走廊一瞥，「我該走了。」莫莉安還沒想到該說什麼，她已經奔過去，追上贊助人，拐過轉角，消失了蹤影。

「真是奇怪的女孩子。」朱比特凝視詩律的背影，雙眉迷茫不解地蹙起。「她是誰？」

「詩律・布雷克本。」莫莉安撿起拋在地上的海報，摺起來，收進口袋。「對啊，她是很奇怪。」

「嗯？」朱比特回過神來，目光落在莫莉安身上。

「我說她很奇怪。」

「誰很奇怪？」

「詩律。」

「誰是詩律？」

莫莉安嘆了口氣。「有完沒完？算了。」

第二十四章　戰役街

朱比特派人去找芬涅絲特拉，儘管她很不情願，依然在幻鐵的戰役街車站入口與他們會合，準備送莫莉安、傑克跟霍桑回到杜卡利翁。朱比特則要趕去處理防護契約的神祕事宜，天知道到底是什麼事。

「絕對要好好看著他們，」朱比特從售票口回來，不知第幾次告訴芬：「不要繞路，不要分心，直接回飯店，不要順路去做別的事也不要耽擱，不管是什麼理由都不行，懂了嗎？」

芬翻了個白眼。「喔，我本來還想順道去買冰淇淋跟小狗狗呢。」

「芬涅絲特拉……」他用警告的語氣說。

「好啦好啦，不要氣壞了鬍子。」

他轉向莫莉安、霍桑與傑克。「好，你們三個，底下一定很擠，你們要緊跟著芬，不要亂跑。芬，最好先搭急速線到莉莉斯之門，然後轉乘百年線，這樣可以到河中島，從那裡搭傘鐵直接到石蠶蛾巷。你們，帶了傘嗎？」

三個孩子點點頭。

「維京線會直達河中島啊。」芬說。

朱比特搖搖頭：「售票口的小夥子說，其中一條隧道遭遇維京聚眾襲擊，導致誤點，等他們處理完畢要好幾個鐘頭。」

「那就急速線吧，」芬同意道。「該走了，你們三個。」

他們走下去，進入繁忙的車站，通過票閘。芬的身軀太龐大，無法用正常方式過去，索性直接跳過票閘，一名不滿的收票員正想叫她離開，她發出低嘶，收票員便匆匆回去做自己的事。

穿過隧道與樓梯時，霍桑不斷回頭看著莫莉安，顯然很想問她關於考驗的事，偏偏車站裡實在太吵。莫莉安對上他的眼神，聳聳肩，用嘴型說：「不知道。」

終於抵達月臺時，芬擠過人群，來到最前面的黃線，宛如平原上的一根麥稈般將旅客人潮分開。霍桑、莫莉安跟傑克分別抓住她的一束毛，努力跟上，一邊擠過旁人一邊道歉。

「芬，慢點，」傑克說：「妳會踩扁別人。」

「要是他們擋我的路，活該被踩扁。」魁貓咕噥道：「今天已經夠煩的，憑什麼我還得來辦這種事，在人擠人的幻鐵車站照顧你們三個小孩。杜卡利翁一整天都亂七八糟，一堆人來來去去，吵個不停。我們找了水電師傅來處理南廂房的電線，然後米范又找來那些荒唐的抓鬼大隊，這都第幾次了。」

「抓鬼大隊！」霍桑一臉興奮地說。

「我以為鬧鬼事件已經解決了，」莫莉安說：「就在夏天的時候，記得吧？他們來驅鬼過。」

「可惜，雖然他們揮鼠尾草的技巧很高超，」芬酸酸地說：「我們那位渾身灰的男人還是在南廂房遊蕩，四處嚇人，要不是穿越牆壁，就是轉了個彎之後就不見了。員工還幫他取了一些好笑的名字……喔，怎樣啦？」

「我沒見過渾身灰的男人啊。」莫莉安說。

「妳本來就不該見到，南廂房正在進行該死的整修工程，妳又沒理由跑去。」莫莉安跟霍桑、傑克交換了一個內疚的眼神，可是什麼也沒說。他們一直沒有告訴別人，影子狼偷溜出來的那一晚，他們做了什麼。「只是施工的人一直抱怨他，說會聽到他在隔壁房間發出聲音，但每次他們一趕過去看是誰，他就會消失在絲網中。」

「他發出什麼聲音？」傑克問。

「唱歌或——不對，是在哼歌，他們就是這樣叫他的，說他是『哼歌男』。真扯淡。」

莫莉安的心臟猛然一跳，像是腳下踩空一步。渾身灰的男人……**哼歌男**……穿越南廂房的牆壁，消失在絲網之中……宛如一縷幽魂。

她瞬間明白，埃茲拉·史奎爾究竟怎麼溜進永無境，彷彿腦中有盞燈的開關打開了，她終於看清全局。

「絲網軌道！」她叫道。

「絲什麼？」霍桑問。

「絲網軌道——他就是這樣進來的，他一直都是靠這個方法闖進永無境。」她說。

「誰一直這樣闖進永無境？」傑克問：「妳在說什麼？」

「瓊斯先生——就是埃茲拉・史奎爾，他就是那個渾身灰的男人，會哼歌的那個人！難怪大家一直以為飯店鬧鬼，他是利用絲網軌道過來的，他可以穿越牆壁！」

然而，列車恰好進站，高昂的鳴笛聲與呼呼的蒸氣聲蓋過她的話。芬臭著一張臉，將莫莉安跟兩個男生推進第一節車廂，不費吹灰之力便找到座位，因為其他乘客全部縮在車廂另一端，只想離這隻黃眼魁貓遠遠的。

坐下以後，芬湊過來，一顆灰色大頭擠進他們三人之間。「在這麼多人的幻鐵車站，講話小心一點，」她怒聲說：「絲網軌道可是最高機密。」

「但是埃茲拉・史奎爾在用絲網軌道啊，」莫莉安用氣音說，回頭張望了一下，確保沒人偷聽。「我們要告訴朱比特才行，芬，根本沒有鬼，是埃茲拉・史奎爾——他就是渾身灰的男人！」

「埃茲拉・史奎爾？」芬把聲音壓得更低，「**幻奇師**埃茲拉・史奎爾？胡說八道，他好幾個世代以前就被驅逐出永無境了。」

「才不是胡說！我親眼見過他，水晶吊燈摔壞的那天他就在大廳，去年夏天的一個晚上，我還在南廂房跟他說過話——」

「妳跑去南廂房幹麼？」芬質問。

「——還有萬鬼夜那天，他來看黑色遊行。」

「是真的，」霍桑拚命點頭：「他那天真的來過，我也見到他了。」

「芬，香妲女爵給我看過一張史奎爾的圖片，那是一百年前畫的，畫像上就是他！他的長相跟以前一模一樣，一點也沒有老！他就是這樣規避禁令的，把身體留在共和國，這樣一來，就算他在永無境亂飄亂晃，那些邊境警察、陸軍、皇家巫術協會……沒有一個單位偵測得到他，因為嚴格來說**他從來不在這裡**。」

「如果真的是這樣，」傑克的眉毛深深一皺，「如果他真的是幻奇師，也真的利用絲網軌道進入永無境，那……又是為什麼？」他半信半疑的目光轉向莫莉安，「他想要做什麼？」

「也許他想要找弱點，」霍桑說：「找出可以突破的地方，回來永無境。」他意味深長地看了莫莉安一眼，無聲地鼓勵她說出史奎爾曾經投標她，想要收她為學徒。莫莉安暗忖，霍桑是對的，她總得告訴某個人，天知道朱比特什麼時候回來？

「芬，我想我知道——」莫莉安悄聲開口，然而魁貓打斷了她。

「真是瞎說！就算他的確使用絲網軌道，他也害不了任何人，甚至連別人都碰不到。在絲網中，根本不可能碰到任何東西。」

「芬，聽我講。」莫莉安說：「我知道史奎爾——」

「芬，他可是幻奇師，」傑克插嘴：「他鐵定能做到一大堆其他人做不到的事情。」

「我告訴你，不可能。」

「芬，聽我講！」莫莉安吼道。

忽然之間，車廂內的燈光一個閃爍，火車速度減緩，最終停下。乘客紛紛哀號起來。

「爹地，怎麼停下來了？」隔著半個車廂，有個小男孩問：「為什麼車門不開？」

「只是討人厭的誤點而已，兒子。」男人一副經驗豐富的通勤旅客口吻，無奈地嘆氣：「鐵軌上有老鼠之類的。」

燈光又閃了一下，先是轉為黑暗，緊接著無力地閃動幾下，隨後恢復光明。一陣機械的尖鳴之後，車上的廣播系統傳出人聲。

「各位先生小姐晚安，前方似乎發生訊號干擾，應該很快就能繼續前進，感謝大家的耐心。」

燈光再度一閃，座椅震動起來，扶手也開始搖晃。

莫莉安環顧周遭，可是其他人似乎都沒注意到。她聽見隧道傳來低沉的轟隆聲，於是挪到車廂後方，將耳朵貼在牆上。

「妳在做什麼？」芬質問。

「妳聽不到嗎？」

「聽到什麼？」霍桑問。

「聽起來像……像……」

馬蹄聲。聽起來像馬蹄重重落在幻奇鐵路上，在隧道中迴盪。之後，又傳出一匹馬的高聲嘶鳴，獵犬的狂吠，以及一聲槍響。

莫莉安踉蹌退後，被座椅給絆倒。「快跑！」她喊道：「大家快後退，牠們來了！」

但是無處可逃，車廂擁擠不堪，整列火車還卡在隧道中央。莫莉安轉身，只見眾人團團圍在她身邊，幾十張臉全是困惑不解的表情。霍桑、芬涅絲特拉、傑克也在人群之中，神色憂慮。

「莫莉安，妳在說什麼？」霍桑說，可是相較於煙影獵手如雷般的巨響，他的聲音顯得好遙遠、好安靜。「我什麼也沒聽……」

就在這個剎那，她面前只剩下一片煙霧，所有人事物消失無蹤，不斷迴旋的濃煙與重重黑影包裹住她，塞滿她的胸腔。她雙腳離地，飄到空中，被煙影獵手帶著一路往前，勝利的號角聲響起，震耳欲聾。她緊抱住黑色雨傘，死命抓著，宛如雨傘能幫助她停留在地面上。

在現實生活中，莫莉安從未見過海洋，一次也沒見過，然而她想，這大概就是溺水的感覺。有如被一道凶猛的浪給捲走，在水裡不停東漂西蕩，直到一切都不見了，獨獨留下黑暗與陰影，眼前只有一片漆黑，漆黑，一望無際的黑……

第二十五章　大師與學徒

莫莉安在空曠的月臺醒來。她微微呻吟，試著從冰冷的水泥地板坐起，腹側傳來一股疼痛，胃裡一陣翻攪。

她眨著眼睛，眼前的世界漸漸聚焦，認出牆上那一排老派的海報跟廣告。這裡是絲網軌道月臺。她撿起油布雨傘，步履有些踉蹌地站起身，視野中映出一個她不樂見的景象：這裡不是只有她一個人。

距離四十公尺遠之處，一張木頭長凳上，坐著瓊斯先生。

不對，莫莉安心想，**他不是瓊斯先生，是埃茲拉・史奎爾。他就是幻奇師**。

他凝視軌道另一頭的隧道牆壁，沉浸在思緒中，輕哼他那首奇特的小調，旋律聽起來像是童謠，卻又有些詭譎。

莫莉安心跳加快。

她聽見一聲低嗥，隧道那張黑洞洞的大嘴飄出幾縷黑煙，一片烏黑之中閃現點點紅光。一聲高昂的嗚咽劃破空氣，莫莉安整個人驚得一彈。煙影獵手耐心地在黑暗中等待……是在等什麼？等牠們的主人——幻奇師下令？

離開的路只有一條。

莫莉安慢慢沿著月臺往前走，腳步聲在空間中迴響。埃茲拉．史奎爾毫不動彈，靜止得令人不安，他只是不停哼著歌，始終凝視著牆壁。

莫莉安思忖，如果可以設法經過他，那或許跑得掉——只要不斷向上狂奔，衝過幻鐵車站中迷宮般的樓梯，以及隱藏的密道，找個永無境交通部的員工或和善的路人幫忙，要不就直接跑出車站，回到屬於永無境的週六夜晚，明亮、喧囂卻安全。

她遲疑地踏出一步，又一步。

「**小烏鴉，小烏鴉，一雙眼睛是鈕釦黑，**」史奎爾柔聲唱道，臉上緩緩泛起一絲微笑，眼中卻沒有笑意。

「**飛來草原，那裡藏著兔子，相互依偎。**」

莫莉安頓住腳步。她是不是聽過這首歌？可能是在她幼稚園時期，因為詛咒被退學以前，在那裡學的。史奎爾的聲音高而清澈，十分甜蜜，卻別有一股陰狠之感。

「**小兔子，小兔子，乖乖待在媽媽身邊。**」他轉頭望向莫莉安，就在此時，月臺牆壁上或白或綠的瓷磚有如受到無聲的指揮，逐一轉為帶有光澤的黑。

「**否則那小烏鴉，小烏鴉，可會啄掉你的眼。**」

他唱完小曲，臉上那抹令人發寒的笑意不減。「黑鴉小姐，看來妳似乎弄懂了什麼。」

莫莉安一言不發。

「說吧，」他催促，聲音低微，宛若耳語。「讓我看看妳多聰明。」

「你……你是埃茲拉．史奎爾，」莫莉安說：「你就是幻奇師。根本沒有瓊斯先生這個人，那都是騙人的。」

「很好。」他點點頭，「非常好。還有呢？」

莫莉安一嚥口水。「英勇廣場大屠殺——是你做的，是你殺了那些人。」

他幾不可見地微微頷首，「我認罪。還有呢？」

「是你派煙影獵手來追我。」車站月臺的燈光閃了一下，隧道中飄出細絲般的黑煙，蜿蜒爬上牆壁與天花板，掐熄燈光。莫莉安渾身顫抖，生怕這片黑暗也會將她生吞入腹。

「正確。我派牠們去找妳，以及每個不幸在夕暮日出生的孩子，這是為了讓你們解脫。」

「**解脫？**」莫莉安說：「你企圖殺了我！」

他閉上眼，彷彿很失望。「錯。黑鴉小姐，只要我想，我不會只是『企圖』，而是直接殺了妳。如妳所見，妳還活著。我必須說，這不是因為諾斯隊長英勇救人，是因為**我本來就打算讓妳活下來**。」

「騙人！」

「我是會騙人，沒錯，但也不是隨時都在騙人，現在更不是。」他從長椅上起身，向莫莉安踏近一步。「妳只對了一半。我是派煙影獵手去追妳，但不是為了殺妳。」

聽見自己的名字，黑煙獵犬自隧道現身，半伏著身軀前進，身後是由騎馬獵人組成的一道牆。他們的姿態猶如一場幻夢，緩步向前，等候攻擊命令。

莫莉安往後一退。

「不要跑，」史奎爾警告，「他們看到小孩跑最興奮了。」

她登時僵住，視線牢牢黏著煙影獵手，劇烈的心跳一陣一陣傳遍全身，直達指尖。

「是挺嚇人的，我也這麼覺得。」他說，回頭瞥了一眼。「可說是我的得意之作。他們是完美無缺的殺人機器，殘忍無情，無人能擋。黑鴉小姐，相信我，假如我下令要他們殺妳，妳絕對活不過夕暮日，如今早已化成灰了。當時，我下的命令不是要殺妳，是要『驅趕』妳。」

他微笑，莫莉安頸上寒毛直豎。有那麼一剎那，在極為短暫的瞬間，她發誓在對方臉上見到了幻奇師的影子：一雙黑眼，一張黑口，露出尖銳獠牙……那是一張只剩表皮的臉，這個生物既非人類，亦非怪獸，而是某種莫莉安不敢想像的生命。

「當然，他們第一次失敗了，讓那個可惡的紅髮男用可笑的機械蜘蛛將妳搶走。不過，我知道他們不會失敗第二次，畢竟我終於找出絲網軌道的弱點，可以善加利用。我花了將近一年，經過一兩次幻奇鐵路的小意外……」

「是你，」莫莉安說，嗓音發顫：「那些出軌事件，大家都說是幻奇師做的，他們說得沒錯。你害死兩個人！」

「有嘗試，就有失誤。」他聳了聳肩。「這一切，都是為了像牧羊一樣，把妳趕到正確的位置。現在，小羔羊，該回家了。」

他轉向莫莉安，伸出一隻手，遠處傳來火車汽笛聲。

莫莉安又後退一步，「我才不要跟你走。」

「恕我不同意。」

莫莉安聽見引擎加速的聲音，隧道深處射出淺金色光芒，愈來愈亮，穿過煙影獵手組成的黑牆，最後終於突破而出，虹光流轉，微微閃動，既美麗又駭人，令人不敢直視。

煙影獵手散開，消失於空氣中，隨後在月臺上重新現形，化為一道龍捲風，將莫莉安困在風眼裡頭。油布雨傘從她手中滑落，煙影獵手在她身上纏了一圈又一圈，以陰影與煙霧組成的黑繩束縛住她，將她拉向絲網列車那道耀眼的金光之中。

汽笛響起，列車離站。

空氣中有股寒意，即使莫莉安身在絲網中也感覺得到。黑鴉宅邸外頭很冷，草坪結了一層霜。高聳的鐵門之後，大宅映著蒼茫暮色，只剩一道黑色的剪影。

史奎爾往前一踏，抬眼望去，雙眸閃現瘋狂的光采，流露一股期待。「不妨上門探望一下，如何？」

此時的幻奇師不再是無形的存在，只能藉由絲網飄飄蕩蕩，無力干涉四周狀況；回到共和國的他擁有身軀，能盡情享受這份自由。

他拗了拗手指，伸展雙臂，然後輕揮兩隻手腕，動作精準，大門隨之開啟——不對，大門不只是「開啟」，一根接一根欄杆向後彎折，堅實的鐵條發出怪聲，像是被一隻隱形巨手往下壓。

幾隻狗繞過宅邸直奔而來，對著噪音凶狠地狂吠。

「汪！**汪汪！**」史奎爾瘋子似地吠了回去，那些狗全數往後飛，宛如被某種力量拋向空中，落在草坪上，發出悶響。牠們紛紛逃竄，發出哀鳴。

「那種痛苦，妳無法體會。」他轉頭對莫莉安說，踩過鋪滿碎石的車道。「我明明身在那裡，明明回到了我的城市——屬於我的城市，我摯愛的永無境，卻**什麼也不能做**。我無法使用本領，無法改變周遭的事物……甚至什麼都無法碰觸。」他嚥了一下口水，凝視遠方。「黑鴉小姐，絲網軌道是很美妙的東西，這我很清楚，畢竟那是我創造的……然而，有時候，那也是一座牢籠。」他的神色一亮，「我來示範一下那是什麼感覺。」

他轉身面向宅邸，抬起雙手，好似預備指揮一支管弦樂團，接著便動手了。組成黑鴉大宅的磚石開始變化，轉換方向，互相摩擦，揚起一團團煙塵，自動重新排列組合，直到莫莉安根本認不出她兒時的家。整座宅邸一面發出聲響，一面伸展，變成高聳的哥德式大教堂，巍然屹立在她面前，顯得極為陰森嚇人。

「這樣好多了，對吧？」史奎爾說，咳嗽著揮開面前的灰塵。

「住手。」莫莉安說。

「我這才剛開始呢。」

他手指一彈，變形大宅的深灰色石磚發出光芒，由無數金色小彩燈照亮，十分美麗。

這倒是出乎意料，莫莉安暗忖，有些疑心地偷瞄史奎爾。他向莫莉安投來一個詢問的眼神，伸出雙手，像是想尋求她的認可。

「黑鴉小姐，妳想要的就是這個，不是嗎？」他又一彈手指，最高處的尖頂升起一根旗竿，上面掛了一面畫有莫莉安臉孔的黑色旗幟，傲然隨風飄揚。「所以，妳才選擇那個浮誇的蠢蛋，不是嗎？因為他來自幻奇學會，擁有一架蛛形運輸機，還喜歡在晨曦日從屋頂往下跳？」

史奎爾揮動手腕，屋頂冒出一個鮮豔的霓虹標誌，一閃一閃的大字寫著：**歡迎來到莫莉安樂園**。

要不是莫莉安內心驚懼至極，她說不定會失聲笑出來。埃茲拉·史奎爾這個史上最邪惡的人，竟然將她小時候的家變成莫莉安·黑鴉主題樂園。

他轉向莫莉安。「虛有其表，不過是個草包——朱比特·諾斯就是這樣的人。他到底有沒有告訴妳？」

「告訴我什麼？」

「看來是沒有，他當然沒說。但妳有顆可愛的小腦袋，這顆頭也還算正常運作，妳一定已經明白了。」史奎爾說著，手指不住顫動，讓噴水池噴出一束束水柱，在空中凍結，像一座座冰雕。他甚至連看都沒看，莫莉安不太確定他有沒有意識到自己正在做這些事。「告訴我，莫莉安·黑鴉，為什麼我要收妳當學徒？」

莫莉安吞了吞口水，「我不知道。」

「胡說。」他柔聲說，抬手做了個手勢。霓虹燈和金色小彩燈一陣閃爍，隨後熄滅；尖塔開始崩壞，幾塊灰色石磚滾落地面。「告訴我。」

「我不知道！」莫莉安重複，一塊大石當頭墜下，她及時跳開。

「**仔細想**。」

可是她無法細想，黑鴉宅邸在她眼前崩毀，外牆化為一堆堆塵土與瓦礫，露出裡頭溫暖明亮的房間。室內尚未受到史奎爾破壞，正是一幅黑鴉家族的日常生活景象。

就在最靠近莫莉安之處，她父親、繼母與奶奶舒適地坐在客廳，渾然不知黑鴉宅邸逐漸在身邊化為廢墟。艾薇在餵其中一個寶寶，柯維斯搖著另一個寶寶哄他入睡，奶奶正在看書，壁爐中燒著火焰。

「這真的需要我告訴妳？」史奎爾說，來到她身邊站著，臉上的表情像是覺得頗有意思，又帶著幾分疑惑。「黑鴉小姐，妳是幻奇師，就跟我一樣。」

聞言，莫莉安如墮冰窖，一股寒意竄過背脊，感覺無比真實、無比冷冽，彷彿有隻冰冷的手畫過她背部，皮膚冒出雞皮疙瘩。

妳是幻奇師，就跟我一**樣**。

「不是，」她悄聲說，然後更堅決：「不是！」

「妳說得對，」史奎爾微微偏頭，「妳還稱不上『跟我一樣』。不過，總有一天，假如妳夠努力，夠用心，妳或許會很接近我。」

莫莉安雙手握拳，「我絕對不會像你一樣。」

「妳自以為有選擇是挺可愛的，只可惜，黑鴉小姐，妳天生如此。妳註定要走在這條路上，無法改變方向。」

「我絕對不會像你一樣，」莫莉安又說一遍：「我絕對不會殺人！」

史奎爾輕笑，「妳以為幻奇師專門做這件事？招來死亡？我想也算是對了一半。創造與毀滅，生與死……只要妳知道方法，這些都在妳的掌握之中，聽憑妳運用。」

「我不想用。」莫莉安咬著牙說。

「妳說謊的技巧真是差得可怕。」史奎爾說：「黑鴉小姐，妳必須學會更巧妙地欺瞞他人。妳也必須學會使用力量的方法，我稱之為『非凡幻奇師的凋零技藝』，而我非常樂意指導妳。現在就開始第一課吧。」

史奎爾踏進客廳，低喃一句莫莉安聽不清的話，爐火迸射而出，迅速擴散，包圍黑鴉一家。不出幾分鐘，客廳的窗簾和地毯全燒了起來，但莫莉安的家人依然靜坐不動，絲毫沒發現自己身陷險境。

「住手！」莫莉安在火焰燃燒聲中大喊：「拜託，放過他們！」

「妳為何要在乎？」史奎爾輕蔑地說：「黑鴉小姐，他們討厭妳，但凡生活中出了任何一點差錯，他們就怪到妳頭上，妳死的時候——他們以為妳死了的時候，他們還鬆了一口氣。這都是為什麼？」

火舌越燒越近，逼向黑鴉一家。艾薇的額頭滾下一滴汗珠，可是艾薇本人似乎毫無知覺。莫莉安試著撿起東西，什麼都行，一顆石子或一塊碎磚都行，好丟到艾薇、柯維斯或奶奶身上，警告他們，然而她什麼也抓不到，她的手總是直接穿透。

「只因為一個詛咒，」史奎爾繼續說道：「這個詛咒甚至不存在。」

莫莉安嚥下口水，隔著火焰注視他：「什麼意思？不存在？」

他笑起來，「所謂『詛咒』不過是個方便的藉口，用來解釋夕暮日出生的孩子為何總是命不好，活不過一定的年齡。你們當中有些人，到了那個麻煩的年紀，可能會開始吸引、汲取我珍貴的幻奇之力，就像一根貪婪的小引雷針。我是靠著那些能源，才擁有如今令人眼紅的巨富與力量，可不能讓人分一杯羹，是吧？假如只有我能夠運用幻奇之力，這份力量就屬於我。因此，我理所當然要消滅任何潛在的威脅。妳不能怪我，我只是生意頭腦比較好。」

「詛咒根本不存在，」莫莉安說。她終於明白了，朱比特也這樣告訴過她，但她當時不信，她從未真心相信。「**你**就是詛咒。」

史奎爾自顧自說下去，彷彿她未曾開口。「這麼多年來，詛咒有了自己的生命。大家都好喜歡**小題大作**。從前，曾有一段時間，你們這種可悲的孩子是眾人憐惜同情的對象，畢竟你們在如此幼小的年紀，便被奪去微不足道的性命。可是，隨著時間流逝，人類險惡的天性顯露出來，大眾開始將詛咒之子當成方便的代罪羔羊，無論出什麼事，怪到他們頭上就對了。為什麼我收成欠佳？是詛咒之子害的。為什麼我丟工作？是詛咒之子害的。不久，各種大災小難都成了詛咒之子的錯，民間傳說越演越烈，到頭來，詛咒之子不僅為家人帶來憂傷，還成了每個人的災星。」

史奎爾抱走柯維斯懷中的孩子，柯維斯維持原本的姿勢，目光迷濛，視若無睹，眼中映出火焰的鮮豔橘光。客廳已經成了大火爐，火舌吐出滾滾濃煙，那些煙霧形成不斷迴旋的暗影，在火光中時隱時現。莫莉安聽見一聲長嘷，不禁顫抖。

寶寶想用胖嘟嘟的小手指抓住史奎爾的鼻子，幻奇師扮了個鬼臉，淺金色頭髮的小男孩發出格格笑聲。

「所以呢，黑鴉小姐，不是我害妳被家人討厭，是妳的家人自己要討厭妳。」他抓著寶寶對莫莉安揮揮小手，「我替妳殺了他們，好不好？」

「不要！」莫莉安叫道：「求求你，不要！」史奎爾鬆手放開寶寶，不過寶寶沒有立即墜落，反而緩緩飄向地面。莫莉安得採取行動，得阻止他，可是該怎麼辦？

她人在絲網之中，能做到什麼？她無計可施。

「不要？妳確定？我不太相信妳。」他帶著揶揄的淺笑注視莫莉安。「告訴我，小烏鴉，妳覺得我為什麼要讓妳活下來？」

莫莉安一聲不吭。煙影獵手在四周現形，火中生出嘶吼的獵犬與沒有面孔的騎馬獵人，包圍她的家人，越來越近，只等史奎爾一聲號令，就會痛下殺手。

「我摧毀許多條生命，這麼多年來，我始終保持耐心，等候最適合的那一個。換作其他不如我的人，鐵定早就放棄，但我知道……我知道妳會出現。我知道，總有一天，一個夕暮日出生的孩子將會取代我，這孩子前途黑暗，我會在他眼中看見自己的倒影，他將是我的正統繼承人。」他跪下來，平視莫莉安。他的語氣如此溫柔，微笑如此真誠，有那麼一瞬間，莫莉安見到了自己的朋友瓊斯先生，藏在這名狂人滿是暗影的輪廓之下。「莫莉安・黑鴉，我找到了妳，」他低喃，雙眼煥發神采，「妳的內心深處藏有黑暗的冰霜。」

「**才沒有！**」莫莉安大喊。她心中的某個部分只想從史奎爾面前往後退，一如海水從岸邊退去，以便捲起大浪。突然，她的感受彷彿化為實體——她儼然成為一波活生生的浪潮，捲起狂怒與恐懼。她跟史奎爾不一樣，她永遠不會跟史奎爾一樣！

莫莉安踉蹌一退，本能地舉起雙手，臣服於體內的大浪。

明亮刺眼的光芒照亮室內，消滅了煙影獵手，平息了火焰。這陣白金色的強光似乎持續了幾秒，也似乎持續了好幾天，甚至是一輩子，然後就消失了。

隨之而來的是一片寂靜。

黑鴉一家仍一無所知，怡然自得，眼睛盯著前方，卻什麼也看不見。

史奎爾躺在地上，像是被拋了過去，雙目圓睜，如遭雷殛。他凝視莫莉安，宛如平生頭一遭能夠視物。

莫莉安自己渾身顫抖，身上仍殘留著……不知道是什麼的力量。她摧毀了煙影獵手。也許沒有摧毀，但至少把它們趕走，這對她來說已經夠好了。莫莉安完全不知道是怎麼辦到的，也不知道她怎麼會召喚出那道光，可是在那近乎眼盲的短短幾秒，她想起史奎爾今年夏天對她說過：**陰影就是陰影。趨向黑暗是它們的天性**。

史奎爾從地上站起，終於開口。

「黑鴉小姐，妳看，」他有些警戒地打量莫莉安。「妳確實該接受我的提議當我的學徒，不過坦白說，我不需要妳同意。光是因為妳活過十一歲生日，妳就不得不成為我的學徒。匯集過程已然開始，幻奇之力已經注意到妳，妳的性命全維繫在幻奇之力上。」

「那是什麼意思？」莫莉安問：「匯集是什麼？」

「妳一生下來就是幻奇師，然而，妳要是不學習如何操縱幻奇之力，它會反過來操縱妳；妳要是不學習如何控制它，它會反過來控制妳。它會由內而外慢慢燒灼妳，最終……它會摧毀妳。」他搖搖頭，勾起一邊嘴角，露出憐憫的微笑。「我說過，讓煙影獵手殺了妳，本來是種解脫。不過，可惜呀，妳似乎驅逐了煙影獵手，起碼暫時是如此。算了，我今晚帶妳來，原本就不是為了傷害妳，也無意傷害妳的家人。」

「那你為什麼綁架我？」

「綁架妳？」他一副感到好笑的樣子，約莫也有些憤慨。「**綁架**這個詞意味著**偷**，我可不是賊。這不是綁架，而是妳成為幻奇師的第一堂課，由我這個大師級的導師，為妳上這堂大師級的課。只要妳開口要求，我們就會立刻上第二堂課。」

莫莉安搖著頭，他在開玩笑嗎？還是他瘋了？「我絕對不會開口向你要求任何東西，你根本沒有什麼可以教我的。」

史奎爾柔聲輕笑，踩過逐漸熄滅的餘火，踢起灰燼和點點火花。「在這個世上，任何值得妳學的知識，只有我能教妳。再過不久，妳會深切明白，這就是慘痛的事實。我和我手下的魔物會確保這一點。」他將頭一偏，深不可測的黑眼中笑意盡失。「到時再見，小烏鴉。」

他頭也不回，沿著長長的碎石車道往前走，身影消失於黑暗。他離開後，殘餘的火焰被輕柔地熄滅，窗簾與家具燒過的痕跡蕩然無存，破碎的窗戶恢復原狀，黑鴉宅邸的石牆自動重建，歪七扭八的大鐵門再度矗立，重新關上，發出輕輕的一聲「鏗鏘」。

莫莉安佇立在回復和平的客廳中央，凝視懵然無知的黑鴉一家，內心升起一股奇特的渴望，很想回家。只不過，她不想回到這個地方，也不想回到這些人身邊。

莫莉安閉上雙眼，在心中描繪那把雨傘的銀色手柄、蛋白石小鳥，想像雨傘躺在幻鐵車站的月臺，就在它掉落的地方。

她靜靜等待，聽見絲網列車的汽笛聲，踏上回家之路。

第二十六章 W

剛開始，莫莉安還以為自己瞎了。

「我說**慢慢來**，」朱比特說。她感到朱比特放開她的肩膀，聽見他後退一步。「慢慢張開眼睛。」

她很清楚自己人在杜卡利翁，很清楚自己待在朱比特的辦公室，可是……如果告訴她這裡是太陽表面，她也信。目光所及之處，全是日光照耀般的亮白，燦爛得令人目眩。她瞇起雙眼，才能勉強看見自己在鏡中的輪廓。朱比特每次看見她，真的就是看到這幅景象嗎？

「不要盯著看太久。」朱比特警告。

如此明亮的光芒不是來自單一光源，而是成千上萬個細小光點，也許有幾百萬個，也許有幾億個，每一個都發出她在黑鴉宅邸見過的白金色光芒。這些小點聚集在她身邊，有如眾多極其微小、反射陽光的粉塵。不對，不像粉塵，應該說是有生命的東西——像是聚在火邊的飛蛾。

「那是……？」

「幻奇之力。很美好，對不對？」

說**美好**並不貼切。是很美麗沒錯，可是並不美好，它們有種特質，簡直是美好的相反。它們讓莫莉安心中湧起紛雜的情緒，既驚嘆，又期待，又驚慌，又喜悅，覺得自己很宏大，覺得自己很渺小，想尖叫，想耳語……還有更多更多。

「它們在做什麼？」莫莉安問。

「等待。」

「等什麼？」

「等妳。」

「等我做什麼？」

朱比特沉默良久，然後開口：「我想到時候才知道。」

他抓住莫莉安的肩膀，再度和她額頭貼額頭，就像他在展現考驗時對長老所做的動作。當時，莫莉安沒有想通朱比特在做什麼，她不知道朱比特能夠與他人共享自己的特殊視力，讓別人看見他眼中的世界，儘管只是暫時的。

世界再度變得黯淡，莫莉安大失所望，卻又鬆了一大口氣。

鏡中的女孩一頭黑髮，一雙黑眼，鼻梁微曲，顯得十分正常，十分普通。

「他說我跟他一樣。」她第一次說出內心的恐懼。「這是真的，對不對？那就是匯集的意思，就是這個——幻奇之力聚集在我身邊。這代表我是……是幻奇師。」她嚥下口水，口中隱約嘗到這個字苦澀的味道。

「對。」朱比特嚴肅地說：「但妳要明白，『幻奇師』這個詞一開始並沒有好壞，莫兒。」

「沒有嗎？」

「老天，絕對沒有。很久很久以前，在永無境，幻奇師曾經是一個受人稱頌的身分。」

「就像加入幻奇學會一樣嗎？」

「比那還要厲害。從前，幻奇師能夠實現他人的願望，能夠保護大眾，他們會運用自身的力量，為這個世界帶來美好。**幻奇師**並不代表**禽獸**或**殺人凶手**，是史奎爾賦予幻奇師這些涵義。史奎爾做了無可饒恕的事，背叛他的人民、他的城市，濫用力量，害得幻奇師變成一個可怕、黑暗的詞彙，可是從前並不是這樣。莫兒，妳可以再次改變它的意義。」他對莫莉安微笑，「妳一定能做到，我知道妳會做到。我先前說妳沒有本領，那是真心的，因為妳擁有的**遠遠不只是一項本領**，而是一項天賦，一份天職。妳可以自己決定這個詞彙的意義，沒有人能代替妳。」

隨著莫莉安漸漸習慣本來的視野，朱比特的書房也慢慢恢復清晰，能夠再度看清牆上的照片、架上的書籍，以及朱比特的臉：閃爍光采的藍眼、雜亂的鮮紅鬍子。莫莉安一屁股坐進皮製扶手椅，雙腳放在腳架上，交叉腳踝。

「你一開始就知道我是幻奇師，對不對？」

朱比特點頭。

「那史奎爾呢？你也知道他投標我嗎？」

「知道。」

莫莉安嘆了口氣。她竟然浪費這麼多時間，煩惱究竟該不該把史奎爾的事告訴朱比特，她覺得自己好笨。「那你為什麼要叫我接受考驗？」她問：「為什麼不直接告訴長老？」

「妳這麼說，好像是覺得幻奇師的身分比其他特質重要。」

「不是嗎？」

「一點也不。莫兒，如果這最重要，把展現考驗放第一個不就好了嗎？妳想想。我們辦了書之考驗，看看哪些人誠實坦率、腦筋轉得快；還有競逐考驗，看看哪些人頑強堅韌、善用策略；最後是試膽考驗，看看誰夠有勇氣、擅長解決問題。妳想前三場考驗有沒有刷掉一些本領很棒的人？一定有！誰知道呢，說不定在展現考驗舉行之前，最有才華的人就已經全部被淘汰了。

「重點在於，學會認為，假如妳不夠誠實、意志不夠堅定、不夠勇敢，那麼妳再有才華也沒用。之所以要妳通過這四場考驗，是因為我想讓長老了解妳是什麼樣的人，我希望……」他一頓，吞了吞口水，低聲說道：「我希望他們首先把妳當成一個人看待，其次才是幻奇師。」

「你之前說，幻奇師只是鄉野奇談跟迷信。」

朱比特點點頭，「我知道，抱歉騙了妳。不過也有一部分算是真話……幻奇師的歷史牽扯太多神話跟胡說八道，大多數人都分不清哪些是真相。這只算是半個謊言，但一樣是說謊，我很抱歉。」

「為什麼要騙我？」

「因為我覺得這麼做是正確的。我不想要妳花太多心思去想幻奇師的事，只是徒增一個煩惱罷了，對吧？我覺得最好先送妳進學會，這件事之後再說。」

「其他人呢？」

「什麼其他人？」

「登記在冊的還有三名……你是在說詛咒之子登記名單，對不對？他們也是幻奇師嗎？」

「不是。」

她等著朱比特繼續說，他卻就此緘口不言。「他們怎麼了？」她催促：「你有沒有救他們？還是……」

他稍稍退讓。「他們沒事，好端端地待在很遠的地方，非常安全，根本不知道埃茲拉．史奎爾跟煙影獵手的存在。」

算他們幸運，莫莉安心想。

她與史奎爾碰面之後，又過了兩天，這段時間她簡直疲憊不堪。列車送莫莉安回到絲網軌道月臺，那時，驚慌不已的芬、傑克、霍桑正好氣喘吁吁地趕到。稍早，他們一弄清莫莉安消失之後跑去哪裡，就立刻趕去找朱比特。

傑克頭一個衝到她身邊，臉色煞白，因為放下心而說不出話來。朱比特一把撈起她，用力抱緊，差點將她勒死，芬不停舔她的頭髮，舔到頭髮都可以豎起來了。霍桑求她描述整段經歷，來來回回至少十二次，每一次都在最恰當的時機或抽氣、或喝采。

莫莉安差點被煙影獵手帶走的事，傳遍整間杜卡利翁飯店，可是朱比特要芬、傑克、莫莉安跟霍桑發誓，幻奇師的部分必須保密。當下，傑克忿忿不平地回答：

「我早就答應過了，不是嗎？」

直到現在，莫莉安才想通傑克這句話是什麼意思。她猛然想起，在聖誕節的前一夜，傑克盯著她看，表情又是懼怕，又是驚奇。

「傑克知道，對吧？」她恍然大悟地說：「他在聖誕節就知道了，因為他跟你一樣，也是——那叫什麼？」

「見證者。」朱比特說，在對面的椅子坐下。「沒錯，他很痛恨這個能力。」

「為什麼痛恨？」莫莉安震驚地說：「這樣不就等於全知了嗎？我以為傑克最喜歡這樣。」

朱比特輕笑幾聲，隨後注視著她，神色變得若有所思。「我想，有時的確很像全知，但也不見得總是這樣。有時候，連絲網也會騙人。」

「如果我是見證者，一定很高興。」

「這我可不敢說，」朱比特抖了一下。「隨時隨地看到所有隱藏的東西……每一次，只要有人說謊，就會在他們臉上留下痕跡，像沾到黑漬一樣。每一次，只要有人覺得很悲慘，那種感覺就會圍繞在他們身邊，像屍體四周亂飛的蒼蠅。痛苦、憤怒、背叛……這些全部都在，到處都有，時時刻刻都會看見。大部分見證者甚至沒辦法住在這種地方，會被逼瘋。」

「你是說，在杜卡利翁這種地方？」

「我是說整個永無境，或是每天有數百萬人來來往往的地方，他們會各自留下隱形的痕跡，相互交錯，形成數以億萬計的絲線，交織成一幅瘋狂的織錦。莫莉安，每個人都會在各個地方遺留一點點自我，例如他們吵過的架，受過的傷，產生過的愛與喜悅，做過的好事和壞事。」他疲乏地抹了抹臉，「我已經學會過濾很多東西，只看真正重要的資訊。我能把眼前的事物拆分成不同層次和經緯，在一片混亂中理出秩序。

「可是我花了很多年才做到，莫兒，我訓練了好多好多年。傑克還沒達到這種境界，他還需要一段時間。就現階段而言，他的眼罩發揮了過濾的作用，干擾他的視野，這樣一來，他只會見到妳跟其他人看得見的景象，否則他會崩潰。」

莫莉安從未想過，擁有朱比特這樣的本領可能也有壞處。說不定，這就是為什麼傑克的脾氣這麼差。

「他直接跟我說不就好了？」她問。

朱比特低頭看著雙手，聳了聳肩。「我猜他是覺得很難啟齒。大家通常不太喜歡見證者，如果有人能看透妳所有的祕密，妳很難跟他當好朋友。」

「這樣想也太可笑了，」莫莉安說，想到朱比特身邊的眾多好友與仰慕者，「全世界的每個人都喜歡你呀。」

朱比特朗聲大笑，笑得很開懷，還笑出眼淚。「莫莉安・黑鴉，妳對於『全世界』的概念偏差到極點，但這也是我欣賞妳的其中一個原因。

「提到這個，今天我收到一個東西，是要給妳的。」他站起身，招手示意莫莉安跟過去。他打開上鎖的抽屜，拿出一個小木盒，遞給莫莉安。「照理來說，我應該等到入學典禮當天才可以給妳，但是這週實在不順遂，所以我想，乾脆讓妳現在就打開，這也是妳應得的。」

盒中鋪了一層天鵝絨，上頭安放一個金色小別針，圖樣是個「W」字。

莫莉安倒抽一口氣，「我的別針！這個意思是——你拿到了嗎？那個……什麼防護需要的最後一個簽名？」

朱比特的表情略略一垮。「還……不算，還沒。不過我會搞定的，我保證。」他替莫莉安別在領口上，「好了，以後妳搭幻鐵都會有保留席，希望妳覺得夠值得。」

莫莉安笑起來。她過去一年來經歷了這麼多——逃過一死，在考驗中跟別人競爭，遇上燧發槍探長、史奎爾、煙影獵手，還有各式各樣的麻煩事……一切只為了這個小小的別針，這聽起來似乎很扯。

然而，這別針一點也不小。它很重大，代表了一個遠大的前景，在那個未來中，會有一個家，一個歸屬，以及友誼。

奇怪的是，當莫莉安回想過去一週，以及她在杜卡利翁飯店的日子，不禁覺得……其實她已經擁有這些了。

水晶吊燈終於定型了。

在賭盤中勝出的是法蘭克，起碼，是他的猜測最接近。吊燈不是孔雀，不過的確是一隻鳥。這隻龐大的黑鳥從某些角度看來會映出虹彩，展開的雙翼橫跨整座大廳，彷彿是在保護杜卡利翁飯店與住客，也像是預備俯衝而下啄他們的頭，端看你問誰。

朱比特說他非常喜歡這個吊燈，甚至比粉紅色帆船更喜歡。

幾天後，朱比特跟阿南帶兩位備選生出門，辦了一場遲來的慶功宴。他們來到英勇廣場上一家溫馨的酒吧，享受羊腿與薑汁啤酒，舉杯祝賀莫莉安與霍桑成功通過考驗。

兩名贊助人用了好幾個小時，敘述他們進入幻奇學會的頭一年發生哪些精采傳奇。阿南的故事多半圍繞著騎龍，朱比特的故事則多半是他無法無天地觸犯規定，說到後來他不得不轉移話題，因為他發現霍桑正在做筆記。

回家路上，莫莉安一面走，一面踢起片片雪花。儘管寒風刺骨，但在這個看似平凡的隆冬之日，她總覺得永無境顯得別有光輝。她覺得自己不一樣了。

一切都感覺不一樣了。

路上的行人在他們經過時投以微笑。莫莉安再也不是黑鴉家那個詛咒之子，不必老是等著最壞的狀況發生，不必老是等著承擔罪名。然而，她內心依舊有個黑暗、令人害怕的念頭，揮之不去。

抵達傘鐵月臺時，朱比特輕推她一下：「妳在想什麼？」

「他會回來，對不對？」她悄悄地問：「史奎爾，他會帶著魔物回來。」

朱比特神色嚴正。「我想他不會輕言放棄。」

莫莉安點點頭，抓緊雨傘，心不在焉地用指尖摩娑頂端的蛋白石小鳥。「那我們只能做好準備了。」

附近有一群小孩交頭接耳，伸長脖子，注視莫莉安與朱比特充滿自信地伸出雨傘如勾的握柄，搭上飛掠而過的傘鐵，呼嘯離去。那些孩子不只是在看朱比特，而是看著他們這對組合，看著兩人外套上傲然閃亮的金色「W」字別針。

看著身為贊助人的紅髮狂人，以及他的備選生：擁有一雙黑眼的奇特小女孩。

致謝

感謝當初那位好心的公共圖書館館員，願意在圖書館通訊上刊登〈三隻無尾熊，作者：潔西卡・唐森（七歲）〉，儘管這篇文章的作者大大誤用了「誇張」這個詞，而且完全不知換行為何物。

萬分感激海倫・湯瑪斯、奧維娜・林、蘇珊・歐蘇利文和謝林・卡倫德，擁有這種如夢似幻的編輯團隊，我簡直是世界上最幸運的作者。我大概永遠不會忘記你們有多厲害、多可愛，所以最好習慣常常聽我這樣說。

謝謝阿歇特出版社／獵戶座出版社／利特爾&布朗童書線的大家：費歐娜・哈札、露易絲・薛文-史塔克、希拉蕊・穆瑞・希爾、露絲・奧泰、梅根・廷利、麗莎・莫拉利達、凱蒂・克提爾、多明尼克・金斯頓、莎曼珊・史溫頓、露西・阿普敦、賽斐、莫妮卡・慕勒、佩妮・艾維薛、艾希莉・巴頓、茱莉亞・桑德森、維多利亞・史黛波頓，還有許許多多的人，謝謝你們歡迎我進入這個大家庭，謝謝你們支持我，付出這麼多心血，協助我將莫莉安帶來這個世界。

謝謝才華洋溢的碧雅翠・卡斯卓、吉姆・麥德森，你們的畫作美極了。

謝謝珍妮・本特、茉莉・凱・韓，在法蘭克福書展跟其他地方大力推廣這本小說，妳們是不朽的傳奇。謝謝本特出版經紀的每個人，尤其是維多利亞・卡佩羅、約翰・鮑爾。也謝謝世界各地與本特經紀合作的強大經紀人，以及每一間出色的外國出版社。

謝謝了不起的黛娜・史佩特，還有典範經紀的大家，感謝你們不知疲倦的努力與熱情。也謝謝達莉亞・瑟夏、艾蜜莉・菲倫巴赫跟福斯電影的團隊，你們對莫莉安的喜愛令我激動不已，也很慶幸她落在適合的人手上。

我要對庫柏小組大喊：你們都太棒了，令我獲益良多，和你們合作是我的幸運。

非常感謝兩位最早的讀者——克里斯・豪、露西・史潘斯，你們對莫莉安與一眾角色的熱愛，對我而言意義重大。

也謝謝我的高中英文老師兼好友夏敏・萊爾，在我未臻成熟之時，妳便已將我視為真正的作家對待。

謝謝早期讀者珠兒跟丁恩，你們是我最重要的啦啦隊，愛你們。

謝謝潔瑪・庫柏，妳既是經紀人，也是好友，十足的史萊哲林性格（但都是最好的特質），各個方面都是最棒的人。如果這本小說是一道有點怪又很美味的菜，妳就是這道菜的祕方。妳就像是我的朱比特・諾斯，只不過妳是更成熟的大人，又是淑女，也沒有紅髮。要是沒有妳，我該怎麼辦？獻上無窮的謝意，潔瑪・庫柏。

莎莉，我最要好的朋友，頭號讀者，一輩子的樹洞，可是妳有點大頭症，所以我不要再讚美妳了，不過妳懂的。感激不盡！

我知道大家都覺得自己的媽媽最棒、最體貼，但我是真心這麼認為，抱歉啦。謝謝妳，媽。

奇炫館
永無境Ⅰ：莫莉安與幻奇學會的試煉
（原名：Nevermoor: The Trials of Morrigan Crow）

著　　者／潔西卡．唐森（Jessica Townsend）
譯　　者／陳思穎
榮譽發行人／黃鎮隆
執行編輯／劉銘廷
總 經 理／陳君平
企劃宣傳／楊玉如、洪國瑋
協　　理／洪琇菁
國際版權／黃令歡、梁名儀
總 編 輯／呂尚燁
文字校對／施亞蒨
美術總監／沙雲佩
內文排版／謝青秀
美術編輯／陳聖義

出　　版／城邦文化事業股份有限公司　尖端出版
台北市中山區民生東路二段一四一號十樓
電話：（〇二）二五〇〇—七六〇〇
傳真：（〇二）二五〇〇—二六八三
E-mail：7novels@mail2.spp.com.tw
發　　行／英屬蓋曼群島商家庭傳媒股份有限公司城邦分公司　尖端出版
台北市中山區民生東路二段一四一號十樓
電話：（〇二）二五〇〇—七六〇〇（代表號）
傳真：（〇二）二五〇〇—一九七九
中彰投以北經銷／楨彥有限公司（含宜花東）
電話：（〇二）八九一九—三三六九
傳真：（〇二）八九一四—五五二四
雲嘉經銷／威信圖書有限公司　嘉義公司
電話：（〇五）二三三—三八五二
傳真：（〇五）二三三—三八六三
客服專線：〇八〇〇—〇二八—〇二八
南部經銷／威信圖書有限公司　高雄公司
電話：（〇七）三七三—〇〇七九
傳真：（〇七）三七三—〇〇八七
香港經銷／城邦（香港）出版集團有限公司
香港灣仔駱克道一九三號東超商業中心1樓
電話：（八五二）二五〇八—六二三一
傳真：（八五二）二五七八—九三三七
E-mail：hkcite@biznetvigator.com
新馬經銷／城邦（馬新）出版集團Cite（M）Sdn. Bhd.
E-mail：cite@cite.com.my
法律顧問／王子文律師　元禾法律事務所
台北市羅斯福路三段三十七號十五樓
二〇二一年十月初版一刷

■中文版■

郵購注意事項：
1. 填妥劃撥單資料：帳號：50003021戶名：英屬蓋曼群島商家庭傳媒(股)公司城邦分公司。2. 通信欄內註明訂購書名與冊數。3. 劃撥金額低於500元，請加附掛號郵資50元。如劃撥日起 10～14日，仍未收到書時，請洽劃撥組。劃撥專線TEL：(03)312-4212 ・ FAX：(03)322-4621。E-mail：marketing@spp.com.tw

國家圖書館出版品預行編目(CIP)資料

永無境. I, 莫莉安與幻奇學會的試煉 / 潔西卡．唐森（Jessica Townsend）作. 陳思穎譯. -- 1版. -- 臺北市：城邦文化事業股份有限公司尖端出版：英屬蓋曼群島商家庭傳媒股份有限公司城邦分公司發行, 2021.10

譯自：Nevermoor : The Trials of Morrigan Crow

面；　公分

ISBN 978-626-306-141-5（平裝）

874.57　　110005831